T0245679

SI
PUDIERAS
VER
EL SOL

ANN LIANG

SI PUDIERAS VER EL SOL

Traducción de Elena Macian Masip

ALFAGUARA

Penguin
Random House
Grupo Editorial

Título original: *If You Could See the Sun*

Primera edición: septiembre de 2023

© 2022, Ann Liang
© 2023, Penguin Random House Grupo Editorial, S. A. U.
Travessera de Gràcia, 47-49. 08021 Barcelona
© 2023, Elena Macian Masip, por la traducción

Printed in Spain – Impreso en España

ISBN: 978-84-19507-49-5
Depósito legal: B-12.151-2023

Compuesto en Punktokomo, S. L.
Impreso en Black Print CPI Ibérica
Sant Andreu de la Barca (Barcelona)

AL07495

Para mis maravillosos padres,
que no tienen permiso para leer este libro.
Y para mi hermana pequeña, Alyssa,
que quiere que todo el mundo sepa lo fantástica que es.

Uno

Si mis padres me invitan a cenar en un restaurante, siempre es por una de tres razones. La primera es que alguien se haya muerto (lo que, teniendo en cuenta que solo en el grupo de WeChat de la familia hay más de noventa personas, pasa más a menudo de lo que imagináis). La segunda es celebrar algún cumpleaños y la tercera es que tengan que anunciarme una noticia de las que te cambian la vida.

A veces es una combinación de las tres, como cuando mi tía bisabuela murió la mañana de mi duodécimo cumpleaños y mis padres decidieron informarme de que me habían inscrito al Internado Internacional Airington frente a un plato de fideos fritos.

Pero ahora estamos en agosto, hace un calor insoportable a pesar de que en el restaurante haya aire acondicionado y no hay nadie de mi familia cercana que vaya a cumplir años este mes. Lo que nos deja solo dos posibilidades…

Empiezo a notar la ansiedad: tengo un nudo en el estómago. Necesito toda mi fuerza de voluntad para no salir corriendo por las puertas de cristal. Llamadme débil si queréis, pero no estoy en condiciones de encajar malas noticias de ningún tipo.

Sobre todo hoy.

—Alice, ¿por qué estás tan nerviosa, *ya*? —me pregunta Mama mientras una camarera vestida con un *qipao* nos conduce hasta la mesa de la esquina sin sonreír.

Nos apretujamos para pasar entre dos mesas. En una, un grupo de ancianos comparte un pastel gigante de color rosa con forma de melocotón y en la otra se celebra lo que parece ser una comida de empresa, con hombres sudorosos con camisas abotonadas hasta el cuello y mujeres que se empolvan las mejillas. Varios de ellos se vuelven para mirarme al reparar en mi uniforme del colegio. No sé si es porque reconocen el emblema del tigre bordado en el bolsillo de la americana o por lo pretencioso que parece el diseño comparado con los chándales que llevan en los colegios de la zona.

—No estoy nerviosa —contesto mientras me siento entre ella y Baba—. Siempre tengo este aspecto. —No es del todo mentira. Una vez, mi tía bromeó con que si me encontraran en una escena del crimen me arrestarían la primera solo por mi expresión y mi lenguaje corporal. «En la vida había visto a nadie tan asustadizo —dijo—. Debiste de ser un ratón en una vida pasada».

En aquel momento, la comparación me molestó, pero ahora no puedo evitar sentirme así: como un ratón que se dirige inexorablemente hacia una trampa.

Mama me pasa el menú plastificado y, al hacerlo, la luz de la ventana se le refleja en las manos huesudas, iluminando la cicatriz blanca que le recorre la palma de la mano. Siento una punzada de culpa que me resulta demasiado familiar, que se abre en mi interior como una llamarada.

—¿Qué te apetece comer, *haizi*? —me pregunta Mama.

—Eh…, cualquier cosa me va bien —contesto apartando la vista.

Baba tira de los palillos de madera desechables, que se separan con un fuerte chasquido.

—Los chicos de hoy no saben suerte que tienen —comenta mientras frota los palillos el uno contra el otro para quitarles las astillas. Luego me ayuda a hacer lo mismo—. Crecen entre algodón. ¿Sabes qué comía yo a tu edad? Boniato. Boniato cada día.

Mientras nos obsequia con una descripción más detallada de la vida cotidiana en los pueblos de Henan, Mama le hace un gesto a la camarera y le pide platos suficientes para alimentar al restaurante entero.

—*Ma* —protesto en mandarín—, no hace falta…

—Sí hace falta —responde con firmeza—. Siempre pasas hambre cuando empiezas colegio. Muy mal para tu cuerpo.

Me contengo para no poner los ojos en blanco. Hace menos de diez minutos comentaba que tenía las mejillas más rechonchas que antes de las vacaciones. Solo según su lógica es posible estar demasiado rellenita y peligrosamente malnutrida al mismo tiempo.

Cuando por fin termina de pedir, ella y Baba intercambian una mirada y luego se vuelven hacia mí con una expresión tan solemne que no puedo evitar soltarles lo primero que se me ocurre:

—¿El abuelo está bien?

Mama frunce el ceño, lo que acentúa los rasgos severos de su rostro.

—Por supuesto. ¿Por qué preguntas?

—Por…, por nada. No he dicho nada. —Me permito un pequeño suspiro de alivio, pero sigo tensa, como si estuviera preparándome para recibir un golpe—. Mirad, no sé cuál será la mala noticia, pero… ¿me la podéis dar ya? La ceremonia de entrega de premios es dentro de una hora y si tengo que sufrir una crisis nerviosa necesito al menos veinte minutos para recuperarme antes de subir al escenario.

Baba me mira confundido.

—¿Ceremonia de entrega de premios? ¿Qué ceremonia?

Me exaspera tanto que se me olvida la preocupación unos instantes.

—La ceremonia de entrega de premios para los estudiantes con más méritos de cada año. —Sigue mirándome sin saber de qué hablo—. Vamos, Ba. La habré mencionado unas cincuenta veces este verano.

Solo exagero un poco. Por triste que suene, esos fugaces momentos de gloria bajo las brillantes luces del auditorio son lo único que espero con entusiasmo desde hace dos meses.

Aunque tenga que compartirlos con Henry Li.

Como siempre, su nombre me llena la boca de algo áspero y amargo que se asemeja mucho al veneno. Dios, cómo lo odio. Lo odio a él y su piel inmaculada de porcelana y su uniforme impoluto y su compostura, tan intocable y perfecta como su lista de méritos, que no hace más que crecer y crecer. Odio la forma en que la gente lo mira y cómo lo ven, cómo lo perciben, aunque siempre esté callado, cabizbajo y trabajando en su pupitre.

Lo odio desde que apareció por el colegio hace cuatro años. Era la novedad; casi resplandecía. Al final de su primer día, había sacado la mejor nota en el examen de Historia, 2,5 puntos sobre 100 más que yo, y todo el mundo se había aprendido su nombre.

Me pica todo solo de pensar en él.

Baba frunce el ceño y mira a Mama buscando una respuesta:

—¿Tenemos que ir a esta cosa…, la ceremonia?

—Es solo para estudiantes —le recuerdo, aunque no siempre ha sido así. El colegio decidió convertirlo en un evento privado después de que la famosísima madre de una de mis compañeras de clase, Krystal Lam, apareciera en la ceremonia acompañada sin querer de un montón de paparazzi. Las fotos de nuestro auditorio circularon por todo Weibo durante días—. Bueno, pero eso da igual. Lo que importa es que es una entrega de premios y…

—Sí, sí, solo hablas de premios —me interrumpe Mama con impaciencia—. ¿Y tus prioridades? ¿No te enseñan valores en tu escuela? Primero familia, luego salud, luego ahorrar para jubilación y luego… ¿Escuchas?

La llegada de la comida me salva de mentir.

En los restaurantes de pato Pekín más elegantes, como Quanjude, la clase de restaurantes donde mis compañeros de clase van con frecuencia y sin necesidad de que se muera nadie, los chefs traen el pato asado en una bandeja con ruedas y lo trinchan delante de tu mesa. Es casi como un espectáculo: la piel crujiente y braseada se parte con cada golpe de cuchillo, revelando la carne blanca y el aceite chispeante que hay debajo.

Sin embargo, en este, la camarera nos trae un pato entero cortado en trozos grandes, con la cabeza y todo. Mama debe de darse cuenta de cómo la miro, porque suspira y la aparta de mi vista mientras masculla no sé qué sobre mis «sensibilidades occidentales».

Luego nos traen los demás platos uno a uno: pepino fresco aliñado con vinagre y ajo picado, tortitas finas y crujientes de cebollino, tofu tierno sumergido en una salsa dorada y pastelitos de arroz con una fina capa de azúcar. Mama contempla los platos con los ojos marrones entornados, probablemente calculando para cuántas comidas bastarán las sobras.

Me obligo a esperar hasta que tanto Mama como Baba han tomado unos cuantos bocados y entonces me atrevo a decir:

—Esto… Me parece que me ibais a contar algo importante, ¿no?

Como respuesta, Baba da un largo trago de su taza de té de jazmín humeante y luego se pasea el líquido por la boca como si tuviera todo el tiempo del mundo. A veces, Mama bromea con que me parezco a Baba en todo, desde la mandíbula cuadrada, las cejas rectas y la piel morena hasta su perfeccionismo y su testarudez. No obstante, es evidente que no he heredado su paciencia.

—Baba —insisto intentando mantener un tono respetuoso.

Él levanta una mano y se termina el té antes de, por fin, abrir la boca para hablar.

—Ah, sí. Bueno, Mama y yo estábamos pensando... ¿Qué te parecería ir a colegio diferente?

—Espera. ¿Qué? —Mi voz suena demasiado aguda y estridente; se oye por encima de los murmullos del restaurante y se rompe en la última sílaba, como si fuese la de un crío que acaba de entrar en la pubertad. Los trabajadores de la mesa de al lado se paran a medio brindis y me miran con un gesto de desaprobación—. ¿Qué? —repito, esta vez en un susurro. Me arden las mejillas.

—Podrías ir a un colegio de la zona como tus primos —añade Mama mientras coloca un rollito perfecto de pato Pekín en mi plato con una ancha sonrisa. Es una sonrisa que hace que en mi cerebro salten todas las alarmas, de esa clase de expresiones que te muestran los dentistas justo antes de arrancarte una muela—. O podemos dejarte volver a Estados Unidos. ¿Te acuerdas de mi amiga, la tía Shen? ¿Con ese hijo tan majo, el médico?

Asiento, como si dos tercios de sus amigos no tuvieran hijos médicos o futuros médicos.

—Dice que hay un instituto público muy bueno cerca de casa, en Maine. Quizá si la ayudas en restaurante te deja quedarte...

14

—No lo entiendo —interrumpo, incapaz de contenerme más. Noto una sensación extraña en la boca del estómago, como aquella vez que corrí demasiado rápido en la Feria de los Deportes solo para ganar a Henry y estuve a punto de vomitar en el patio—. Es que... ¿Qué tiene de malo Airington?

Baba parece desconcertado ante mi reacción.

—Pensaba que odiabas Airington —repone, cambiando al mandarín.

—Nunca he dicho que odiase...

—Una vez imprimiste el logo del colegio y te pasaste una tarde entera apuñalándolo con un bolígrafo.

—Vale, sí, al principio no era su mayor fan —admito, dejando los palillos sobre el mantel de plástico. Me tiemblan un poco los dedos—. Pero eso fue hace cinco años. Ahora la gente sabe quién soy. Tengo una reputación, una buena reputación. Les caigo bien a los profesores, muy muy bien, y casi todos mis compañeros me consideran lista y... Y les importa lo que opino y... —Sin embargo, la expresión de mis padres se hace más sombría con cada palabra que sale de mi boca, y esa extraña sensación se acrecienta hasta convertirse en un terror gélido. Aun así continúo, desesperada—: Y además tengo la beca, ¿no os acordáis? La única que dan en todo el colegio. ¿No sería una lástima que...?

—Tienes media beca —me corrige Mama.

—Bueno, es lo único que ofrecen. —Entonces caigo en la cuenta. Es tan obvio que mi propia ignorancia me asombra. ¿Por qué iban a decidir mis padres, de la noche a la mañana, borrarme del colegio por el que han pasado tantos años trabajando?—. ¿Es..., es por el pago de la matrícula? —pregunto en voz baja para que nadie más nos oiga.

Al principio, Mama no contesta. Se limita a toquetear el botón medio suelto de su apagada blusa de flores. Es otra compra barata de supermercado, su nuevo sitio preferido para comprar ropa desde que el mercado de Yaxiu se convirtió en un centro comercial como tantos otros para marcas de imitación demasiado caras.

—Tú no te tienes que preocupar por eso —responde al fin.

Lo que significa que sí.

Me hundo en la silla mientras hago lo posible por ordenar mis pensamientos. No es que no supiera que hace tiempo que van mal de dinero, desde que la vieja imprenta de Baba cerró y a Mama le redujeron los turnos en el hospital de Xiehe, pero siempre se les ha dado bien esconder la gravedad de sus problemas económicos, aplacar mis preocupaciones con un simple «tú dedícate a estudiar» o un «no seas tonta, ¿crees que vamos a dejar que te mueras de hambre?».

Los miro, esta vez con atención, y lo que veo son las canas en las sienes de Baba y las arrugas de cansancio que empiezan a despuntar bajo los ojos de Mama. Me fijo en los estragos causados por los largos días de trabajo mientras yo vivo protegida en mi burbujita de Airington. La vergüenza se me clava en las entrañas. Sus vidas serían mucho más fáciles si no tuvieran que pagar ciento sesenta y cinco mil yuanes de más cada año.

—Esto... ¿Cuáles eran las opciones? —me oigo decir—. Un instituto de Pekín o un instituto público en Maine, ¿no?

Una expresión de alivio se adueña de los rasgos de Mama. Moja otro pedazo de pato Pekín en un platito de salsa oscura y densa, lo envuelve en el fino papel de arroz con dos trocitos de pepino (sin cebolla, tal y como me gusta) y lo deja en mi plato.

—Sí, sí. Cualquiera de las dos está bien.

Me muerdo el labio inferior. En realidad, ninguna de las dos está bien. Ir a un instituto chino significa que tendré que enfrentarme al *gaokao*, uno de los exámenes de acceso a la universidad más duros que existen, y eso sin tener en cuenta que mi nivel de chino es de escuela primaria. Y, por lo que respecta a Maine, lo único que sé es que es el estado con menos diversidad cultural de Estados Unidos. Lo que sé de los SAT, los exámenes de acceso a la universidad de allí, se limita a lo que sale en las series de adolescentes que he visto en Netflix. Además, las posibilidades de que en un instituto público me dejen continuar con las asignaturas internacionales de nivel avanzado son muy escasas.

—No tenemos que decidirlo ahora —añade Mama a toda prisa—. Baba y yo ya hemos pagado el primer semestre en Airington. Pregunta a tus profesores, a tus amigos, piénsatelo un poco y hablamos otra vez. ¿Bien?

—Sí —contesto, aunque me siento de todo menos bien—. Estupendo.

Baba golpea la mesa con los nudillos y las dos nos sobresaltamos.

—*Aiya*, no se habla tanto durante la comida. —Señala los platos con los palillos—. Se enfría.

Justo cuando cojo los palillos, los ancianos de la mesa de al lado empiezan a cantar la versión china del cumpleaños feliz en voz alta y desafinada.

—*Zhuni shengri kuaile… Zhuni shengri kuaile…* —La vieja *nainai* sentada en el medio sonríe y aplaude al ritmo de la música, mostrando una sonrisa ancha y desdentada.

Al menos alguien saldrá del restaurante de mejor ánimo con el que ha entrado.

* * *

El sudor se me empieza a acumular y a gotear por la frente en cuanto pongo un pie en la calle. En California, los demás niños siempre se quejaban del calor, pero los veranos de Pekín son agobiantes e implacables. La única fuente de alivio son las sombras moteadas que proporcionan las copas de los parasoles chinos que crecen a los lados de las calles.

Ahora mismo hace tanto calor que apenas puedo respirar. O quizá sea por el pánico, que al final se ha adueñado de mí.

—Nos vamos, *haizi* —me dice Mama. Lleva las bolsitas con la comida colgadas del brazo. Se han llevado todo lo que ha sobrado, y con todo quiero decir todo, incluso los huesos del pato.

La saludo con la mano. Exhalo un suspiro y me las arreglo para asentir y sonreír mientras ella me da sus consejos habituales: no te quedes despierta después de las once o te morirás, no bebas agua fría o te morirás, ten cuidado con los pederastas de camino al colegio, come jengibre, mucho jengibre, acuérdate de mirar el índice de calidad del aire cada día...

Luego, Baba y ella se dirigen a la estación de metro más cercana y la multitud acaba por tragarse la figura menuda de ella y la de Baba, más alta y angulosa. Y yo me quedo ahí, sola.

Empiezo a notar una terrible presión que me atenaza la garganta.

No. No puedo llorar, sobre todo no aquí, ni ahora. No cuando tengo una ceremonia de entrega de premios a la que asistir, quizá la última a la que asista nunca.

Me obligo a moverme, a concentrarme en lo que me rodea, en cualquier cosa para apartar mis pensamientos del agujero negro de preocupación que da vueltas en mi cabeza.

Veo un conjunto de rascacielos en la distancia, todo cristal, acero y lujo sin complejos. Sus puntas afiladas acarician el cielo azul. Si aguzo la vista, puedo incluso ver la famosa silueta de la sede de la Televisión Central de China. Todo el mundo lo llama «Los Pantalones Gigantes» por su forma, aunque Mina Huang (cuyo padre lo diseñó, al parecer) lleva cinco años intentando en vano que lo dejemos de hacer.

Me vibra el teléfono, que llevo en el bolsillo de la falda, y sé sin mirarlo que no es un mensaje (nunca lo es), sino una alarma: solo quedan veinte minutos para que empiece la asamblea. Me obligo a acelerar el ritmo mientras recorro los callejones serpenteantes llenos de bicitaxis, vendedores y pequeñas bicicletas amarillas. Dejo atrás las tiendas de ultramarinos y de fideos, y las luces de neón en forma de caracteres chinos que parpadean en los letreros pasan por mi lado como una exhalación.

El tráfico y la multitud se hacen más densos a medida que me acerco a la tercera carretera de circunvalación. Hay gente de todo tipo por todas partes: señores calvos que se refrescan con abanicos de paja y cigarrillos colgando de los labios, con las camisetas medio subidas para exponer las barrigas quemadas por el sol. Son la viva imagen del «me la suda». También hay señoras que caminan por la acera a paso firme, tirando de sus carritos de la compra con flores estampadas, camino de los mercados al aire libre; un grupo de estudiantes de un colegio de la zona compartiendo té de burbujas y boniatos asados junto a un puesto de chucherías, con los montones de libros de deberes en un taburete a su lado y las páginas que ondean al viento.

Cuando paso por su lado, oigo que uno de ellos pregunta de forma teatral, con un fuerte acento pekinés:

—Tía, ¿has visto eso?

—¿El qué? —responde una chica.

Sigo andando sin mirar atrás, haciendo lo posible por fingir que no oigo su conversación. De todos modos, lo más probable es que den por hecho que no hablo chino; la gente de aquí me ha dicho una y otra vez que tengo un aire extranjero, o *qizhi*, sea lo que sea lo que significa.

—Va al colegio ese, al que va la hija de esa cantante de Hong Kong... ¿Krystal Lam? Y también el del presidente de SYS... Espera, deja que lo mire en Baidu...

—*Wokao!* —maldice la chica unos segundos después. Casi puedo notar su mirada de incredulidad clavada en la nuca. Me arde la cara—. ¿Trescientos treinta mil yuanes solo por un año? ¿Qué te enseñan, cómo seducir a la realeza? —Hace una pausa—. Pero ¿no es un colegio internacional? Pensaba que solo era para blancos.

—¿Y tú qué sabes? —contesta el primero con un resoplido—. La mayoría de los estudiantes internacionales solo tienen un pasaporte extranjero. Es fácil si eres lo bastante rico para nacer al otro lado del charco.

Eso no es en absoluto cierto: yo nací aquí, en Pekín, y no me trasladé a California con mis padres hasta los siete años. Y sobre lo de ser rica… Pues no. Qué más da. Tampoco es que me vaya a dar media vuelta para corregirlo. Además, he tenido que contarle la historia de mi vida a suficientes desconocidos como para saber que a veces es más fácil dejar que piensen lo que quieran.

Cruzo la calle sin esperar a que el semáforo se ponga verde (de todos modos, aquí casi nadie los respeta), contenta de no tener que escuchar el resto de la conversación. Luego hago mentalmente una lista de cosas que hacer. Es lo que mejor me funciona cuando me siento abrumada o frustrada: objetivos a corto plazo, pequeños obstáculos y cosas que puedo controlar. Como, por ejemplo:

Uno: aguantar toda la ceremonia de entrega de premios sin tirar a Henry Li del escenario de un empujón.

Dos: entregar el ensayo de Chino por adelantado (última oportunidad de ganarme a Wei Laoshi).

Tres: leer el programa de Historia antes de la hora del almuerzo.

Cuatro: investigar sobre Maine y sobre los institutos públicos más cercanos de Pekín y descubrir en qué sitio tengo más probabilidades de éxito futuro (si es que tengo alguna) sin desmoronarme ni pegarle a algo.

¿Veis? Todo eso está en mi mano.

* * *

—¿Seguro que estudias aquí?

El guardia de seguridad frunce el ceño y me mira desde el otro lado de las puertas de hierro forjado del colegio.

Trago saliva, exasperada. Siempre pasa lo mismo, por mucho que lleve el uniforme o que haya venido esta misma mañana para llevar mis cosas a la residencia. Tal vez no me molestaría tanto si no hubiera visto con mis propios ojos que el mismo guardia saludaba a Henry Li con la mano y una ancha sonrisa y lo dejaba pasar sin más preguntas. Supongo que la gente como Henry ni siquiera tiene que llevar carnet de identidad, con su cara y su nombre tienen bastante.

—Sí, seguro —replico mientras me limpio el sudor de la frente con la manga de la americana—. Si me pudiera dejar entrar, *shushu...*

—¿Nombre? —me interrumpe sacando una tablet de aspecto caro para guardar mis datos. Desde que el colegio decidió funcionar sin papel, hace algunos años, han traído una cantidad infinita de tecnología innecesaria. Incluso los menús de la cafetería son digitales.

—Mi nombre chino es Sun Yan. Mi nombre occidental es Alice Sun.

—¿Año?

—Duodécimo.

—¿Carnet de estudiante? —Debe de fijarse en mi expresión, porque frunce aún más el ceño—. *Xiao pengyou*, si no tienes el carnet de estudiante...

—No, no es eso… Vale, ya lo saco —mascullo.

Saco el carnet y se lo tiendo para que lo vea. Nos hicimos las fotos el año pasado durante los exámenes y, en consecuencia, parece que acabe de salir reptando de una alcantarilla: mi coleta negra y repeinada es un desastre aceitoso porque no me lavé el pelo en toda la semana para revisar el temario, tengo la cara llena de rojeces por estrés y unas ojeras gigantescas. Juraría que el guardia de seguridad enarca las cejas al verla, pero al menos las puertas se abren un segundo después, hasta detenerse junto a los dos leones de piedra que miran a la calle. Recojo la poca dignidad que me queda, le doy las gracias y entro a toda prisa.

Quienquiera que diseñara el campus de Airington tenía una intención muy clara: construir una mezcla artística de lo oriental y lo occidental, de elementos arquitectónicos nuevos y viejos. La entrada principal está pavimentada con baldosas planas y anchas como las de la Ciudad Prohibida y más adelante hay unos jardines chinos artificiales con estanques *koi* y pagodas con tejados de color bermellón, mientras los edificios de la escuela tienen ventanas que van del suelo al techo y puentes de vidrio que se erigen sobre patios de césped.

Sin embargo, si os soy sincera, parece más como si alguien hubiese empezado a filmar una película de época y se hubiera olvidado de recoger el plató. Tampoco ayuda que todo sea tan grande. Tardo diez minutos en cruzar corriendo el patio, rodear el edificio de Ciencias y llegar al auditorio y, para entonces, el enorme espacio iluminado ya está lleno de estudiantes.

Las voces rebosantes de emoción rebotan en las paredes como las olas en la orilla. El volumen es aún más alto de lo habitual, porque la gente no hace más que parlotear sobre lo que han hecho durante las vacaciones. No necesito prestarles atención; ya conozco todos los detalles: circularon por Instagram todo el verano, desde las fotos en biquini de Rainie Lam en una villa en la que se alojaron las Kardashian a los muchos selfis con filtro de Chanel Cao en el nuevo yate de sus padres.

Mientras el ruido va *in crescendo*, recorro el auditorio con la mirada en busca de un sitio para sentarme o, para ser más exacta, gente con la que pueda sentarme. Me llevo lo bastante bien con todo el mundo, pero la división social está muy presente, marcada por un abanico de razones, desde tu lengua materna (el inglés y el mandarín son los idiomas más comunes, seguidos por el coreano, el japonés y el cantonés) hasta cuántas veces has logrado algo lo bastante impresionante como para salir en el boletín informativo mensual de la escuela. Supongo que es lo más cercano a una meritocracia que puedes esperar de un lugar así, pero Henry Li ha salido quince veces en los cuatro años que lleva aquí.

Aunque no es que lleve la cuenta.

—¡Alice!

Levanto la vista y veo a mi compañera de cuarto, Chanel, que me saluda desde la fila del medio. Es guapa, al estilo de las modelos de Taobao: barbilla afilada, piel blanca y brillante, un flequillo despeinado a propósito, una cintura del ancho de mi muslo y un doble párpado que no estaba ahí hace dos veranos. Su madre, Coco Cao, es modelo de verdad. El año pasado hizo un reportaje para la *Vogue* de China y su cara empapeló todos los quioscos de la ciudad. Su padre tiene una cadena de discotecas de lujo con locales en Pekín y Shanghái. Y, más o menos, eso es todo lo que sé de ella. Cuando nos mudamos a los dormitorios al principio del séptimo año, una parte de mí tenía la esperanza de que se convirtiera en mi mejor amiga, y durante un tiempo pareció que sería así: íbamos juntas a desayunar a la cafetería cada mañana, nos esperábamos junto a las taquillas después de clase... Pero entonces empezó a invitarme a ir de compras con ella y sus amigas *fuerdai* a sitios como Sanlitun Village y Guomao, donde venden unos bolsos de marca que deben de costar más que el piso de mis padres. Tras la tercera vez que me negué con una excusa barata y endeble, dejó de invitarme.

Aunque no es que nos llevemos mal ni nada de eso, y hay un asiento vacío a su lado… Me dirijo hacia ella con la esperanza de que no se note que estoy incómoda.

—¿Puedo sentarme aquí?

Ella parpadea, perpleja. Me ha saludado por educación, no me estaba invitando a venir. Pero entonces, para mi alivio, sonríe. Sus dientes perfectos de porcelana casi resplandecen bajo las luces del auditorio, que ya se han empezado a atenuar.

—¡Claro! —contesta.

En cuanto me siento, nuestro coordinador y profesor de Historia, el señor Murphy, sale al escenario con el micrófono en la mano. Es uno de los muchos expatriados norteamericanos del colegio: un título de Inglés de una universidad decente, aunque no de la Ivy League, esposa china y dos hijos. Supongo que se trasladó a China a raíz de una especie de crisis de mediana edad y, luego, el sueldo lo empujó a quedarse.

Da un par de golpecitos al micrófono, provocando un sonido chirriante y terrible que hace que todo el mundo se estremezca.

—Hola, hola —saluda—. Bienvenidos a la primera asamblea del curso académico. Una asamblea muy especial, como recordaréis…

Me enderezo un poco en mi silla, aunque sé que la parte de los premios es al final.

Primero toca una ronda de autobombo.

El señor Murphy hace un gesto con la mano para que enciendan el proyector. En pantalla aparecen nombres que nos resultan familiares, números y logos fácilmente reconocibles.

Son los índices de admisión en las universidades. Según el PowerPoint, más del cincuenta por ciento de los graduados del año pasado fueron admitidos en universidades de la Ivy League o en Oxbridge. Varios estudiantes murmuran maravillados entre el público, seguramente los nuevos. Los demás ya estamos acostumbrados; nos impresiona un poco, pero no hasta el punto de asombrarnos. Además, el índice era aún más alto entre los graduados del año anterior.

El señor Murphy parlotea y parlotea sobre «el éxito en todos los campos» y el «compromiso con la excelencia» de la institución durante lo que me parecen años. Luego presenta a la gente que va a actuar y todo el mundo presta atención cuando menciona el nombre de Rainie Lam. Incluso hay alguien que la vitorea.

Rainie se dirige al escenario contoneándose, abrazada por una ronda ensordecedora de aplausos, y no puedo evitar una sensación en el pecho a medio camino entre la admiración y la envidia. Es como volver al jardín de infancia, cuando un niño llegaba con ese juguete nuevo que hacía semanas que querías.

Rainie se sienta al piano y la luz de los focos la ilumina con un halo dorado y resplandeciente. Es igual que su madre, Krystal Lam: parece una estrella hongkonesa que ha ido de gira por todo el mundo. Ella también debe de saberlo, porque mueve la melena brillante de color caoba como si estuviese en un anuncio de Pantene y le guiña un ojo al público. Técnicamente, no se nos permite teñirnos el pelo, pero Rainie ha sido muy astuta. El año pasado se fue tiñendo el pelo un poco más claro cada dos semanas para que los profesores no se dieran cuenta del cambio. Su dedicación es casi digna de admiración. Pero, claro, es fácil ser tan estratégica cuando tienes tiempo y dinero.

Cuando por fin dejan de aplaudirla, Rainie abre la boca y empieza a cantar. Por supuesto, es uno de los últimos singles de JJ Lin, un guiño descarado al hecho de que fuese el artista invitado al concierto de su madre del pasado noviembre.

Después de ella, Peter Oh se sube al escenario a deleitarnos con uno de sus raps originales. Si fuera otra persona, la gente se estaría riendo y revolviéndose incómoda en sus asientos, pero Peter es bueno, muy bueno. Circulan rumores de que ya tiene un acuerdo con una empresa de hip hop asiático, aunque es igual de probable que herede el puesto de su padre en la empresa petrolífera Longfeng.

Después de Peter sube más gente al escenario: un prodigio del violín de un curso inferior al mío, una cantante de ópera asiático-australiana formada profesionalmente que ha actuado en la Ópera de Sídney y un concertista de *guzheng* vestido con ropas tradicionales chinas.

Entonces, por fin, me toca a mí.

Se llevan el piano a una esquina oscura detrás de las cortinas y cambian las diapositivas de la presentación. Las palabras «Premio al Mérito Académico» aparecen en la pantalla en letras doradas. Me da un vuelco el corazón.

La verdad es que en estas ceremonias de entrega de premios no hay un gran suspense. Nos notifican por correo electrónico si estamos nominados con meses de antelación, y excepto en el octavo año, que me fue mal en el examen de Chino porque estuve gravemente enferma por una intoxicación alimentaria, Henry y yo empatamos en el Premio al Mérito Académico cada año desde que llegó al colegio. Pensaréis que ya debería haberme acostumbrado, que igual debería importarme un poco menos, pero lo que ha ocurrido es justo lo contrario. Ahora que llevo una racha de éxitos, que tengo una reputación que mantener, siento que todavía me juego más y el subidón de la victoria es aún mayor que antes.

Es más o menos como besar a la persona que amas (según dicen, porque yo no tengo forma de saberlo): cada vez es igual que la primera.

—Alice Sun —anuncia el señor Murphy por el micrófono.

Todas las miradas se vuelven hacia mí mientras me levanto poco a poco de la silla. Nadie me vitorea como a Rainie, pero al menos me miran. Al menos pueden verme.

Me aliso el uniforme y me dirijo al escenario con cuidado de no tropezarme. El señor Murphy, que está delante de mí, me estrecha la mano, me guía hacia los focos y la gente empieza a aplaudir.

¿Veis? Si me enterase de que la gente me juzga o habla mal de mí a mis espaldas creo que me marchitaría o me moriría, pero esto, este tipo de atención positiva, con mi nombre entero a la vista y los aplausos resonando en la sala como un redoble de tambores… No me importaría disfrutar de este momento para siempre.

Sin embargo, apenas dura unos segundos, porque entonces el señor Murphy llama a Henry Li y así, sin más, la atención de la gente se va hacia otro lado. Busca un nuevo foco. El público aplaude más que antes; el cambio en la intensidad es audible y doloroso.

Sigo sus miradas y se me encoge el estómago al verlo de pie en la primera fila.

Una de las grandes injusticias de la vida (además del paro juvenil, los impuestos y todo eso, claro) es que Henry Li tenga el aspecto que tiene. A diferencia de los demás, parece haberse saltado esa fase intermedia de la pubertad tan incómoda. A finales del año pasado, se quitó esa piel de niño bonito de anuncio de la noche a la mañana. Ahora, con un perfil anguloso, un cuerpo esbelto y ese pelo negro y ondulado que cae siempre de forma perfecta sobre sus cejas oscuras, podría pasar tanto por un ídolo de K-pop como por el heredero de la segunda *start-up* tecnológica más importante de China.

Se sube al escenario de un solo salto, con movimientos resueltos y deliberados y esa expresión de ligero desinterés que tanto odio pintada en esa cara tan bonita y tan terrible.

Me mira a los ojos como si pudiera leerme el pensamiento. La sensación retorcida y ardiente de mi estómago se afila como un cuchillo.

El señor Murphy da un paso delante de mí.

—Felicidades, Henry —dice y luego se ríe—. Ya debes de estar harto de tantos premios, ¿eh?

Henry se limita a ofrecerle una sonrisa de cortesía. Aunque tengo los dientes tan apretados que me duele la mandíbula, me obligo a imitarlo. Sigo sonriendo incluso cuando Henry se pone a mi lado, dejando solo cinco asquerosos e indignantes centímetros de espacio entre los dos, e incluso cuando se me tensan los músculos, como siempre me pasa en su presencia, y él se inclina, cruzando el umbral no delimitado físicamente y me susurra para que solo yo pueda oírlo:

—Felicidades, Alice. Temía que este año no estuvieras a la altura.

La mayoría de los alumnos de las escuelas internacionales tienen un ligero acento americano cuando hablan inglés, pero el de Henry presenta un matiz británico muy distintivo. Al principio pensaba que debía de estar siguiendo un tutorial paso a paso sobre cómo ser la persona más pretenciosa del mundo, pero, después de buscarlo compulsivamente en las redes sociales (no, después de investigarlo), descubrí que había pasado un par de años en Inglaterra durante la escuela primaria. Y no en un colegio cualquiera: el mismo que el del hijo del primer ministro. Incluso encontré una foto de los dos juntos en los establos, con anchas sonrisas y las mejillas coloradas, mientras alguien limpiaba estiércol de caballo en el fondo.

El acento de Henry me distrae tanto que tardo un minuto entero en darme cuenta de que me ha insultado.

Sé que se refiere al último examen final de Química. Él sacó la nota máxima, como de costumbre, y yo perdí un punto porque me apresuré en una ecuación rédox particularmente difícil. De no ser por las dos preguntas para conseguir puntos extra que había al final del examen, que respondí a la perfección, me habría bajado la nota media.

Por un momento, soy incapaz de decidir qué odio más, si las ecuaciones rédox o a él.

Entonces me fijo en la sonrisa petulante que juguetea en las comisuras de sus labios y recuerdo, con una nueva punzada de resentimiento, la primera vez que estuvimos juntos en un escenario, igual que ahora. Intenté con todas mis fuerzas ser civilizada, incluso lo alabé por sacar mejor nota que yo en el examen de Historia. Y él se limitó a dedicarme esa misma sonrisa, con esa misma expresión exasperante, y me contestó: «Era un examen muy fácil».

Aprieto aún más los dientes.

Hago lo posible por recordarme el objetivo que me he marcado hace un rato: no tirar a Henry del escenario de un empujón. A pesar de que sería muy muy gratificante. A pesar de que lleve casi media década amargándome la vida y se lo merezca y siga mirándome con esa sonrisilla ridícula…

«No. Contente», me digo.

Nos vemos obligados a quedarnos ahí mientras un fotógrafo nos hace una foto para el anuario.

En ese momento, la realidad me cae como un jarro de agua fría: para cuando ese anuario se publique, yo ya no seré estudiante de este colegio. No, no solo eso: tampoco me graduaré en este auditorio, mi nombre no estará en las listas de admitidos a las universidades de la Ivy League ni saldré por las puertas de esta institución con un futuro brillante a mis pies.

Siento que la sonrisa de mi rostro se congela, que amenaza con disolverse. Parpadeo demasiado rápido. Por el rabillo del ojo, veo el eslogan del colegio, «Airington es tu hogar», impreso en letras gigantes en una pancarta. Pero Airington no es mi hogar, no es el hogar de alguien como yo. Airington es una escalera, la única escalera que podía sacar a mis padres de su piso desvencijado de las afueras de Pekín, la única que podía reducir la distancia que me separa de un sueldo con seis ceros y que podría permitirme alguna vez ser igual que alguien como Henry Li en un escenario tan elegante como este.

¿Cómo voy a llegar a la cima sin Airington?

Esa es la pregunta que me reconcome como un roedor muerto de hambre cuando vuelvo a mi asiento aturullada, casi sin reparar en el gesto de aprobación del señor Chen, la sonrisa de Chanel o las felicitaciones que me susurran otros compañeros.

El resto de la ceremonia transcurre a paso de tortuga. Estoy sentada tanto rato, con el cuerpo paralizado mientras mi mente trabaja a toda velocidad, que empiezo a sentir frío en todo el cuerpo, a pesar del calor abrasador del verano.

Cuando el señor Murphy da por finalizada la asamblea, estoy temblando. Mientras me uno a los grupos de estudiantes que salen del auditorio, una vocecilla en mi cerebro empieza a advertirme de que tal vez este frío no sea normal.

Pero, antes de que me dé tiempo a mirar si tengo fiebre o algo así, alguien detrás de mí carraspea. El sonido es particularmente formal, como si una persona se estuviese preparando para dar un discurso.

Me doy la vuelta. Es Henry.

Por supuesto que es Henry.

Durante unos segundos se limita a mirarme y ladea la cabeza, pensativo. Es imposible saber qué está pensando. Luego da un paso al frente y, con ese acento británico que me saca de quicio, dice:

—No tienes muy buen aspecto.

Noto un ramalazo de ira.

Ya es suficiente.

—¿Ahora también me vas a insultar por mi aspecto? —le espeto. Mi voz suena estridente incluso para mis oídos, y varios estudiantes que están pasando por nuestro lado se vuelven y nos miran con curiosidad.

—¿Qué? —Henry abre mucho los ojos; un rastro de confusión perturba la simetría precisa de sus rasgos—. No, solo quería decir que… —Entonces parece reparar en algo de mi expresión, algo cruel y herido, porque se cierra en banda. Se mete las manos en los bolsillos y aparta la vista—. ¿Sabes qué? Da igual.

Se me cae el alma a los pies por la repentina inexpresividad de su voz y lo odio por ello, pero aún me odio más a mí por haber reaccionado así. Tengo al menos veinte mil cosas más importantes que hacer que preocuparme por lo que Henry Li piense de mí.

Cosas como este helor que se sigue extendiendo bajo mi piel.

Doy media vuelta y echo a correr hacia el patio. Espero sentirme mejor cuando me dé el sol, pero empiezo a temblar con aún más violencia y el frío se me extiende hasta los dedos de los pies.

No es normal, no me cabe duda.

Entonces, sin aviso previo, algo se estampa contra mi espalda. Ni siquiera tengo tiempo de gritar: caigo de rodillas, dolorida, y el césped artificial y rígido se me clava en las palmas de las manos.

Hago una mueca y levanto la vista para ver que el culpable no es algo, sino alguien. Alguien del tamaño de un toro y dos veces más alto que yo.

Andrew She.

Espero a que me ayude a levantarme, a que se disculpe, al menos, pero se limita a fruncir el ceño mientras recupera el equilibrio. Sus ojos se deslizan sobre mí y se da la vuelta para irse.

En mi cerebro hay una batalla entre la indignación y la confusión. Se trata de Andrew She, de entre todo el mundo, el chico que endulza cada frase que dice con «lo siento» o «creo que» o «quizá», el que no es capaz de hablar en clase sin ponerse como un tomate, la primera persona en darle al profesor los buenos días cada mañana. Todos los estudiantes de nuestro curso se han metido con él hasta la saciedad por ser demasiado educado.

Pero, cuando me giro hacia las puertas de cristal tintado para ver si estoy herida, todo lo que estaba pensando sobre Andrew She y los modales más básicos se desvanece. El corazón empieza a martillear violentamente contra mis costillas y, jadeante, murmuro: «No puede ser, no puede ser, no puede ser».

Porque en las puertas se refleja todo, como un espejo: los chicos que salen a las pistas de baloncesto, los bosquecillos de bambú esmeralda plantados alrededor del edificio de Ciencias, la bandada de gorriones que parece hablar con el cielo, en lo alto...

Se refleja todo menos yo.

Dos

Lo primero que pienso no es muy elocuente: una palabra que empieza por «m».

Lo segundo es: «¿Cómo voy a entregar el ensayo de Chino así?».

Empiezo a entender a qué se refería Mama cuando me dijo que tenía que reordenar mis prioridades.

Mientras miro el espacio vacío en el cristal, el espacio donde debería estar yo, miles de preguntas y posibilidades dan vueltas en mi mente como un remolino, como las alas asalvajadas de unos pájaros asustados, pura fuerza y ninguna dirección. «Tiene que ser un sueño», me digo, pero, por mucho que me repita esas palabras una y otra vez, no me las creo. Mis sueños nunca son tan vívidos; aún puedo oler el curri de coco y las especias de la cafetería, aún siento la tela fresca y suave de la falda contra el mulso y noto la caricia de mi cola de caballo contra el cuello cubierto de sudor.

Me levanto sin dejar de temblar. Todavía me duelen las rodillas. Reparo vagamente en las gotitas de sangre que brotan de las palmas de mis manos, pero ahora mismo son lo último que me preocupa. Intento respirar y calmarme.

No funciona. Me zumban los oídos y respiro de forma atropellada y superficial. Además, a pesar de ser presa del pánico, estoy molesta. No tengo tiempo de hiperventilar.

Lo que necesito son respuestas.

No, aún mejor: lo que necesito es otra lista de cosas que hacer. Un rumbo fijo, como, por ejemplo:

Uno: descubrir por qué narices no puedo ver mi propio reflejo, como si fuese un vampiro en una película de los primeros años del 2000.

Dos: adaptar mis planes de hacer deberes por la tarde a los resultados del punto uno.

Y tres…

Mientras busco una tercera cosa que hacer, se me ocurre que tal vez esté alucinando, que quizá este sea el primer síntoma de un trastorno psicológico (lo que también explicaría ese frío tan raro que tenía antes) y que tendría que ir a la enfermería.

Sin embargo, de camino, esa sensación de que algo no va bien se me clava aún más en los huesos. Los demás estudiantes siguen chocando conmigo para luego mirar en mi dirección como si yo no estuviera allí. Cuando el quinto alumno me pisa para luego mirar al suelo desconcertado, se me ocurre una idea extraña y terrible.

Solo para comprobarlo, corro frente al estudiante que tengo más cerca y muevo la mano delante de su cara.

Nada.

Ni parpadea.

El corazón me late con tanta fuerza que me da miedo que salga escopeteado de mi cuerpo.

Muevo la mano otra vez, con la fútil esperanza de que me esté equivocando, pero el chico mira al frente sin inmutarse. Eso significa que o todo el colegio se ha aliado y ha manipulado cada superficie del campus para gastarme la broma más elaborada de todos los tiempos o…

O soy invisible.

Es un inconveniente un poco más grande de lo que imaginaba.

Me aparto del camino de los estudiantes antes de que me tiren al suelo y me cobijo bajo un roble. Mi mente va a toda velocidad. No tiene sentido acudir a la enfermera si ni siquiera puede verme, pero tiene que haber alguien que me pueda ayudar. Alguien que me crea, que sea capaz de dar con una solución o, si no, que al menos me consuele. Que me diga que todo irá bien.

Pienso rápidamente en todas las personas que conozco y acabo dándome de bruces con una dolorosa verdad: me llevo bien con todo el mundo…, pero no soy amiga de nadie.

Es la clase de conclusión que debería inspirar una hora larga de cuidadosa introspección y, si las circunstancias fuesen otras, lo más probable es que me la concediera. Sin embargo, el subidón de adrenalina y de miedo que corre por mis venas no me permite descansar, y ya estoy haciendo otros cálculos, buscando la mejor estrategia.

Veamos: no tengo ninguna relación íntima en la que confiar durante una crisis personal y potencialmente sobrenatural. Vale. No pasa nada. Puedo ser objetiva. Puedo tratar este asunto como una pregunta para conseguir puntos extra en un examen, donde lo único que importa es dar con la respuesta correcta.

Y, si soy objetiva, sé que hay una persona en este colegio que podría serme útil. Cierta persona que lee artículos académicos abstrusos por diversión, que hizo unas prácticas en la NASA y que ni parpadeó cuando una autoridad norcoreana se presentó en el colegio. Cierta persona que tal vez sea lo suficiente tranquila y competente para descubrir qué mierda me pasa.

Y si él tampoco tiene ni idea de qué es... En fin, al menos tendré la satisfacción de saber que hay un rompecabezas que Henry Li no es capaz de resolver.

Antes de que el orgullo supere a la lógica y me convenza de que esto es una idea terrible, emprendo el camino hacia el único edificio al que jamás creí que me acercaría, y mucho menos por voluntad propia.

Minutos después, contemplo las palabras pintadas sobre unas puertas dobles de color bermellón con letras en cursiva muy ornamentadas:

Edificio Mencio

Respiro hondo y echo un vistazo para asegurarme de que nadie me esté mirando. Empujo las puertas y entro.

* * *

Los edificios de los cuatro dormitorios del campus tienen nombres de antiguos filósofos chinos: Confucio, Mencio, Laozi y Mozi. Suena muy elegante hasta que te paras a pensar en la cantidad de adolescentes salidos que se han enrollado en el edificio Confucio.

El edificio Mencio es el más fastuoso de todos. Los pasillos son anchos e impolutos, como si las *ayis* del colegio los limpiaran una vez por hora, y las paredes están pintadas de azul océano y decoradas con pinturas de tinta de pájaros y enormes montañas. De no ser por los nombres que hay escritos en las puertas, podría pasar por un hotel de cinco estrellas.

No tardo mucho en encontrar la habitación de Henry. Al fin y al cabo, fueron sus padres quienes donaron este edificio, así que al colegio le pareció más que justo asignarle el único cuarto individual, que está al final del pasillo.

Para mi sorpresa, ha dejado la puerta entreabierta. Siempre di por hecho que sería de ese tipo de personas muy celosas con su espacio personal. Doy un paso al frente con vacilación y me detengo ante el umbral, sobrecogida de repente por el impulso inexplicable de arreglarme el pelo.

Luego recuerdo por qué he venido y me entran ganas de reírme como una histérica. Entro antes de perder los nervios o de comprender lo absurdo de lo que estoy a punto de hacer.

Y me quedo de piedra.

No sé muy bien qué esperaba encontrarme. Tal vez ver a Henry recostado entre montones enormes de dinero, puliendo uno de sus muchos trofeos resplandecientes o exfoliándose esa piel de una perfección ridícula con polvo de diamantes y la sangre de trabajadores migrantes. Algo así. Sin embargo, está sentado en su escritorio y teclea en su ordenador portátil, concentrado y con el ceño ligeramente fruncido. Se ha desabrochado el primer botón de la camisa blanca del colegio y se la ha arremangado, dejando al descubierto los músculos tonificados de los antebrazos. La suave luz de la tarde se cuela por la ventana abierta, bañando sus rasgos perfectos de dorado. Por si la escena no fuese lo bastante espectacular, de repente, entra una ligera brisa y él se pasa los dedos por el pelo, como si estuviéramos en un videoclip de un grupo de K-pop.

Mientras lo contemplo con una mezcla de fascinación y disgusto, Henry alarga una mano hacia un tarro de caramelos de leche que tiene al lado del ordenador. Pela el envoltorio blanco y azul con sus dedos largos, se mete el caramelo en la boca y cierra los ojos un instante.

En ese momento, una vocecilla en el fondo de mi cerebro me recuerda que no he venido hasta aquí para ver cómo Henry Li se come un caramelo.

No sé muy bien cómo proceder, así que carraspeo y digo:

—Henry.

No reacciona. Ni siquiera levanta la vista.

El pánico corre por mis venas. Estoy empezando a preguntarme si la gente tampoco podrá oírme, como si ser invisible no fuese lo bastante duro, cuando me doy cuenta de que tiene puestos los AirPods. Echo un vistazo a su lista de Spotify, convencida de que será ruido blanco o música clásica para orquesta, pero me encuentro con el último álbum de Taylor Swift.

Estoy a punto de hacer un comentario, pero entonces descubro una foto plastificada que tiene pegada al escritorio y, comparado con eso, que Henry Li escuche a Taylor en secreto no es nada.

Es una foto de nosotros dos.

Recuerdo haberla visto en un par de anuncios del colegio: nos la tomaron en la ceremonia de entrega de premios hace tres años, cuando yo todavía tenía ese ridículo flequillo de lado que me tapaba media cara. Henry luce su expresión más característica, esa mirada de educado interés que me saca de mis casillas, como si tuviera algo mejor que hacer que quedarse de pie mientras lo aplauden y recibe premios de prestigio (y lo que más me cabrea es que probablemente así sea). Yo estoy a su lado mirando a cámara, con los hombros tensos y los brazos rígidos a los lados del cuerpo. Luzco una sonrisa tan forzada que es un milagro que el fotógrafo no quisiera repetir la foto.

No tengo ni idea de por qué la tiene ahí puesta, a no ser que quiera pruebas visibles de mi clara incapacidad de salir mejor que él en las fotos.

De repente, Henry se pone tenso, se quita los AirPods y se da la vuelta para recorrer el cuarto con la mirada. Tardo un segundo en darme cuenta de que me he inclinado demasiado hacia delante y que le he rozado el hombro sin querer.

Bueno, supongo que es una forma de obtener su atención.

—Vale —digo, y él se sobresalta y mira a un lado y a otro al oír mi voz—. Por favor, no te asustes ni nada… Soy Alice. Es que ahora mismo… no puedes verme. Te prometo que te lo explicaré, pero estoy aquí. —Cojo la tela de su manga izquierda con dos dedos y tiro de ella con suavidad para demostrárselo.

Se queda totalmente inmóvil.

—¿Alice? —repite. Odio lo pijo que suena mi nombre con su voz. Suena elegante—. ¿Es una broma?

Como respuesta, le tiro más fuerte de la manga y contemplo la serie de emociones que aparecen en su rostro como sombras: conmoción, incertidumbre, miedo, escepticismo e incluso un poco de irritación. Aprieta los dientes.

Luego, por mucho que cueste creerlo, su máscara de tranquilidad se recoloca en su sitio.

—Qué raro —dice tras un largo silencio.

Pongo los ojos en blanco porque eso es todo un eufemismo, pero enseguida recuerdo que no puede verme.

Fantástico. Ahora ni siquiera puedo fastidiarle como es debido.

—Es más que raro —contesto—. Debería ser… Debería ser imposible.

Henry respira hondo y niega con la cabeza. Me busca de nuevo con la mirada, solo para detenerla en un punto aleatorio encima de mi clavícula.

—Pero te he visto hace menos de media hora…

Me pongo roja al recordar nuestra última conversación, pero aparto el pensamiento.

—Pues parece que en media hora pueden cambiar muchas cosas.

—Ya —contesta alargando la palabra. Luego niega con la cabeza otra vez—. Entonces ¿cómo ha pasado esto... —señala en mi dirección— exactamente?

Para seros sincera, pensaba que me lo pondría bastante más difícil, que al menos me preguntaría por qué he decidido venir a verlo a él de entre todas las personas que conozco. Pero se limita a cerrar su ordenador y a empujarlo hacia atrás de forma que, no sé si a propósito o sin querer, tapa esa vieja foto nuestra, y espera a que hable.

Y eso hago.

Se lo cuento todo, desde el golpe de frío a cuando Andrew She me ha tirado al suelo, con cuidado de no olvidar ningún detalle que pueda darnos pistas de qué narices me está pasando. Bueno, todo menos mi conversación con mis padres antes de la asamblea: en el colegio nadie sabe cuál es la situación de mi familia y prefiero que siga siendo así.

Cuando termino, Henry se inclina hacia delante y junta las manos sobre el regazo. Me mira con gesto pensativo.

—¿Sabes qué?

—¿Qué? —pregunto intentando no parecer muy esperanzada.

Me espero algo profundo, científico, tal vez alguna referencia a algún fenómeno social frecuente sobre el que yo todavía no haya leído nada, pero lo que sale de su boca es...

—Esto se parece mucho a *El señor de los anillos*.

—¡¿Qué?!

—Esto de la invisibilidad...

—No, si eso ya lo pillo. Pero ¿cómo...? ¿Por qué...? A ver, espera un momento. ¿Desde cuándo te gusta la alta fantasía?

Se pone recto.

—Dentro de unos años —empieza a decir, lo que me parece que es irse un poco por las ramas cuando te hacen una pregunta tan directa— seré el presidente de la *start-up* tecnológica más grande de China...

—La segunda más grande —lo corrijo de forma automática—. No mientas. Lo dijeron en el *Wall Street Journal* la semana pasada.

Me dirige una mirada extraña y se me ocurre, un segundo demasiado tarde, que tal vez no debería saber tanto sobre la empresa de su padre.

—Ahora mismo sí —responde tras una corta pausa. Luego se le dibuja una media sonrisa, una expresión tan arrogante que he de contenerme para no darle un puñetazo—, pero no será así cuando tome yo las riendas. De todos modos —prosigue, como si no acabara de regalarme la afirmación más pretenciosa de la historia de la humanidad—, teniendo en cuenta el puesto que me espera, es importante que esté bien informado sobre todo un abanico de temas, incluidas las sagas con éxito comercial. Además, así es más fácil conectar con los clientes.

—Ya —mascullo—. No he dicho nada.

—Pero, volviendo a tu nuevo poder...

—No es ningún poder —lo interrumpo—. Es una... Una aflicción. Una dificultad, un inconveniente de marca mayor...

—Todo es una forma de poder.

—Ya, bueno, el poder implica algún tipo de control —protesto, aunque una pequeña parte de mi cerebro, la que no está nublada por el pánico y por el resentimiento acumulado contra él durante cuatro años, está de acuerdo con su afirmación. En teoría—. Y, en la situación actual, no controlo nada de nada.

—¿De verdad? —Se apoya una mejilla en la mano e inclina la cabeza justo cuando otra brisa perezosa se cuela por la ventana y le alborota el pelo—. ¿Lo has intentado?

—Pues claro que lo he...

41

—¿Lo has intentado de verdad?

La pregunta, o su manera de formularla, es tan condescendiente que pierdo los últimos resquicios de compostura que me quedaban, que, en su presencia, ya no eran gran cosa.

Cojo el respaldo de su silla y lo atraigo hacia mí con un movimiento brusco, mientras noto que una rabia conocida me burbujea bajo la piel. Para mi satisfacción, abre mucho los ojos.

—Henry Li, si estás insinuando que esto es por falta de fuerza de voluntad, te juro por Dios…

—Solo era una pregunta…

—Como si tú pudieras gestionar esta mierda mejor que yo.

—Eso no es lo que quería decir. Cálmate…

—¡No me pidas que me calm…!

Dos fuertes golpes en la puerta entreabierta hacen que el resto de la frase se me congele en la lengua. Henry se queda aún más callado y quieto, como si estuviese tallado en hielo. Alguien resopla al otro lado de la puerta y, un segundo después, una voz masculina con suave acento nos llega a través de la rendija.

—Tío, ¿estás con una chica?

Tardo un momento en identificarla: es Jake Nguyen, atleta estrella con la puerta abierta en Harvard y, si los rumores son ciertos, primo de una famosa estrella del porno. Recuerdo haber visto su nombre en la puerta cuando venía, unas habitaciones más abajo.

—Qué va —contesta Henry como si tal cosa, pese a haber tardado un poco en responder—. Estoy al teléfono.

—¿Con tu novia? —insiste Jake. Casi puedo imaginarme la sonrisilla en esa cara de ancha mandíbula.

—No. —Henry hace una pausa—. Es mi abuela.

Me vuelvo y lo fulmino con la mirada, pero enseguida recuerdo que es un esfuerzo en vano en mi estado actual, así que, para que solo lo oiga él, le digo entre dientes:

—¿En serio? ¿Tu abuela?

42

El muy imbécil ni siquiera tiene la decencia de parecer arrepentido. Y entonces, como si la situación no fuese lo bastante complicada, Jake insiste:

—Tío, sin ánimo de ofender, pero… ¿Por qué tu abuela habla igual que Alice Sun? Igual de agresiva y estridente…

—¿Tú crees? —contesta Henry con tono inexpresivo—. No me había dado cuenta.

Jake suelta su carcajada de hiena habitual, da otro golpe en la puerta y dice:

—Vale, tío, tú sigue con lo tuyo. Ah, por cierto, si algún día sí tienes una chica en tu cuarto, o dos…

—Te aseguro que las probabilidades son bastante bajas —lo interrumpe Henry.

Pero Jake ni se inmuta.

—Tú invítame, ¿vale?

Henry frunce el ceño; por un instante, parece debatirse entre contestar o no. Luego suspira y dice:

—¿Y qué pasa con tu novia?

—¿Qué? —Jake parece confundido de verdad.

—Sí, tu novia. Rainie Lam.

—¡Ah, Rainie! —Otra carcajada—. Pero, tío, ¿dónde te metes? Rompimos hace un siglo, hará un mes entero. Estoy más que disponible.

—Ya, claro —masculla Henry—. Bueno es saberlo.

«Por favor, vete», le ruego a Jake para mis adentros. Sin embargo, parece que hoy el universo no tiene muchas ganas de cooperar, porque continúa:

—Un momento. No me lo estarás preguntando porque estás interesado en Rainie, ¿no? Porque me parecería bien. Qué coño, incluso os puedo organizar una cita si…

—No —lo interrumpe Henry con una vehemencia sorprendente. Su mirada se dirige a algún lugar cercano a mi barbilla, como si me estuviera buscando. Como si, de repente, yo fuese una parte importante de esta conversación—. No tengo ningún interés.

—Vale, vale —se apresura a responder Jake—. Solo lo comentaba. Pero si alguna vez estás interesado…

—No lo estoy.

—Pero, si alguna vez lo estás, podemos hacer, no sé, un intercambio. ¿Sabes a qué me refiero?

Henry chasquea la lengua exasperado y Jake por fin parece pillarlo y se va. Oigo sus fuertes pasos por el pasillo. Que no los oyera antes es un recordatorio humillante de lo mucho que estaba gritando. Cuento hasta diez en mi cabeza para calmarme.

O, al menos, intentarlo. No he llegado aún a siete cuando Henry se vuelve hacia mí.

—Esto… —dice con un tono poco propio de él. Levanta la vista y me mira a los ojos. El sol le golpea en el sitio justo y casi puedo distinguir la curva de cada pestaña. Es ridículo—. Ahora ya… Ahora ya te veo.

«Ahora ya te veo». Creo que son las palabras más bonitas que he oído en mi vida. Sin embargo, el alivio no me dura mucho: no tardo en reparar en que estoy demasiado cerca de él. Retrocedo a toda prisa y casi me choco contra la esquina de su cama. Él hace ademán de ayudarme, pero luego parece pensárselo mejor.

—¿Estás…, estás bien?

Me pongo recta y me cruzo de brazos con fuerza, intentando deshacerme de la sensación de que me acabo de despertar de un sueño desconcertante.

—Sí, perfectamente.

Se hace un silencio incómodo. Ahora que el asunto más urgente, el de mi invisibilidad, está resuelto, ninguno de los dos sabe qué hacer.

Tras varios segundos, Henry se pasa una mano por el pelo y dice:

—Bueno, esto ha sido interesante.

Me concentro en la pálida franja de cielo que se ve tras su ventana, en cualquier cosa menos en él, y asiento.

—Ajá.

—Seguro que ha sido cosa de una vez —continúa, adoptando esa voz que siempre usa cuando responde a una pregunta en clase, con un acento más grueso y cada palabra enunciada para parecer más listo, más convincente. Dudo que sea consciente de que lo hace—. Una rareza. Lo equivalente a una tormenta insólita, algo posible solo bajo unas circunstancias muy específicas, estoy seguro —afirma con toda la confianza de alguien a quien no contradicen casi nunca, alguien que tiene un lugar en el mundo y lo sabe—. Después de esto, todo volverá a la normalidad.

* * *

Debe de ser la primera vez que le pasa en su vida, pero Henry Li se equivoca... Y no puedo ni siquiera regodearme.

Porque, pese a todas mis oraciones, nada vuelve a la normalidad.

Estoy en clase de Chino cuando vuelve a pasar, justo dos días después de la ceremonia de entrega de premios. Wei Laoshi está bebiendo de su termo gigante de té caliente en el centro del aula mientras todo el mundo a mi alrededor se queja del ensayo que nos acaba de mandar para la clase de hoy: quinientas palabras sobre un animal de nuestra elección.

Tengo entendido que los de la clase de nivel avanzado, los que tienen el chino como primera lengua (a la que asisten sobre todo los estudiantes nacidos en la China continental que iban a

45

colegios locales antes de asistir a este), tienen que diseccionar el equivalente chino de Shakespeare y escribir cuentos cortos sobre temas curiosos y muy específicos, como «un par de zapatos memorable». Sin embargo, mi clase está llena de malasios, singapurenses occidentalizados, chinos nacidos en Estados Unidos y gente como yo, que hablan y entienden el mandarín bien pero no conocen muchas expresiones además de *renshan renhai*: «gente de montaña, gente de mar».

Así que lo que nos toca escribir son ensayos sobre animales y, a veces, sobre las estaciones, si el profesor se siente particularmente sentimental.

Me quedo mirando la libreta de cuadros y luego las paredes del aula, con la esperanza de que me ofrezcan algún tipo de inspiración. Veo los pareados que escribimos para el Año Nuevo chino, con los caracteres «paz» y «fortuna» garabateados sobre banderas carmín, los recortes de papel y los abanicos pegados a las ventanas redondas y una serie de polaroids del viaje Experimenta China del año pasado, en las que aparece mucho más Rainie que los guerreros de terracota o que ningún animal.

Noto que la frustración empieza a burbujear en mi interior. No es que sea una tarea difícil; apuesto a que la mayoría de la gente elegirá el panda o uno de los doce animales del zodiaco. Sin embargo, eso significa que he de hacer algo diferente.

Algo mejor.

Me froto las sienes mientras intento ignorar el ruido que hace Wei Laoshi al sorber su té y el de Henry al escribir furiosamente a tres sillas de la mía. Era de esperar: él es siempre el primero en empezar y el primero en acabar cualquier tarea que nos asignen, pero no por ello disminuye mi deseo de apuñalar el escritorio con el bolígrafo.

Tras cinco tortuosos minutos más en los que me devano los sesos en busca de un tema digno de la nota máxima, por fin escribo un borrador de la primera línea: «Tanto el gorrión como el águila saben cazar, volar y cantar, pero, mientras uno surca los aires en libertad, el otro...».

Entonces hago una pausa y contemplo la caligrafía temblorosa de mis caracteres chinos. Leo la frase una y otra vez hasta que decido que es la peor combinación de palabras jamás escrita en el devenir de los tiempos.

Aprieto los dientes y siseo.

Dios, si esto fuese en inglés, ya iría por la segunda página y estaría encontrando todas las palabras adecuadas. Seguro que habría terminado.

Cuando estoy a punto de arrancar la página y empezar otra vez, ese frío terrible e inquebrantable que sentí por primera vez en el auditorio empieza a colarse por debajo de mi piel.

Dejo el boli suspendido sobre la página.

«Otra vez no —suplico para mis adentros—. Por favor, otra vez no».

Pero el frío se hace más profundo y afilado, se cuela por todos los poros de mi piel, como si hubiese sumergido mi ropa en agua helada. Aun así, mi cerebro es consciente de que, o bien tengo una fiebre muy alta, o bien estoy a punto de volverme invisible delante de una clase de veintidós personas.

Me pongo de pie de forma tan abrupta que Wei Laoshi da tal brinco que casi se tira el té encima. Veintidós pares de ojos se me clavan mientras el frío continúa extendiéndose, creciendo como un sarpullido terrible, y en cualquier momento...

—Esto..., tengo que ir al baño —suelto, y salgo corriendo del aula sin darle a Wei Laoshi tiempo de responder. Corro por el pasillo, humillada, golpeando el suelo resplandeciente con mis viejos zapatos de cuero. Ahora toda mi clase de Chino pensará que tengo diarrea crónica o algo así.

Pero mejor eso que la verdad. Sea lo que sea la verdad.

Cuando llego a los baños más cercanos de la segunda planta ya me he vuelto invisible. No veo mi sombra pegada a mis pies, y cuando me pongo frente a los espejos de cuerpo entero el reflejo no cambia, muestra solo la puerta rosa claro abriéndose sola. Si aquí hubiera otra persona, pensaría que este sitio está embrujado.

Me encierro en el último baño con dedos temblorosos y me estremezo al notar el intenso olor a desinfectante. Luego cierro la tapa del inodoro y me siento. Intento pensar.

Y lo único que se me ocurre es:

«Una vez es un accidente. Dos es una coincidencia. Tres, un patrón».

Veamos.

Ha pasado dos veces, así que todavía es posible que no signifique nada.

O quizá sea una aflicción más frecuente de lo que creo y simplemente la gente que la sufre lo mantiene en secreto, como el síndrome del intestino irritable o el herpes.

Con ese pensamiento tan inspirador, saco el teléfono del bolsillo interior de la americana. Es un viejo Xiaomi, es decir, un smartphone para ancianos, pero funciona y es barato, así que no me quejo.

La página de inicio tarda unos minutos en cargar en la pantalla resquebrajada, y aún necesito unos minutos más para que funcione el VPN que me permite conectarme a Google. Por fin consigo escribir en la barra de búsqueda: «¿Alguna vez te has vuelto invisible?».

Contengo el aliento y espero.

Los resultados aparecen casi de inmediato y se me llena el estómago de decepción. Solo son consejos reconfortantes y anécdotas sobre ser invisible en plan metafórico y un montón de memes que no estoy de humor para mirar.

Pero entonces me fijo en uno de los resultados relacionados. «¿Qué harías si fueras invisible por un día?».

Tiene ya dos millones de visitas y miles de respuestas. Después de filtrar un montón de comentarios asquerosos, me sorprende el variado abanico de respuestas y el tufillo de entusiasmo, incluso desesperación, que emana de ellas. Hay de todo, desde sugerencias de espionaje y robos a borrar correos electrónicos enviados al jefe por accidente, pasando por recuperar viejas cartas de amor escritas a un ex, el tipo de cosas que a la gente le suele dar vergüenza hacer.

Y, mientras leo, recuerdo las palabras de Henry: «Todo es una forma de poder».

Por supuesto, es un poco difícil sentirse poderosa cuando estás escondida encima de un inodoro. Pero quizá, solo quizá…

Antes de que me dé tiempo a terminar de formar el pensamiento, veo otro comentario enterrado al final del hilo. Data de hace años. Un usuario anónimo escribió: «Descartes se equivocaba cuando dijo: "Para poder vivir bien, hay que vivir sin ser visto". Confiad en mí, ser invisible no es tan divertido como pensáis».

Me quedo mirando el comentario sin parpadear hasta que empiezo a ver borrosa la pantalla resquebrajada, hasta que la frase empieza a danzar en mi mente. «Confiad en mí… Ser invisible…».

Luego me apoyo en la cisterna. El corazón me late desbocado.

Debería ser un chiste. Eso es todo. Es lo que parecen pensar los demás usuarios que han escrito en el foro. Ese comentario solo ha recibido seis «me gusta» y cuatro «no me gusta». Además, lo primero que aprendimos en clase de Historia es a separar las fuentes fiables de las no fiables, y un comentario de una cuenta anónima desactivada en una página web conocida por sus publicaciones basura es, en esencia, la definición de no fiable.

Pero si, hipotéticamente, estuvieran hablando en serio…

¿Qué significaría eso para mí?

La puerta del baño se abre de golpe, lo que interrumpe mis pensamientos. Después oigo una serie de jadeos y respiraciones entrecortadas, parecidas a… sollozos. Me quedo de piedra. Escucho el ruido de unos pasos, el grifo que se enciende. Luego, una voz habla por encima del ruido del agua, en voz baja y deformada por las lágrimas.

—… tengo ganas de matarlo. Es…, es terrible. Es terrible, joder, y cuando las envíe…

Me quedo boquiabierta.

Al principio casi no reconozco la voz: Rainie siempre habla como si estuviese publicitando un producto para el pelo en Instagram, lo que, teniendo en cuenta que tiene 500.000 seguidores, no se aleja mucho de la realidad. Sin embargo, su voz tiene una cualidad rasposa, la misma que catapultó a su madre a la fama, así que cuando vuelve a hablar estoy segura de que es ella.

—No, no… Escucha, entiendo que estás intentando consolarme y te quiero, pero… no lo entiendes. —Respira hondo, aunque de forma temblorosa. Oigo el chirrido del grifo y que empieza a caer agua con más fuerza—. Esto es muy muy gordo, joder. Si alguien lo filtra a Weibo o algo así, será una caza de brujas. Da igual que técnicamente sea ilegal, me echarán la culpa a mí de todos modos. Sabes que lo harán, siempre lo hacen y… Mierda, soy una idiota. No sé en qué estaba pensando y ahora… Ahora va a… —Se le rompe la voz en la última palabra y se echa a llorar otra vez. Los sollozos son cada vez más fuertes y agudos hasta que casi no suenan humanos, sino como los lamentos de un animal herido.

Noto una punzada de culpa. Lo último que quiero es quedarme aquí sentada escuchando lo que es evidente que son asuntos muy privados, pero ahora no tengo forma de salir. No sin provocarle a Rainie un ataque al corazón.

Cuando todavía estoy intentando decidir qué hacer, me doy cuenta de que el baño se ha quedado en silencio, excepto por el ruido del agua al dar contra el lavabo.

—¿Hay alguien ahí? —pregunta Rainie.

Se me para el corazón. ¿Cómo lo ha sabido?

Bajo la vista y veo mi propia sombra alrededor de mis pies, negra y firmemente dibujada sobre el suelo rosa claro. Debo de haber recuperado la forma hace unos segundos sin darme cuenta.

Aprieto los dientes. Este asunto de la invisibilidad parece tan predecible como la polución de Pekín: está aquí un segundo y al siguiente desaparece.

—¿Hola? —insiste Rainie. Es evidente que no puedo seguir aquí escondida.

Respiro hondo, abro la puerta del baño y salgo.

La expresión de Rainie cambia a una velocidad impactante en cuanto me ve. Las arrugas de su frente se alisan y las comisuras de sus labios gruesos se curvan para formar una sonrisa desenfadada. Si no fuera porque tiene los ojos hinchados y las mejillas coloradas, podría pensar que me he imaginado todo el llanto.

—¡Eh, hola!

Rainie y yo no hemos mantenido una conversación de verdad desde que se apuntó al colegio en el séptimo año, excepto aquella vez que la ayudé con los deberes de Historia. Sin embargo, por la forma como me ha saludado, cualquiera diría que es mi mejor amiga.

Mientras intento dar con una respuesta adecuada, ella se mete el móvil en el bolsillo de la camisa, estira el cuello hacia el baño del que acabo de salir y frunce ligeramente el ceño.

—¿Llevas mucho rato ahí? No…, no te he visto entrar.

—Esto…, no —balbuceo—. Quiero decir, sí. Un buen rato.

Me mira con atención unos instantes. Luego me coge de la muñeca y me contempla con los ojos muy abiertos y llenos de empatía.

—Pero, tía, ¿tienes retortijones o algo así? —Continúa sin darme tiempo a responder—: Porque tengo una bolsa de calor perfumada que va de lujo. O sea, sí, es publicidad, pero nunca recomendaría algo que no haya probado yo misma, ¿sabes?

—Ya, sí, entiendo.

Me sonríe con tanta calidez que casi le devuelvo el gesto.

—Bueno, vale, si quieres, puedes ir al enlace de mi bio… Me sigues en Instagram, ¿no?

—Ya, sí —repito. No añado que ella nunca me siguió a mí. No es momento de ser rencorosa.

—Genial, genial —dice, asintiendo con cada palabra—. También hay un pequeño descuento si usas mi código, «INTHE-RAINIE». Es el mismo que el de mi…

—Perdona —la interrumpo, incapaz de contenerme ni a mí misma ni a la necesidad irracional de preocuparme por gente que es muy probable que no se preocupe por mí—. Pero… antes no he podido evitar oírte… ¿Estás…? ¿Va todo bien?

Rainie se pone rígida un instante y adopta una expresión inescrutable. Luego echa su adorable cabecita hacia atrás y suelta una larga carcajada, en voz muy alta y casi sin aliento.

—Dios mío, ¡lo de antes! Tía, solo estaba practicando mi papel para un casting. Mi agente quiere que amplíe horizontes y pruebe suerte en el mundo de la actuación. Últimamente lo hacen todos los *influencers*. Se supone que es un secreto, pero… —se inclina y baja la voz hasta transformarla en un susurro lleno de secretismo—. Dicen que el protagonista masculino va a ser Xiao Zhan. —Da un paso atrás y me sonríe—. ¿No sería una pasada?

—Ah. —No se me ocurre qué otra cosa responder; me siento confundida y avergonzada. ¿Estará diciendo la verdad? Sin embargo, sus sollozos sonaban muy reales, y lo que ha dicho por teléfono...

Puede que Rainie perciba la incertidumbre en mi expresión, porque me estrecha el brazo y, con otra carcajada, añade:

—Créeme, mi vida no es tan dramática. De todos modos, qué maja eres por preocuparte. Ahora que lo pienso, es raro que no nos veamos más a menudo, ¿no? Seguro que nos lo pasaríamos muy bien.

Y, de repente, comprendo por qué todo el colegio adora a Rainie Lam. No es solo que sea preciosa, porque todas las chicas de mi curso son guapas de una forma u otra (Mama siempre dice que no hay mujeres feas, solo mujeres vagas, pero, por lo que yo he visto, es más bien que no hay mujeres feas, sino mujeres sin dinero); es por cómo te hace sentir cuando estás con ella, como si fueses alguien importante. Como si te uniera a ella un vínculo especial aunque nunca hayas intercambiado más que cuatro frases. Es un talento poco común, de esos que no se pueden conseguir con determinación y trabajo duro.

Los celos me rodean la garganta con sus frías garras y aprietan con fuerza. Me descubro deseando, y no por primera vez, no ser siempre tan consciente de todo aquello de lo que carezco.

—Esto..., Alice. —Rainie me mira—. ¿Estás bien?

Puede que ella sea una actriz convincente, pero yo soy malísima. Supongo que tengo mis pensamientos escritos en la cara.

—Por supuesto —contesto y me obligo a sonreír. Es un esfuerzo casi doloroso—. Pero, de cualquier modo, todo eso suena bien. Mientras estés... Genial. —Me dirijo a la puerta, más que dispuesta a dejar atrás tanto esta extraña conversación como la peste a desinfectante—. Pero debería volver a clase. Buena suerte con el casting y todo eso.

—Gracias, tía. —Rainie me dedica otra de esas sonrisas perfectas de modelo de Instagram y añade, casi de forma casual—: Ah, y no se lo cuentes a nadie, ¿vale? Por si acaso no me eligen. No quiero que la gente se emocione por nada, ¿lo entiendes?

Su voz suena despreocupada, pero hay una extraña tensión bajo sus palabras, una ligera vacilación al final de la frase, como un presentador de las noticias que intenta mantener la calma mientras un volcán entra en erupción justo detrás de él.

O tal vez me lo esté imaginando.

En cualquier caso, finjo cerrarme los labios con una cremallera y me vuelvo para irme, mientras me pregunto qué diría si supiera qué otros secretos oculto.

* * *

El resto de la semana pasa en un abrir y cerrar de ojos, acompañada por un halo de ansiedad.

El jueves vuelvo a sentir ese frío que presagia mi invisibilidad. Salgo corriendo de la clase del señor Murphy antes de escribir ni una sola palabra sobre la Rebelión Taiping y veo cómo mi sombra desaparece cuando he recorrido solo la mitad del pasillo. Ocurre de nuevo el viernes a la hora del almuerzo, lo que termina con cualquier brizna de esperanza que tuviera de que se tratara de una ocurrencia esporádica.

Cuando me descubro escondida en un baño por tercera vez desde que empezaron las clases y noto que mis respiraciones entrecortadas e irregulares se oyen por encima de la cisterna del baño de al lado, me veo obligada a admitir la verdad:

Tengo un problema.

Volverme invisible de forma involuntaria en momentos aleatorios es un problema por razones obvias, pero es una inconveniencia aún mayor por las clases que me estoy perdiendo: solo pensar en las marcas rojas en mi antaño perfecto informe de asistencia hace que se me retuerza el estómago como si fuera uno de esos *mahua* fritos que venden en la cafetería del colegio. Si esto sigue así, los profesores empezarán a hacerme preguntas, quizá incluso informarán al director y... Oh, Dios mío, ¿y si se lo dicen a mis padres? Seguro que creerán que estoy preocupadísima por lo de irme de Airington y entonces los preocupadísimos serán ellos y querrán tener otra charla sobre Maine y los institutos públicos chinos y las becas insuficientes y mi futuro y...

Justo cuando el pánico empieza a apoderarse de mí, el teléfono me vibra en el bolsillo.

Es un mensaje de WeChat de mi tía.

Abro la aplicación, convencida de que me encontraré otro de esos artículos sobre cómo tratar el exceso de calor interior con hierbas, pero en lugar de eso veo solo una línea de texto escrita en chino simplificado.

¿Va todo bien?

Frunzo el ceño. Se me ha acelerado el corazón. No es la primera vez que mi tía me manda un mensaje repentino en el momento perfecto. El mes pasado me deseó suerte en un examen que ni siquiera le había dicho que tenía. Siempre se lo he atribuido a uno de esos sextos sentidos inexplicables que solo desarrollan los adultos, como cuando varios profesores se las arreglan para poner fechas de entrega el mismo día sin haberlo acordado antes.

Pero, de algún modo, esta vez se me antoja diferente.

Como si fuese una señal.

Un escalofrío desagradable me recorre la espalda. Le contesto despacio, escribiendo con cuidado en pinyin.

¿Por qué no iba a ir bien?

Me contesta de inmediato.

No lo sé. Tengo un mal presentimiento y se me ha roto el dobladillo del pañuelo esta mañana, lo que nunca es un buen presagio en las telenovelas de época. Si algo no va bien en el colegio me lo dirás, ¿no?

El corazón me late aún más rápido, con tanta fuerza que lo noto hasta en el cráneo. La parte más racional de mí no quiere darle importancia a sus mensajes, prefiere contestarle que todo va bien y chincharla por tomarse las telenovelas chinas demasiado en serio.

Sin embargo, le contesto lo siguiente:

¿Puedo ir a verte este fin de semana?

Tres

Buda me da la bienvenida en la puerta de casa de mi tía.

No es el mismísimo Buda, aunque no sería lo más raro que me pasara esta semana, sino un póster gigante de él, medio pelado por las esquinas y enmarcado en dorado. Alrededor hay unas pegatinas que amarillean que mi tía ha intentado quitar sin éxito, publicidad de servicios de limpieza y lo que podría ser una página porno, y otras en las que solo hay un apellido con un número de teléfono escrito debajo. Al lado de la cara sonriente y serena del Buda, parecen cómicamente fuera de lugar.

Niego con la cabeza. Quitar toda esa publicidad debería ser responsabilidad del *wuye* local, pero, en un complejo tan pequeño y venido a menos como este, la mayoría de los arrendatarios tienen que arreglárselas solos.

—¡Yan Yan!

Oigo la voz de Xiaoyi antes de verla y, a pesar de lo que me está pasando, me descubro sonriendo ante el familiar sobrenombre de mi infancia. Debido a todas las veces que me he mudado, me cuesta sentirme en casa en ningún sitio, pero hay algo en Xiaoyi y en su pequeño piso que siempre me hace estar con los pies en la tierra, que me devuelve a tiempos más simples, donde me sentía segura y resguardada.

La puerta se abre y el fuerte olor a empanadas de col y a trapo mojado me golpea en la nariz. Xiaoyi aparece ante mí con un delantal de plástico de flores, manchas de harina en el pelo rizado y las mejillas huecas. Se parece muchísimo a Mama, a pesar de que las separen nueve años.

Me coge con las manos callosas y las cuentas de madera frescas de su pulsera me acarician la piel. Luego procede a pellizcarme las mejillas y darles golpecitos con una fuerza alarmante pese a ser tan menuda. Cuando se queda satisfecha de que no haya ganado ni perdido demasiado peso, da un paso atrás, sonríe y pregunta:

—¿Has comido, Yan Yan?

—Hum... —contesto, aunque ya sé que me obligará a comer con ella de todos modos y que se habrá pasado medio día preparando mis platos preferidos con productos frescos del mercado. Xiaoyi no tiene hijos, pero siempre me ha mimado como si fuese suya.

Tal y como predecía, me lleva hacia el pequeño comedor, deteniéndose solo cuando ve que me agacho para desatarme los zapatos del colegio.

—*Aiya*, ¡no hace falta que te quites los zapatos!

—No pasa nada —contesto, como si no tuviéramos exactamente la misma conversación cada vez que vengo a visitarla—. No quiero ensuciarte el suelo...

Me interrumpe, moviendo las manos en el aire como las alas de un pájaro.

—No, no, ¡como en tu casa! En serio...

—De verdad, Xiaoyi —le digo en voz más alta—. Insisto...

—¡No! Es demasiado inconveniente.

—No es inconveniente.

—Escúchame…

—Que no.

Diez minutos más tarde, me estoy poniendo un par de zapatillas viejas de Mickey Mouse mientras ella entra corriendo a
la cocina. Me grita algo sobre el té, pero el ruido de la campana y
del crepitar de las especias en el aceite caliente apaga su voz.
Mientras la espero, me siento en un taburete de madera cerca
de la ventana, la única superficie que no está llena de viejos ta-
rros y cajas que se niega a tirar.

Quizá una de las razones por las que la casa de mi tía me
resulta tan reconfortante es porque siempre parece congelada
en el tiempo. La nevera sigue cubierta de fotos mías de bebé,
con la cabeza mal rapada (Mama asegura que es el secreto para
tener el pelo negro, liso y brillante) y vestida con pantaloncitos
con aberturas que no dejaban lugar a la intimidad. También hay
fotos de cuando era un poco mayor, de los últimos días antes de
que nos mudáramos a Estados Unidos: yo, haciendo el signo
de la victoria con dos dedos desde un puente en forma de me-
dialuna en el parque de Beihai, con los sauces ondeando en el
fondo y el río de agua esmeralda fluyendo por debajo; yo masticando feliz un *bingtang hulu* en un puesto del Año Nuevo chino. Las bayas recubiertas de azúcar brillan como si fuesen joyas.

Pero tampoco los objetos menos sentimentales de la sala se
han movido ni un centímetro en los últimos años, desde las latas
de galletas de mantequilla llenas de hilos y agujas y ese par de
bolas en forma de nuez para mejorar la circulación sanguínea
hasta el tarro de estrellas de origami y un aceite medicinal verde
apoyado en el alféizar.

El aroma de las hierbas y la salsa de soja que viene de la
cocina me distraen. Unos segundos después, Xiaoyi sale haciendo equilibrios con dos platos de empanadas humeantes y una
botella de vinagre negro en las manos.

—¡Rápido, Yan Yan! ¡Come antes de que se enfríen! Si no, las empanadas se pegan —grita y desaparece en la cocina antes de que me pueda ofrecer a ayudarla.

Poco después, la pequeña mesa plegable del comedor está llena de platos suficientes para alimentar a todo el edificio. Además de las empanadas, mi tía ha preparado bollos blancos y esponjosos con dátiles rojos, costillas de cerdo agridulce con cebollino y arroz con delicadas rodajas de huevo centenario. Se me hace la boca agua. La comida de la cafetería de Airington no está nada mal: ofrecen platos del día como *xiaolongbao* y *youtiao* calientes, pero no es nada comparado con esto.

Cojo uno de los bollos y le doy un buen mordisco. Los dátiles calientes se me deshacen en la lengua como si fueran miel. Me inclino hacia atrás y suspiro de felicidad.

—¡*Wa*, Xiaoyi! —exclamo mientras corto otro pedazo del bollo con los dedos—. ¡Podrías montar un restaurante!

Ella luce una sonrisa de oreja a oreja. Es la mayor alabanza que se le puede dedicar a la cocina de alguien, a no ser, claro, que estés comiendo en un restaurante, en cuyo caso la mayor alabanza es, por supuesto, comparar la comida con platos caseros.

—Bueno, Yan Yan —dice mientras se sirve empanadas—, ¿qué trae a nuestra ocupada estudiante a ver a su vieja tía, eh?

Me trago el resto del bollo, abro la boca y vacilo. La razón por la que he venido es mi invisibilidad, pero tampoco me parece la clase de conversación que debería mantenerse comiendo un plato de empanadas de col.

—No es nada, es solo que... —me interrumpo, buscando otro tema de conversación—. ¿Sabías que mis padres están pensando en mandarme a Estados Unidos?

Esperaba que Xiaoyi pareciera sorprendida, pero se limita a asentir y a juntar las manos sobre la mesa.

—Sí, tu Mama me lo dijo hace un tiempo.

Se me encoge el estómago. ¿Cuánto tiempo llevaban mis padres planeando esto sin contármelo, poniéndose en lo peor mientras yo me preparaba para volver al colegio? Me he pasado el verano con ellos, riendo y charlando en cada desayuno y cada cena. Si me han podido esconder todo esto con tanta facilidad, ¿qué más se habrán guardado para ellos? ¿Qué otras dificultades, cargas y preocupaciones me habrán ocultado?

—¿Por qué no estás contenta? —pregunta Xiaoyi mientras alarga una mano para acariciarme el pelo—. Pensaba que te gustaría la idea de volver allí.

Volver.

Las palabras se me clavan en la garganta como si fuesen alambre de espino. Volver, como si los profesores y los demás alumnos de mi colegio en California no me estuvieran siempre preguntando lo mismo, si volvería a China y cuándo. Como si todavía tuviera un hogar donde volver en Estados Unidos, como si aquello fuese mi hogar y Pekín no hubiera sido más que una parada temporal para una forastera como yo.

Lo cierto es que recuerdo mucho menos de Estados Unidos de lo que creen mis parientes. Los recuerdos que conservo aparecen de golpe y fragmentados, como si fuesen parte de un sueño: el calor del sol en el cuello desnudo, un cielo demasiado azul que se extiende sobre mi cabeza, infinito y besado por las nubes, palmeras que se mecen de lado a lado en una calle tranquila de las afueras, pálidas colinas que se erigen en la distancia…

Tengo también otros: los pasillos repletos de cosas en Costco, los envoltorios de las hamburguesas de los restaurantes de comida rápida arrugados en el asiento trasero de nuestro coche de alquiler, que llenaban el espacio diminuto del olor de la sal y la grasa, y la voz de Baba, con sus inflexiones irregulares y sus pausas tartamudeadas al leerme un cuento en inglés por la noche, mientras yo me dormía poco a poco.

Pero debajo de todo eso hervía esta tensión, una tensión que crecía con cada mirada de extrañeza, cada insulto velado y cada chiste racista que me dedicaban. Crecía en mi interior día tras día con tanta sutileza que ni siquiera me daba cuenta, del mismo modo que los profesores no se dieron cuenta de que Rainie Lam se ha ido aclarando el pelo poco a poco a lo largo de los años. Hasta que no llegué al Aeropuerto Internacional de Pekín y de repente me vi rodeada por gente que tenía el mismo aspecto que yo, y sentí a la vez que era vista y que pasaba desapercibida, no noté que se me quitaba ese peso de los hombros. Sentí tanto alivio que me mareé. Era libre de volver a ser una niña, de desembarazarme del papel de traductora, carabina y protectora, de no tener que estar siempre cerca de mis padres por si necesitaban algo, para protegerlos de lo peor de las muchas crueldades cotidianas de Estados Unidos.

—… para que te quedaras, pero en aquel entonces no tenía bastante para prestarle a tu Mama —continúa Xiaoyi mientras mueve las empanadas con los palillos para que no se le peguen.

El repiqueteo de los platos me arranca de mis pensamientos, pero aún tardo unos instantes en comprender lo que ha dicho mi tía. Se me para el corazón.

—Espera… ¿Mama te pidió dinero? ¿Por qué?

Xiaoyi no contesta de inmediato, pero en el fondo ya sé la respuesta: para mi educación. Para la mensualidad del colegio. Para mi futuro.

Para mí.

Pero Mama es aún más orgullosa y testaruda que yo. Una vez, hizo un turno de veinte horas en el hospital con un esguince solo porque no quería pedir un descanso. Imaginármela agachando la cabeza y pidiéndole dinero a su hermana pequeña hace que me duela el corazón. Mama y Baba harían cualquier cosa por facilitarme la vida, por mejorarla, cueste lo que cueste.

Quizá haya llegado el momento de que yo haga lo mismo por ella.

—Xiaoyi —digo, y la urgencia que hay en mi voz le llama la atención de inmediato.

—¿Qué pasa?

—En realidad sí que he venido por una razón. Tengo que contarte una cosa. —Aparto el cuenco y respiro hondo para tranquilizarme—. Puedo volverme… —Hago una pausa; me he olvidado de cómo se dice «invisible» en chino. *Yin shen? Yin Xing? Yin…* algo. Xiaoyi espera con paciencia. A estas alturas, ya está acostumbrada a estos parones en las conversaciones conmigo; a veces incluso intenta rellenarlos con las palabras que yo no conozco. Pero es imposible que prediga lo que quiero decir a continuación—. La gente no puede verme —termino. Es la traducción más cercana; espero que lo entienda.

Frunce las cejas tatuadas.

—¿Qué?

—Quiero decir que… Nadie puede. Mi cuerpo se hace… —Hiervo de frustración mientras le doy vueltas a las palabras. Sé que no hay ninguna correlación entre la fluidez y la inteligencia, pero cuesta no sentirse tonta cuando eres incapaz de hilvanar una frase completa en tu lengua materna—. Nadie puede verme.

Por fin lo entiende.

—¡Ah! Quieres decir que te vuelves invisible.

Asiento una vez; tengo la garganta demasiado cerrada para hablar. De repente, temo que contárselo no haya sido la decisión correcta. ¿Y si cree que estoy alucinando? ¿Y si llama a Mama, o a un hospital o a alguien de sus muchos grupos de compras de WeChat?

Pero se limita a decir:

—Interesante.

—¿Interesante? —repito—. ¿Y ya...? ¿Ya está? Xiaoyi, te acabo de decir que...

Mueve una mano con impaciencia.

—Sí, sí, ya lo sé. Oigo perfectamente.

Luego se queda en silencio durante lo que parecen siglos, con las largas cejas marrón tierra pensativas y moviendo los labios sin emitir ningún sonido. No puedo evitar revolverme en mi asiento mientras espero su veredicto. Siento que los bollos se me han convertido en piedra en el estómago. Ahora me doy cuenta de que se lo debería haber contado antes de empezar a comer.

Al final, Xiaoyi levanta la vista y señala a un punto detrás de mí.

—Yan Yan, ¿me puedes traer esa estatua de Buda que hay allí?

—¿Qué? —Me vuelvo y veo la pequeña estatua de bronce, que está encima de una vieja estantería, al lado de viejos ejemplares de clásicos como *Viaje al oeste* y *Sueño en el pabellón rojo*.

—Sí... Sí, claro. —Me dispongo a obedecer tan rápido que casi me tropiezo con la silla. La cojo con dedos temblorosos. Nunca he sido muy religiosa (cuando tenía cinco años, Mama me dijo que los humanos no somos más que un montón de células que se acabarán descomponiendo), pero, si puedo perder toda forma visible sin aviso previo, ¿quién me asegura que un pequeño Buda de bronce no pueda darme las respuestas que necesito?

Se lo doy con las dos manos, como se debe sostener un objeto sagrado, mientras el corazón me martillea contra el pecho. Observo con atención cómo desenrosca el pie del Buda, mete la mano y saca...

Un palillo.

—Oh —digo insegura—. ¿Es para…?

Se tapa la boca con una mano y se desliza el palillo de madera entre los dientes haciendo mucho ruido. Se ríe por la nariz al ver la expresión de mi rostro.

—¿Qué pasa? ¿Te pensabas que era para ti?

—No —miento, aunque el color de mis mejillas me delata—. Pero la verdad es que esperaba que pudieras…

—¿Darte algún consejo? ¿Explicarte qué está pasando?

—Sí. —Me vuelvo a sentar y la miro con ojos suplicantes—. Eso. Cualquier cosa, en realidad.

Se queda pensativa unos instantes.

—Hum… Entonces tendrás que contarme cómo empezó.

—Si supiera cómo empezó, Xiaoyi, ahora no tendría este problema.

—Pero ¿cómo te sentías entonces? —insiste—. ¿En qué estabas pensando?

Frunzo el ceño. La primera imagen que me viene a la mente es la cara asquerosamente guapa y petulante de Henry mientras subía al escenario donde estaba yo. La aparto de inmediato. Es posible que el odio que siento hacia él me consuma lo bastante para quitarme el sueño, pero no es tan intenso como para desencadenar una reacción sobrenatural.

Además, no noté nada raro hasta después de que nos entregaran el premio y nos sacaran las fotos, ni antes de que recordase que…

—En que me voy —murmuro. Dejo las manos quitas sobre la mesa—. En que, sin Airington, no seré…

No seré nada.

No consigo terminar la frase, pero Xiaoyi asiente con sabiduría, como si pudiera leerme la mente.

—Uno de mis autores preferidos dijo en una ocasión que, a veces, el universo nos ofrece cosas que creemos que queremos, pero que luego resultan ser una maldición —asevera. Seguramente parecería más profundo si no tuviera el palillo en la boca. O si no supiera que su autor preferido es un novelista que escribe exclusivamente libros de fantasía sobre atractivos cazadores de demonios en internet—. Y a veces el universo nos concede cosas que no sabemos que necesitamos y que resultan ser un regalo. —Escupe el palillo en la palma de su mano—. Otro autor también dijo que el yo y la sociedad son como el mar y el cielo: un cambio en uno refleja un cambio en el otro.

Mientras la escucho, tengo la misma sensación que experimento a veces cuando analizo a Shakespeare para la clase del señor Chen, que las palabras deberían significar algo pero no tengo ni idea de qué es. Sin embargo, a diferencia de lo que sucede en clase de Inglés, no puedo recurrir a la prosa más bella de que soy capaz e inventarme las respuestas.

—Entonces ¿qué quieres decir? ¿Que es una maldición o un regalo?

—Creo… —contesta mientras le vuelve a poner el pie al buda—. Creo que eso depende de lo que hagas con ello hasta que desaparezca.

—¿Y si no desaparece nunca? —Hasta que no digo esas palabras en voz alta no me doy cuenta de que este es mi mayor miedo: la pérdida permanente del control, que el resto de mi vida quede fragmentado y arruinado, para siempre a merced de esos repentinos fogonazos de invisibilidad—. ¿Y si… me quedo atrapada en esta condición? ¿Qué hago?

Xiaoyi niega con la cabeza.

—Todo es temporal, Yan Yan. Más razón para coger lo que esté al alcance de tu mano mientras aún esté ahí.

Cuatro

—Tengo un plan.

Henry levanta la cabeza de golpe al oír mi voz, intentando, sin éxito, encontrarme en la luz tenue de su cuarto. Veo la confusión en su ceño fruncido cuando deja en el escritorio la mancuerna que tiene en la mano, sin dejar de buscarme por la habitación con la mirada. Mientras lo hace, las nubes se desplazan y un rayo de la luz pura y plateada de la luna se refleja a su alrededor. El sudor que le gotea de los rizos le ensombrece el cuello de la camiseta ajustada.

Noto una punzada de irritación. ¿Quién narices se entrena a las cuatro de la madrugada? ¿Y quién está tan guapo mientras lo hace?

—¿Alice? —me llama en voz baja, un poco entrecortada por el esfuerzo—. ¿Eres…?

—Ha vuelto a pasar —le digo a modo de explicación. Rodeo la cama y le doy un golpecito en el brazo para que sepa dónde estoy. Tiene la piel cálida y los músculos se le tensan en cuanto lo toco.

—Dios —masculla—. ¿No podrías al menos llamar antes de…?

—La puerta estaba abierta —lo interrumpo—. Además, es importante. —Saco la libretita que llevo en el bolsillo de la americana, la abro por la página correcta y vacilo. Solo un momento, lo justo para notar el peso de la libretita en las manos, para comprender la importancia de lo que estoy a punto de confiarle. De los riesgos. Sin embargo, entonces recuerdo la cicatriz que recorre la palma de la mano de Mama, los cientos de miles de yuanes que necesito y no tengo, la amenaza de marcharme de Airington, que pende sobre mi futuro como un hacha afilada, y se me pasa. Le pongo la libreta en las manos.

Debe de hacerse visible en cuanto abandona mis dedos, porque Henry pone los ojos como platos. Luego lee con atención lo que he escrito en mi caligrafía diminuta, todos los números subrayados, las tablas codificadas por colores y las listas detalladas en las que he pasado casi todo el fin de semana trabajando, y enarca las cejas.

—Parece una propuesta de negocio —observa despacio.

—Es lo que es.

—¿Para...?

—Para mis servicios de invisibilidad. He estado pensando en ello, ¿ves? —contesto, con toda la seguridad en mí misma de la que soy capaz. Me imagino como una mujer de negocios, como las que salen por la televisión vendiendo sus propuestas a mesas enteras de ejecutivos aburridos, con sus faldas de tubo planchadas a la perfección, sus colas de caballo y sus zapatos de tacón—. Y me parecía un desperdicio no monetizar lo que, por lo demás, es una situación de mierda. ¿No estás de acuerdo?

Se cruza de brazos.

—Pensaba que habías dicho que no podías controlarlo.

—Y no puedo —repongo, luchando contra la irritación que siento al recordar nuestra última conversación—. Pero he estado registrando en qué circunstancias me vuelvo invisible y he detectado una especie de patrón: siempre me entra una sensación fría y extraña justo antes, como si mi cuerpo tuviera un sistema de alarma integrado. Eso me da dos o tres minutos para correr hasta una zona desierta. No es ideal, por supuesto, pero sería suficiente para manejar este negocio… cuando lo pongamos en marcha.

Vuelve a mirar mis notas con una expresión inescrutable.

—Y este negocio consistiría en que tú, mientras eres invisible, llevarías a cabo cualquier tarea que la gente del colegio te pidiera. —Lo dice como si fuese una pregunta, como si no estuviese seguro de si estoy de broma.

—No cualquier tarea. No voy a ayudar a ningún cerdo a conseguir la ropa interior de la persona que le gusta ni a prender fuego al colegio ni nada por el estilo. Pero imagina cuánto dinero estaría dispuesta a pagar la gente solo para…, no sé, para ver si sus ex siguen mirando viejas fotos suyas, o si su mejor amigo está hablando de ellos a sus espaldas. Obtendremos beneficios en un abrir y cerrar los ojos.

—¿Y dónde entro yo exactamente?

—Necesito una aplicación —contesto paseándome delante de él, que sigue mis suaves pasos con la mirada—. Algo para que la gente pueda enviarme mensajes con facilidad sin que los pillen. O una página web, algo así. Depende de ti, tú eres el que sabe de tecnología. Pero una vez que tengamos montado el canal de comunicación, yo seré la que haga el trabajo sucio.

Estudio su rostro con atención mientras hablo, buscando la pista que me revele que ha perdido el interés. Si te fijas lo suficiente, siempre aparece: hay un momento en el que su mirada se vuelve distante, fría, aunque siga sonriendo y asintiendo y diciendo todas las palabras adecuadas de esa forma educada pero aburrida tan propia de él. Años de meticulosa observación me han demostrado que intentar mantener la atención exclusiva de Henry Li es como tratar de sostener agua con las manos, y por eso me sorprende tanto ver esa chispa en sus ojos. Noto la intensidad de su mirada, que está concentrada en mí aunque no pueda verme, aunque solo oiga las palabras que salen de mi boca.

Cuando termino, asiente despacio y responde:

—No parece un mal plan...

—¿Pero? —replico, percatándome de su tono de voz.

—Bueno, ¿qué pasa con las implicaciones éticas?

—¿Qué pasa?

—¿No crees que haya ninguna? —pregunta con las cejas enarcadas y tanto sarcasmo que podría formar un charco a sus pies—. Según tú, todo el plan es moralmente intachable. Todo. En plan que, si Jesucristo estuviera aquí, estaría totalmente de acuerdo con...

Pongo los ojos en blanco.

—No metas a Jesucristo en esto. Ni siquiera eres religioso.

—Pero sacar provecho de las vulnerabilidades de la gente, de sus secretos más oscuros... Y de nuestros compañeros de clase, además, las personas con las que tienes que sentarte y hablar todos los días...

Y, a pesar de todo, a pesar de la detallada lista de pros y contras que ya había elaborado al respecto de estas preocupaciones en concreto, siento una punzada de culpa. Sin embargo, ahora mismo, mis deseos pesan más que mis miedos. Con este plan ganamos todos, siempre y cuando tenga las agallas de llevarlo a cabo. Con los beneficios que saque, podré quedarme en Airington y terminar mis cursos internacionales en lugar de presentarme al *gaokao* o mudarme a la otra punta del mundo. Podría pagar los doscientos cincuenta mil yuanes que vale la matrícula del colegio, quizá incluso la de la universidad, y darle todo el dinero que sobre a mis padres y a Xiaoyi. Podría invitar a

Baba y a Mama a un festín en un restaurante de pato Pekín como Dios manda, donde trinchen el pato delante de nosotros, regalarle a Mama cremas de manos y lociones caras para reparar el daño que se ha hecho frotando y limpiando con desinfectante en el hospital, comprarles un coche para que no tengan que volver a meterse en el metro como sardinas en hora punta...

Casi considero la posibilidad de contárselo para justificarme, pero luego recuerdo con quién estoy hablando. Para Henry Li, doscientos cincuenta mil yuanes solo es una cifra, no la diferencia entre dos vidas. Jamás lo entendería.

—Tú no eres el más indicado para soltarme un discurso sobre ética —le espeto—. SYS tiene dinero suficiente para detener el cambio climático, pero lo único que hacéis es buscar nuevos algoritmos para beneficiar a vuestros patrocinadores y aumentar la brecha económica...

—Nuestras aplicaciones contribuyen al beneficio de la sociedad —contesta con calma, poniéndose más recto de repente. Me pregunto si acabo de darme de bruces contra un anuncio de la compañía—. Y, para tu información, el cuarenta y tres por ciento de nuestros usuarios activos diarios pertenecen a ciudades del tercer y el cuarto nivel, y más de un treinta por ciento...

—Se identifican como familias de renta baja, sí, ya lo sé —lo interrumpo con impaciencia, pero enseguida reparo en mi error.

Dios, tendría que cerrar el pico.

Henry hace una pausa y dirige una mirada penetrante y dura en mi dirección. Si arqueara más las cejas, le saldrían volando.

—Lo siento, pero... ¿trabajas en secreto para la empresa de mi padre o algo así?

Contesto con un ligero carraspeo, aunque suena más bien como si me estuviera ahogando, y busco el modo de volver al tema.

—Mira, si tanto te preocupa el tema ético, podemos donar el diez por ciento de los beneficios a alguna organización benéfica…

—Eso no es…

Resoplo.

—Así es exactamente como funcionan todas las grandes corporaciones. Al menos yo no lo hago para pagar menos impuestos.

Abre la boca para discutírmelo, pero enseguida vuelve a cerrarla, probablemente porque sabe que tengo razón. Se hace un silencio entre los dos, interrumpido solo por el rumor de los ronquidos de las habitaciones vecinas y el persistente canto de las cigarras. Luego dice:

—Para serte sincero, me sorprende que esto se te haya ocurrido precisamente a ti. —Esboza una media sonrisa—. ¿No eres tú la que se echó a llorar en clase de Mates en el octavo año porque el profesor te regañó por no haber traído una calculadora gráfica? Y al día siguiente viniste con una carta firmada de diez páginas en la que jurabas que jamás volverías a cometer el mismo error.

—¿Cómo…? ¿Cómo es posible que te acuerdes de eso? —pregunto, humillada al recordarlo. Lo cierto es que sí que llevé una calculadora, pero era una de esas viejas de segunda mano que Mama encontró en una tiendecita de la calle. Se rompió en mil pedazos en cuanto la saqué de la mochila y después de la regañina del profesor ahorré todo el dinero de la comida del mes siguiente para comprarme la misma que tenían mis compañeros.

Pero no es necesario que Henry conozca toda la historia.

—Me acuerdo de todo —contesta. Luego se aclara la garganta y veo una emoción indescifrable que asoma a su rostro—. En general, quiero decir. Resulta que tengo una memoria excelente.

No sé si echarme a reír o poner los ojos en blanco. La arrogancia de Henry jamás dejará de asombrarme.

—Entonces ¿qué? ¿Cuento contigo? —pregunto luchando contra la impaciencia. Cada segundo que malgastamos aquí hablando es un segundo que estará mejor empleado en poner en marcha todo esto.

Henry se sienta en el borde de su cama perfectamente hecha y se cruza de piernas.

—¿Qué gano yo?

Estoy más que preparada para esta pregunta. Hice todos los cálculos anoche.

—El cuarenta por ciento de todos los beneficios —contesto. Es más de lo que se merece, pero necesito ser persuasiva. Ahora mismo, es la persona más preparada para esto, y quizá la única que puede ayudarme.

—El cincuenta.

—¿Qué?

—Aceptaré un cincuenta por ciento.

Aprieto los dientes con tanta fuerza que temo que se me caigan.

—Cuarenta y dos.

—Cincuenta y cinco.

—Espera, ¿qué? Una negociación no funciona así —balbuceo, poniéndome roja de rabia—. No puedes…

—Cincuenta y seis —me interrumpe mientras se recuesta. Tiene los ojos tan negros como la noche.

—Mira, capullo, cuarenta y dos es una oferta más que generosa y…

—Cincuenta y siete.

—Cuarenta y…

—Cincuenta y ocho.

—¡Vale! El cincuenta por ciento.

Sonríe con una chispa divertida en esos ojos de cielo nocturno y el efecto es abrumador. Me desarma. El estómago me da un vuelco, como si estuviera bajando del punto más alto de una montaña rusa.

Y luego dice:

—Negocias fatal, Alice.

Me entran ganas de estrangularlo. Creo que lo haría, de no ser porque el asesinato no me parece la mejor manera de empezar una colaboración.

—¿Tenemos un trato entonces? —insisto con la esperanza de terminar esta conversación con algo concreto a lo que asirme, algo para por lo menos empezar a planificar.

Pero lo único que dice Henry, el experimentado negociante, es:

—Me lo pensaré.

* * *

Henry y yo no intercambiamos ni una sola palabra durante los tres días siguientes. Y no porque yo no lo intente: en clase, cada vez que trato de establecer contacto visual está distraído, mirando al vacío u ocupado trabajando en algo en su ordenador, haciendo volar sus largos dedos por encima del teclado. Entonces, en cuanto suena la campana, se marcha sin mirar atrás. Si no supiera la verdad, pensaría que el que tiene el problema de la invisibilidad es él.

No tardo en empezar a arrepentirme de todo: de haber ido a buscarlo a su dormitorio, de haberle revelado los detalles de mi plan, de creer que esto de la colaboración podría funcionar… Y con el arrepentimiento aparece una ira burbujeante, como cuando se acerca una tormenta. Esto es mi peor pesadilla: Henry Li sabe que tiene algo que quiero y se siente con todo el derecho a negármelo. Me lo imagino mofándose de mí para sus adentros («No me puedo creer lo que Alice Sun me pidió el otro día») y el resentimiento me llena la boca como si fuese saliva.

Pero entonces llega el jueves y Henry aparece diez minutos tarde a la clase de Ética.

Una situación sin precedentes.

Todo el mundo se lo queda mirando y empieza a susurrar. Parece…, bueno, no exactamente desaliñado, porque el peor Henry sigue teniendo mejor aspecto que cualquier otro chico en su mejor momento. Pero su camisa del colegio, que suele estar inmaculada, está arrugada por los lados y lleva los dos primeros botones desabrochados, lo que le deja las clavículas al descubierto. El pelo le cae en ondas salvajes sobre las cejas, alborotado y sin peinar, su piel perfecta de porcelana está un poco más pálida de lo habitual y tiene ojeras.

No sé si se da cuenta de que todo el mundo lo mira, pero no lo demuestra. Simplemente, se quita su elegante mascarilla para la polución, se la guarda en el bolsillo de la americana y se dirige a la mesa de la profesora.

—Siento llegar tarde, doctora Walsh —se disculpa con la profesora de Ética. Su nombre completo es Julie Marshall Walsh. Insiste en que la llamen «doctora», pero todo el mundo la llama Julie a sus espaldas.

Ella aprieta los labios y niega con la cabeza, meneando su media melena rubia casi blanca, a lo Anna Wintour.

—Debo decir que esperaba más de ti, Henry. Te has perdido diez minutos de una clase muy importante.

Alguien tose de repente, aunque me parece a mí que se está riendo por lo bajo. La clase muy importante en cuestión consiste en una presentación de diapositivas de «niños pobres de Asia». Hemos pasado toda la clase mirando fotos en alta resolución de niños esqueléticos cubiertos de barro o comiendo escorpiones mientras Julie va suspirando y soltando grititos ahogados mientras susurra frases como: «¿Os lo podéis imaginar?» o «En fin, supongo que esto hará que os deis cuenta de lo afortunados que sois». En un momento dado, juraría que le he visto los ojos azul claro llenos de lágrimas.

Henry enarca las cejas un segundo, pero contesta con una voz llena de respeto y sinceridad:

—No volverá a pasar, doctora Walsh.

—Eso espero. Puedes ir a tu asiento.

Cuando se vuelve, recorre el aula con la mirada hasta detener sus ojos sobre mí. Se me seca la boca y noto una oleada de rabia y de algo más que no logro identificar. ¿Ahora se ha decidido a reparar en mi presencia? Lo fulmino con la mirada con toda la fuerza que logro aunar, pero, para mi sorpresa, me la sostiene, como si intentara comunicarme algo importante sin mover las manos o los labios. Es evidente que este chico ha sobreestimado mis habilidades para leer la mente.

Me encojo de hombros, el gesto universal para decirle que no tengo ni idea de lo que intenta decirme, y él frunce el ceño y se pasa una mano por el pelo alborotado, negro como las plumas de un cuervo. Abre la boca y…

—¿Pasa algo por ahí? —pregunta Julie. En el colegio, es por todos conocido que, cuanto más pizpireta suena la voz de Julie Walsh, más enfadada está.

Y ahora mismo suena muy muy pizpireta.

Henry también debe de darse cuenta, porque se sienta en su silla habitual, en el extremo opuesto del aula. Ni siquiera estoy segura de cuándo ha empezado a pasar esto, que nos sentemos lo más lejos posible el uno del otro en cada clase. No sé si es intencionado o si funcionamos como dos imanes y una especie de campo invisible nos separa automáticamente dondequiera que vayamos. Sin embargo, por primera vez, odio la distancia

76

que nos separa. ¿Qué estaba intentando decirme? Y ¿por qué ha llegado tarde?

Apenas puedo estarme quieta durante el resto de la clase. Ni siquiera cuando las luces se atenúan y el proyector se enciende de nuevo para mostrar más imágenes de niños tristes y muertos de hambre, que se deslizan sobre la pantalla como fantasmas, puedo dejar de mirar hacia Henry, intentando hallar pistas en su rostro. Más de una vez lo descubro a él mirándome a mí.

★ ★ ★

Henry se acerca a mi pupitre en cuanto suena la campana.

—¿Podemos hablar? —pregunta. Las ojeras son aún más visibles de cerca, pero se mueve sin una pizca de agotamiento; tiene la barbilla levantada y la espalda recta como un palo, y su tono de voz es firme.

—Esto... ¿Aquí?

Lo cierto es que sí que quiero hablar, de hecho, me muero de ganas, pero no puedo evitar pensar en que los demás alumnos han empezado a ir más despacio y mirarnos con curiosidad. Todo el mundo sabe que Henry y yo somos enemigos declarados y, aunque no fuese así, él nunca se ha acercado antes a nadie de la clase. No lo necesita: la gente suele gravitar hacia él.

—Quizá sea mejor ir a un sitio más... privado —accede al darse cuenta del problema. Mira a Bobby Yu, que está pululando alrededor de mi escritorio, y este enseguida agacha la cabeza y se va a toda prisa, con los libros de texto debajo del brazo flacucho.

Entonces, sin decir otra palabra, Henry da media vuelta y sale por la puerta del aula sin darme más opción que la de seguirlo.

Caminar junto a Henry por los pasillos abarrotados de Airington es una experiencia muy extraña. En el corto trayecto que separa el aula de Ética de las taquillas, se para más gente a saludarlo de la que me ha hablado a mí desde que empezó el curso. Y no es una exageración. Casi siento las oleadas de poder que flotan a nuestro alrededor, veo cómo la atención de los demás se dirige a Henry y se queda sobre él como si resplandeciera, y se me pasa por la cabeza que debe de ser lo mismo que se sentía al caminar junto al emperador en la Ciudad Prohibida.

Ojalá el emperador fuese yo.

Al final, llegamos a un lugar tranquilo y desierto entre las taquillas y los armarios de limpieza de las *ayis*. Tenemos una pausa de veinte minutos antes de la próxima clase, así que la mayoría de los estudiantes van a toda prisa hacia la cafetería.

Henry apoya la espalda en la pared, echa un vistazo a la zona dos veces para asegurarse de que no venga nadie y dice:

—La app ya está lista.

Parpadeo.

—¿Qué?

Suspira, se saca el iPhone del bolsillo, toca algo y me lo enseña para que lo vea. Hay un pequeño logo azul en forma de fantasma que parpadea en el centro de la pantalla, entre Douyin y lo que parece una app de la bolsa.

—Tu app —repite—. El Fantasma de Pekín. Ya he registrado el nombre, así que por desgracia, si no te gusta, no hay mucho que podamos hacer para cambiarlo.

—Espera, entonces… ¿cuento contigo? —pregunto mientras me esfuerzo por seguirle el ritmo—. ¿Lo vamos a hacer de verdad?

Señala su teléfono con las cejas enarcadas.

—¿Tú qué crees?

Aprieto los dientes. ¿Tanto le costaría darme una respuesta directa sin mostrarse condescendiente, por una vez? Se me ocurren algunas réplicas, pero me obligo a contenerme. Si ha hecho la app por mí, somos socios oficialmente, así que sería poco profesional por mi parte decirle que se metiera el teléfono en el...

—Te lo habría contado antes —continúa—, pero tenía que resolver algunas cuestiones logísticas y, como norma general, no me gusta hablar de las cosas antes de tener resultados concretos. Bueno, si miras aquí... —Me doy cuenta de que está hablando más rápido de lo habitual y de que mueve las manos casi animadamente mientras navega por la página principal de la aplicación y me muestra sus características principales—. Básicamente, la app asegura el anonimato por ambas partes, tanto para aquellos que solicitan el servicio como para aquellos que lo llevan a cabo, claro que, por supuesto, en este caso solo serás tú. Lo único que los usuarios necesitan es crear una cuenta, rellenar un breve formulario y enviarte un mensaje con preguntas o cuestiones adicionales que necesiten preguntarte. Luego tú puedes responder con el precio del servicio. Yo te recomendaría empezar con unos cinco mil yuanes e ir subiendo según la magnitud del trabajo. Si están de acuerdo, se establecerá un contrato vinculante entre ambos hasta que la tarea esté completada y ellos hayan hecho el pago.

—¿Y cómo lo harán?

Esboza una sonrisilla de satisfacción.

—Primero pensé en usar dinero en efectivo, porque no se puede rastrear y simplificaría el proceso, pero luego se me ocurrió algo mejor. —Sale de la app un segundo y me enseña un correo electrónico del banco que parece verdadero y que va dirigido a los propietarios del Fantasma de Pekín—. Le he pedido a un amigo del Banco de China que me ayude a crear una cuenta privada solo para esto, con un nombre falso, por supuesto.

Levanto la vista de golpe.

—Pero ¿eso no es...?

¿Eso no es ilegal? La pregunta se me queda suspendida en la punta de la lengua, pero entonces he de contener una carcajada histérica al recordar que no hay nada en todo esto que no sea al menos un poco ilegal.

Alice Sun, ganadora de la beca académica de Airington, estudiante de matrícula de honor, representante en el consejo de estudiantes y ahora también criminal. ¿Quién lo iba a decir?

—¿Eso no es qué? —pregunta Henry.

—Nada. No importa. —Niego con la cabeza y vuelvo a mirar la app, con su logo azul brillante y su interfaz elegante y profesional, y no puedo evitar preguntar—: ¿Cómo es posible que se te dé tan bien?

—Tuve que diseñar una app yo solo para convencer a mi padre de que me dejase ayudarlo en SYS. Quiere que la cultura de empresa sea lo más meritocrática posible. —Se peina el pelo ondulado y alborotado con la mano y, por un momento, es la viva imagen del genio natural y la indiferencia—. Entonces solo tenía trece años, así que estaba llena de errores, pero bastó para demostrarle que era capaz de hacer…, bueno, algo.

Oculto mi sorpresa. Siempre había dado por hecho que su padre le habría dado oportunidades de trabajo y privilegios cada vez que pudiera, que quizá incluso le habría ofrecido a su hijo un puesto de importancia a una tierna edad. Pensaba que Henry nunca había tenido que demostrarle nada a nadie.

Carraspeo para no decir nada y sigo mirando la app. Por mucho que odie admitirlo, tiene razón: es fácil de usar. Y además, a simple vista, no le encuentro ni un solo error.

—¿Y bien? —Henry se inclina hacia delante. Tiene los ojos oscuros encendidos, la barbilla un poco levantada y las líneas afiladas del cuerpo tensas, una postura que parece indicar expectación. Comprendo que está esperando a que le dé mi opinión; no, a que lo alabe, como un niño que le enseña orgulloso su dibujo al resto de la clase.

Aprieto los labios.

—No sabía que te pusieran tanto las alabanzas.

Se le llena el rostro de sorpresa, o tal vez de vergüenza. Luego se vuelve a poner esa máscara inexpresiva de calma que ya estoy acostumbrada a ver y casi me arrepiento de haber dicho nada.

—No me ponen…

—Ya, ya, lo que tú digas. —Pero, cuando abro la boca para seguir chinchándole, me detengo. Desde este ángulo, bajo las luces fluorescentes del pasillo, el cansancio que reflejan sus rasgos se nota más que nunca. Debe de haberse pasado dos o tres noches en vela para terminar la app. Y aunque sé que lo ha hecho por su propio beneficio, por sus intereses, las palabras salen atropelladamente de mi boca de todos modos—: Gracias… Por hacer todo esto. De verdad. Es aún mejor de lo que imaginaba.

Quizá sea un efecto óptico, pero juraría que se le sonrosan las orejas.

—Me alegro —contesta en voz baja y me aguanta la mirada durante lo que diría que es un segundo más de lo necesario.

Me aclaro la garganta y aparto la vista; de repente me siento incómoda.

—Claro. Bueno, de todos modos… ¿Qué hacemos ahora?

Como respuesta, se saca otro iPhone nuevo y resplandeciente del bolsillo.

—No hay nadie en el colegio que conozca este número —explica tras malinterpretar mi expresión.

—¿Tienes dos teléfonos?

—En realidad tengo tres —contesta como si tal cosa—. Uno para el trabajo, otro para mis contactos personales y otro para mí.

La gratitud que empezaba a sentir por él se evapora de inmediato. Cierro las manos en dos puños. Poco después de llegar a Airington aprendí que compararme con gente como Henry Li solo me causaría dolor, pero no puedo evitar pensar en el móvil desvencijado que llevo en el bolsillo y en que Mama tuvo que hacer horas extra en el Festival de la Primavera para ahorrar lo suficiente para comprármelo.

—Lo único que necesitamos es que se corra la voz —continúa Henry mientras abre varias aplicaciones de redes sociales a una velocidad impresionante: WeChat para los chicos de aquí, Facebook Messenger para los chinos nacidos en Estados Unidos, WhatsApp para los malasios, Kakao para los coreanos…

—Si te limitas a decir que hay alguien que puede volverse invisible, no te creerán —apunto—. Sobre todo si les escribes desde un número que no conocen.

—No, por eso voy a dejar esa parte fuera. Lo único que necesitan saber es para qué puede servirles la app, no cómo se llevarán a cabo las tareas.

Aunque todo esto era más o menos idea mía, ahora que está en marcha de verdad no puedo evitar notar la sombra de la duda. ¿Y si a todo el mundo le parece un chiste? ¿Y si se lo dicen a los profesores? ¿Y si…?

—No te preocupes —añade Henry sin levantar la vista, como si pudiera leerme la mente.

—No estoy preocupada —mascullo. Reparo en que me estoy retorciendo los dedos y me obligo a dejarlos quietos—. ¿Cuánto crees que tardará?

Termina de escribir un último mensaje en Kakao y luego coge su otro teléfono.

—Dale un minuto.

Intento imitar su calma, su paciencia, y empiezo a contar mentalmente hasta sesenta. Lucho por mantener una expresión neutral, despreocupada, que parezca que solo estamos repasando algunas preguntas complicadas de los deberes. Cualquier cosa para que los estudiantes que pasan por aquí no sospechen nada cuando esto empiece a funcionar.

Si es que funciona.

Es cierto que en un colegio como el nuestro las noticias tienden a correr como la pólvora, pero ¿de verdad será tan fácil? ¿Tan rápido?

Solo han pasado cuarenta y cinco segundos cuando a Henry le vibra el teléfono. El logo azul del fantasma se ilumina y parpadea casi en sincronía con mi corazón acelerado. Una notificación aparece en pantalla:

Un nuevo mensaje.

Henry no podría parecer más complacido consigo mismo. Me hace un gesto con la cabeza como indicándome que lo abra y obedezco, intentando ignorar el temblor que siento hasta en los huesos, la certeza aterradora de que esto no tiene vuelta atrás.

Aparece un mensaje del usuario C207.

¿Esto va en serio?

Respiro hondo y contesto:

Solo hay una forma de averiguarlo.

Cinco

Venir aquí ha sido un error.

Es lo único que me viene a la mente cuando el taxi se detiene frente al centro comercial Solana, casi golpeando a un señor que vende unos brillantes globos de helio de Xi Yang Yang que lleva sujetos a la parte trasera de la bici. Iluminado, en contraste con un cielo nocturno sin estrellas, el enorme complejo comercial se ve más grande y lujoso de lo que me parecía en las imágenes que he encontrado en Baidu. Los árboles y los enormes escaparates están decorados con lucecitas parpadeantes y, en un extremo, hay incluso un río oscuro que fluye junto a una hilera de cafeterías occidentales. El brillo de las fuentes se refleja en su quietud.

Todo parece limpio, elegante y caro, desde la arquitectura europea a las veinteañeras bien vestidas que balancean bolsas de marca por encima de sus delgados hombros blancos. Es un mundo totalmente distinto al de los supermercados diminutos que apestan a pescado crudo y las tiendas venidas a menos que hay cerca de casa de mis padres, un mundo para gente como Rainie o Henry, no para mí. No puedo evitar sentirme como un perro que acaba de adentrarse en territorio de lobos; todos los músculos de mi cuerpo están tensos, preparados para saltar.

—Serán setenta y tres yuanes —me dice el taxista.

Tardo un segundo en comprenderlo debido a su grueso acento regional, y, cuando por fin lo entiendo, casi doy un brinco. Solana ni siquiera está tan lejos de Airington, pero supongo que el tiempo que hemos pasado en el atasco habrá aumentado el precio. De todos modos, enseguida recuerdo que el usuario C207 corre con los gastos de mi viaje de hoy, además de los veinte mil yuanes que me pagará cuando haga mi trabajo. Si logro hacerlo.

Veinte mil yuanes.

Pensar en que todo ese dinero engrose mi recién estrenada cuenta corriente es suficiente para apartar mis miedos.

Al menos por ahora.

Pago al taxista a través de WeChat y me bajo. El cálido aire nocturno me envuelve como un manto, y me alegro de haberme puesto un sencillo vestido negro sin mangas, el único que tengo. Como es obvio, llevar el uniforme del colegio estaba descartado; no puedo arriesgarme a llamar la atención antes de volverme invisible.

De camino a la entrada principal, esquivo a una joven pareja que comparte unos kebabs de cordero y a un grupo de estudiantes de un colegio internacional (se les reconoce enseguida) mientras repaso mentalmente mi lista de cosas que hacer.

Uno: encontrar al padre del usuario C207.

Dos: seguirlo durante el resto de la noche sin que me pillen o hasta…

Tres: reunir pruebas sustanciales de que está engañando a su mujer o de que no.

Cuatro: enviar dichas pruebas al usuario C207.

Una vez que he llegado a las puertas de vidrio, saco mi teléfono y echo otro vistazo a las fotos que C207 me envió ayer y trato de memorizar la cara del hombre que hay en ellas. Sería un trabajo mucho más fácil si su padre no tuviera la misma pinta que el cincuentón rico estándar: barriga cervecera bajo una camisa planchada y pegada al cuerpo, pelo corto y canoso, una complexión rechoncha por culpa de las bebidas gratis que le proporciona su empresa y una nariz redonda encima de una barbilla todavía más redonda. Ya he visto dos o tres tipos que se parecen mucho a la persona que estoy buscando. Se me ocurre una idea terrible: ¿y si termino espiando al hombre equivocado? Sería tan fácil cagarla... Y entonces ¿qué? Habré desperdiciado toda la noche, una noche que podría haber pasado terminando el proyecto de investigación de Historia de diez páginas que he de entregar mañana o estudiando para el examen de Química de la semana que viene. Tendré que contarle al usuario C207 y a Henry que he metido la pata y soportar el asqueroso sabor del fracaso, ese que he pasado toda la vida intentando evitar y todo el plan implosionará y...

—Niña, ¿estás bien?

Levanto la cabeza de golpe. Una mujer hermosa y con el rostro amable que parece lo bastante joven como para ir todavía a la universidad se ha parado a mi lado. Me mira con los ojos de gruesas pestañas llenos de preocupación. Entonces reparo en que estaba tamborileando nerviosa con los pies, como un conejito asustado, y no creo que mi expresión sea mucho más tranquilizadora. «Contrólate, Alice», me reprendo y me obligo a dejar los pies quietos. No puedo gestionar una empresa criminal si tengo los nervios tan firmes como el tofu aguado.

—Sí, sí, estoy bien. Genial —respondo con todo el entusiasmo de que soy capaz. Quizá un poco demasiado. La mujer da un paso atrás, como si dudara de mi estabilidad mental.

—Vale, solo preguntaba... —Tiene un claro acento sureño (del sur de China, no de Texas) que hace que sus palabras parezcan fluir como el agua de un arroyo. Tras pensárselo unos segundos, se vuelve para marcharse, pero, antes de que me dé tiempo siquiera a suspirar de alivio, se para y pregunta—: ¿Estás con alguien? ¿Con tus padres?

Que Dios me ayude.

Sé que tengo una de esas caras que se pueden confundir fácilmente con la de una niña de doce o trece años, pero lo último que necesito en estos momentos es la supervisión de un adulto. Supongo que ha llegado la hora de poner a prueba mis habilidades con la mentira.

—Sí, en realidad sí —contesto con la voz más aguda de lo normal—. Mis padres me están esperando allí. —Señalo una cola que se ha formado detrás de un restaurante de barbacoa japonesa—. Así que debería irme…

Sin esperarme a que responda, me alejo a una velocidad que impresionaría a nuestra profesora de Educación Física, la señora García. No me paro hasta llegar a un callejón oscuro que hay entre dos tiendas y que queda escondido, y luego estiro el cuello para ver si la mujer se ha ido.

Sigue ahí.

Pero no porque me esté buscando, sino porque está esperando a un hombre rechoncho con el pelo gris que se dirige hacia ella con una gran sonrisa que le forma unas suaves arrugas alrededor de la boca.

Me pregunto si será su padre.

Y entonces le tiende un enorme ramo de rosas que parece sacado de una mala película romántica y la mujer chilla y corre hacia él para rodearle el cuello con los brazos apasionadamente.

Pues no, no es su padre.

Estoy a punto de marcharme para concederles la intimidad que tanto necesitan cuando el hombre coge a la mujer y empieza a dar vueltas, levantando la barbilla poco prominente en un ángulo que me ofrece una mejor vista de su cara. De repente, me sobreviene la sensación de que lo conozco de algo, de que lo he visto en algún periódico…

O en las fotos. ¡Pues claro!

Saco el móvil de nuevo solo para comprobarlo y, en efecto, es la misma cara redonda de rasgos anodinos. Sin embargo, en el breve lapso de tiempo que dedico a mirar las fotos, ya se han separado. La mujer no está abrazando al hombre, sino que se limita a sostener el ramo de rosas. Le dice algo que no alcanzo a oír y él suelta una ruidosa carcajada. Luego echan a andar juntos por uno de los caminos iluminados que hay junto al río.

Tengo claro lo que debo hacer. Espero a que haya un poco más de distancia entre ellos y yo y empiezo a seguirlos, como un fantasma que se prepara para su primera cacería.

* * *

Resulta que espiar a la gente es mucho más difícil de lo que imaginaba.

La multitud que se congrega en el Solana parece crecer a medida que el cielo se oscurece y casi pierdo de vista a mis objetivos en más de una ocasión, o bien me veo obligada a retroceder por culpa de un grupo de hombres claramente intoxicados.

—Oye, *meinu* —me llama uno de ellos. Se me eriza la piel. *Meinu* significa «chica guapa». Supongo que pretende ser un cumplido, aunque por aquí la gente se lo llama a cualquiera que esté entre los doce y los treinta años. Pero, aunque no fuese el caso, preferiría suspender un examen parcial a que un tipo asqueroso haga comentarios sobre mi aspecto.

Acelero el ritmo para alejarme del grupo todo lo posible y casi me doy de bruces contra la espalda del hombre y su novia.

Con el corazón latiéndome desbocado, me escondo en la esquina más cercana antes de que me vean. Se han detenido frente a lo que parece un restaurante chino elegante, de los tradicionales, con farolillos de color carmín que cuelgan de los voladizos sobresalientes e imágenes de dragones grabadas en las puertas. Una camarera vestida de negro sale a darles la bienvenida.

—*Cao xiansheng!* —saluda amablemente—. Por favor, síganme a la planta de arriba. Ya les hemos preparado sus platos preferidos. Les complacerá saber que el plato de pescado del día es… —Como entran en el restaurante, el resto de la frase se pierde en un coro entusiasta de *huanying guanglin* y el repiqueteo de los platos y las copas de champán.

Intento seguirlos. Ahora sería un momento estupendo para volverme invisible, pero, por supuesto, mi nueva maldición (poder, aflicción, lo que sea) no colabora cuando la necesito. Según el registro detallado que llevo en mi libretita, esto de la invisibilidad tiende a pasar una vez cada dos días, más o menos, y solo cuando estoy despierta. Como no me he transformado en las últimas treinta horas, las probabilidades de que pase en algún momento de esta noche deberían ser bastante altas.

Deberían.

Pero sé de buena tinta que el universo no siempre funciona como debería.

Y en efecto: no he dado más que dos pasos al frente cuando otra camarera levanta una mano para detenerme. Es guapa, aunque tiene cara de mala. Entorna los ojos oscuros y pintados al fijarse en mi aspecto.

Se me encoge el estómago. ¿Tan evidente es que estoy fuera de lugar?

—¿Tiene una reserva? —me pregunta con voz cortante y monótona, como si ya supiera la respuesta.

—Esto… Sí, sí que tengo —miento intentando buscar una excusa—. Mi familia me está esperando en la planta de arriba…

—La planta de arriba es la zona VIP —me interrumpe entornando todavía más los ojos. Casi puedo imaginarme la conversación que mantendrá con sus compañeros de trabajo en cuanto yo ya no pueda oírla. «¿Habéis visto a esa niña tan rara que estaba intentando colarse en el restaurante? ¿Creéis que quería robar comida o algo así?»—. Necesitaré que me enseñe su membresía.

—Ah, claro. —Finjo buscar en mis bolsillos una tarjeta que por supuesto no tengo intentando parecer convincente—. Espere... Oh, no. Me la debo de haber dejado en algún sitio. Iré a buscarla...

Antes de que se le ocurra llamar al encargado o a seguridad, salgo a toda prisa mientras me maldigo a mí misma y a mi suerte. Me escondo en la misma esquina que antes. No es que pueda hacer aparecer una tarjeta VIP de la nada, pero me da la sensación de que alguien como Henry no se habría encontrado con este problema. Seguro que habría podido entrar tranquilamente, con su encanto y su seguridad en sí mismo y su pelo perfecto, y lo habrían dejado subir a la planta de arriba sin pensárselo dos veces.

Niego con la cabeza. No tiene sentido que me imagine las distintas posibilidades para sentirme aún peor, aunque parezca ser lo que mejor se me da. La misión de esta noche acaba de empezar. He de mantener la calma hasta que aparezca mi poder.

Tarde lo que tarde.

Termino esperando en el exterior del restaurante durante lo que me parecen horas. Junto a mí pasan padres empujando carritos y extranjeros que probablemente se dirijan a los bares de la calle de la Fortuna charlando y riendo en una mezcolanza confusa de idiomas, ajenos al pánico que me trepa por la garganta.

«Vamos —apremio a mi propio cuerpo, al universo, a quien sea que esté escuchando—. ¡Date prisa!».

Sin embargo, transcurre otra hora y no sucede nada. Es insoportable. A cada segundo que pasa me siento más idiota, hasta que, por fin, me anega una familiar oleada de frío acompañada por otra de alivio. Me obligo a contar hasta trescientos para darle tiempo al frío a asentarse en mi piel y luego echo un vistazo al cristal tintado que tengo detrás.

Me sigue desorientando y sobre todo aterrando no ser capaz de ver mi propio reflejo, pero ahora mismo solo me alegro de que esto de la invisibilidad haya funcionado.

Cuando me cuelo en el restaurante, con cuidado de no chocarme con nadie, veo que está abarrotado. He de parpadear varias veces para ajustar la mirada a su brillante y fastuoso interior. Todas las superficies están tan limpias que casi brillan, de los acuarios gigantes que hay delante a las sillas de madera de caoba de estilo tradicional dispuestas alrededor de las mesas redondas.

Sin embargo, en la planta de arriba, los colores y los niveles de ruido son más discretos. Hay paneles de vidrio y madera a ambos lados de un estrecho pasillo y una sala lujosa al final, la clase de sitio donde los más ricos entre los ricos intercambian secretos comerciales o llegan a acuerdos para comprar Groenlandia mientras beben vasitos de *baijiu*, pero antes de llegar ahí veo seis salas privadas. El hombre y su novia deben de estar en una de ellas.

Voy de puntillas de puerta en puerta mientras le doy las gracias al Dios del Crimen, sea cual sea, porque las paredes no estén insonorizadas. Oigo pedacitos de conversaciones, pero no encuentro la que busco hasta que no llego a la quinta habitación: una suave voz de mujer con un marcado acento del sur.

—... el hospital, pero los médicos han dicho que pueden pasar meses hasta la operación...

—¿Qué? —contesta una bronca voz masculina, seguida de un golpe sordo, como si hubiese pegado un puñetazo a la mesa—. ¡Eso es ridículo!

—Lo sé. —Sorbe por la nariz—. El único modo de adelantar la fecha es pagar más, pero…, pero es tan caro…

—¿Cuánto?

La mujer hace una pausa y luego contesta:

—Treinta y cinco mil yuanes.

—*Baobei'r* —dice el hombre, colocando el sonido «er» al final del nombre cariñoso, como hacen los viejos pekineses—. ¿Por qué no me lo has dicho antes? Eso no es nada…

—¡Para ti! —lo interrumpe la mujer. Se oye el chirrido de una de las pesadas sillas al moverse y me la imagino apartándose de él, con un ceño fruncido sobre sus rasgos delicados—. Pero para mí…

—No seas tonta. ¿Cuántas veces tengo que decírtelo, *baobei'r*? Lo que es mío es también tuyo…

Mientras el hombre sigue soltándole frasecitas cursis y palabras de consuelo, saco mi móvil y empiezo a grabar. Es un buen comienzo, pero no me bastará con un audio de baja calidad. Necesito pruebas gráficas.

Justo cuando estoy intentando encontrar el modo de entrar sin abrir la puerta yo misma, llega una camarera con un elaborado plato de fruta sobre hielo seco. Han pelado todos los lichis y los han colocado cuidadosamente con palillos y, además, han tallado las sandías en forma de flor. La camarera abre la puerta con el codo y aprovecho la oportunidad para entrar en la sala tras ella.

Es evidente por qué los salones privados solo están reservados para los miembros VIP. Del techo alto pintado cuelga una lámpara de araña resplandeciente que arroja destellos de luz sobre la moqueta y el espejo que recubre toda una pared, como una versión mucho más cara de una bola de discoteca. El hombre y la mujer están sentados en una mesa tan grande que podrían caber veinte comensales más y cuyo mantel rojo está cubierto por un abanico de platos extravagantes que me hacen la boca agua. La mayoría nunca los he probado, solo los he visto en anuncios o en las series de época chinas: abulón y pepino de mar estofados e, hirviendo en dos pequeñas cazuelitas de barro, una sopa blanca y brillante de nido de pájaro en una papaya vaciada, como nieve que acaba de caer…

Hago lo posible para ignorar la punzada de hambre que noto en el estómago. Antes de venir estaba tan nerviosa que me he saltado la comida, lo que, según veo ahora, ha sido un error.

—Disculpen que los moleste, *Cao xiansheng* —dice la camarera, agachando la cabeza y tendiéndole la bandeja de fruta como si fuese una ofrenda para un rey—. El encargado me ha pedido que les traiga esta bandeja de frutas, regalo de la casa, como muestra de su aprecio. Al final de su cena también les serviremos unas gachas de judías rojas. Que lo disfruten.

El hombre hace un gesto de impaciencia con la mano regordeta antes de que la chica termine de hablar. Es evidente que está acostumbrado a este trato.

Cuando la camarera deja la bandeja en la mesa y se marcha, la mujer alarga una mano hacia los lichis de inmediato.

—¡Son mis preferidos! —exclama con un suspiro. Muerde la pequeña fruta brillante con tanto placer que siento que debería mirar hacia otro lado.

Pero, por supuesto, el hombre se acerca a ella con una sonrisa y luego, para horror mío, empieza a darle los lichis él mismo. Debería haber cobrado más por este trabajo. Contengo las náuseas y hago todas las fotos que puedo con mi teléfono, asegurándome de que se les vean bien las caras, aunque noto una sensación desagradable, como mala conciencia. No es que sienta mucha simpatía por los infieles que salen con mujeres a las que les doblan la edad, pero mi presencia aquí es una descarada invasión de su intimidad. Y la mujer ha sido amable conmigo antes. Si estas fotos tienen alguna consecuencia para ella...

No. No me corresponde a mí preocuparme por eso. No me concierne. Yo solo estoy aquí para conseguir pruebas; será el usuario C207 quien decida qué hacer con ellas.

Ya estoy organizando mentalmente la vuelta a mi dormitorio, pensando en los deberes que tendré que hacer y en si podré coger algo de comer de las cocinas del colegio si sigo siendo invisible. Justo entonces, me ruge el estómago.

Con fuerza.

Me quedo paralizada, y no soy la única: a la mujer se le cae el lichi a medio comer de la boca abierta. La expresión de su rostro, digna de un dibujo animado, me habría hecho reír si no tuviera el corazón a punto de salírseme por la boca.

—¿Has..., has oído eso? —susurra la mujer.

—Eh..., sí. —El hombre frunce las cejas canosas. Luego, en un tono despreocupado poco convincente, añade—: Debe de haber sido el aire acondicionado. O la gente del salón de al lado.

—Es posible —responde la mujer con incertidumbre—. Es que... ha sonado muy cerca. ¿No habrá nadie escondido?

El hombre niega con la cabeza y chasquea la lengua, otro intento de mostrarse despreocupado.

—¿Ves, Bichun? Por eso siempre te digo que tienes que dejar de ver esas series de detectives tan espeluznantes por las noches. Te van mal para los nervios. Cualquiera se dejaría llevar por la imaginación...

—Supongo... —Sin embargo, recorre la habitación con la mirada y la detiene a apenas un metro de donde yo estoy. Me pongo tensa de pies a cabeza, me da miedo hasta respirar. Tras unos segundos de silencio, la mujer parece relajarse un poco y vuelve con sus lichis, pero…

En ese momento, mi estómago me traiciona y vuelve a rugir.

La mujer da un brinco, como si le hubiese caído un rayo.

—Fu… *Fuwuyuan!* —grita aterrorizada—. ¡*Fuwuyuan*, vengan rápido!

La camarera reacciona de inmediato y entra corriendo en el salón con un grueso menú debajo del brazo.

—¿Ocurre algo, señora? ¿La fruta no era de su agrado?

—¡Déjese de fruta! —La mujer señala en mi dirección con un dedo tembloroso—. Se ha… Se ha oído un ruido…

—¿Qué clase de ruido?

No espero a oír el resto de la conversación. Me dirijo de puntillas a la puerta abierta, agradecida porque la gruesa moqueta enmascare mis pasos. Luego echo a correr, bajo las escaleras a toda velocidad, paso junto a los camareros que llevan bandejas en la mano y salgo al exterior. No me detengo hasta que no he doblado la esquina del restaurante. Estoy jadeando. Tengo la espalda del vestido empapada en sudor y noto un dolor punzante en el costado, pero nada de eso importa. He conseguido las pruebas.

Aunque todavía no he recuperado el resuello, abro la aplicación del Fantasma de Pekín y busco todas las fotos y las notas de voz que he grabado en el restaurante.

Luego toco el botón de «enviar».

* * *

Cuando llego, mi habitación está en silencio. Las luces están muy tenues y todo ha quedado envuelto en un manto de sombras.

Es poco más de medianoche. Normalmente, a esta hora, Chanel está escuchando su lista de K-pop, haciendo algún tipo

96

de entrenamiento aeróbico o al teléfono con sus amigas *fuerdai*, riéndose como una histérica sobre algún chiste con demasiadas referencias culturales para que yo lo entienda. El silencio es inesperado y antinatural: o Chanel ha decidido hacerse monja o algo ha pasado.

Entro arrastrando los pies. Hace rato que el subidón de adrenalina que he experimentado en el restaurante ha dado paso a una fatiga que me ha dejado mareada y atolondrada. Lo único que me apetece es tirarme en la cama y dormir. Sin embargo, enciendo la luz y busco a mi compañera en la estancia pequeña y abarrotada.

Tardo unos instantes en encontrarla. Está acurrucada en un rincón, totalmente cubierta con sus mantas de seda menos por las manos y la cara. Tiene los ojos rojos e hinchados.

Cuando me ve ahí, baja el teléfono que tiene en la mano, pero me da tiempo a ver las fotos que tiene en la pantalla. Son las mismas que he hecho yo hace pocas horas. Confundida, se me ocurre algo que no tiene mucho sentido: que se las ha arreglado para quitarme el teléfono. Pero no, todavía noto el peso del móvil en el bolsillo, y eso tampoco explicaría por qué ha estado llorando. ¿Qué tendrán que ver esas fotos con ella?

Y entonces lo comprendo.

Cao. Es un apellido chino tan común (en nuestro colegio hay al menos cinco o seis) que no se me había ocurrido sumar dos y dos, pero ahora me parece obvio. El hombre del restaurante debe de ser su padre.

Siento una punzada de culpa en el estómago. Mientras yo fantaseaba con el dinero que iba a engordar mi cuenta bancaria, la vida de Chanel se hacía pedazos.

Sin embargo, ella no sabe que lo sé. Lo más inteligente, lo más seguro, sería dejar las cosas como están, comportarme como si no pasara nada y pasarme el resto de la noche poniéndome al día con los deberes. Dejarla que llore, y sienta rabia, lo que ella desee. De todos modos, seguro que no le faltan amigas que la consuelen.

Pero cuando veo su figura encorvada y triste, sola en la oscuridad, me sobreviene un viejo recuerdo: unos meses después de que empezásemos a compartir cuarto, me encontró boca abajo en la cama con el uniforme todavía puesto y un examen de Chino hecho pedacitos a mi alrededor, con un horrible 87,5 garabateado en una esquina superior. Entonces no teníamos una relación muy cercana, pero se sentó a mi lado como si fuese lo más natural del mundo y empezó a burlarse del examen pregunta a pregunta, hasta que tuve más ganas de reír que de sollozar.

Se me encoge el corazón.

—Hola —la saludo y me acerco a ella, aunque me maldiga por ello—. Esto... ¿Va todo bien?

Chanel me mira desde su capullo de mantas. Casi espero que le quite importancia, o que se quede en silencio hasta que pille el mensaje y la deje en paz, pero me sorprende con una respuesta rápida e incluso violenta:

—¿Además de que mi padre es un cabrón? Va todo genial.

Intento disimular mi asombro. No me puedo imaginar llamar a Baba algo así, no con todas las lecciones que me ha grabado a fuego sobre la piedad filial y el indiscutible respeto a mis mayores.

—Lo siento —añade Chanel, que quizá haya notado que me ha hecho sentir incómoda. Se sube las mantas por encima de la cara, así que, cuando se explica, su voz suena apagada—: Es que ha sido un día de mierda.

Vacilo, pero luego me siento en el suelo a su lado y, como si estuviese haciendo una prueba para un personaje secundario en una serie de instituto, le pregunto:

—¿Quieres hablar de ello?

Ella resopla, aunque suena como un sollozo.

—¿No estamos hablando de ello ya?

—Claro —contesto. Me siento tonta. Una parte de mí ya se está arrepintiendo de esta conversación, pero la otra, la que esperaba que Chanel fuese su mejor amiga, no quiere dejar las cosas así—. Supongo que sí.

—Es que no lo entiendo. —Suspira y sopla para quitarse un mechón de pelo húmedo de los ojos. Coge el teléfono, mira otra foto y lo vuelve a dejar en el suelo con tanta fuerza que casi doy un brinco—. ¡No lo entiendo! —Opto por el silencio—. Es que no tiene sentido. Mi madre nunca… Lleva todo este tiempo preparando su fiesta de cumpleaños. ¿Te lo puedes creer? Ha reservado una mesa en su restaurante preferido, ha contratado a su banda de música preferida, incluso se ha hecho un *qipao* a medida para la ocasión, y él… —Coge el teléfono con tanta fuerza que se le ponen los nudillos blancos—. ¿En qué estaba pensando? ¿Por qué? —Luego se vuelve hacia mí, como si esperara que yo tuviese la respuesta.

—Pero en realidad no tiene nada que ver con tu madre. Hasta a Beyoncé le pusieron los cuernos…

Entorna los ojos.

—Un momento. ¿Y tú cómo sabes eso?

—¿Saber el qué? —pregunto mientras pienso, en mi estado de privación del sueño, si se referirá a Beyoncé.

—No he dicho nada de que mi padre le haya puesto los cuernos. ¿Cómo lo sabes?

Mierda.

El pánico me atenaza la garganta. Suelto un «hum» entrecortado mientras busco desesperada una explicación plausible.

—¿Te lo ha dicho Grace? —insiste—. Porque le he pedido expresamente que no dijera nada hasta que no tuviera pruebas.

Ma ya... —mascula, cambiando al chino—. Es que es incapaz de cerrar el pico.

—No, no, no ha sido ella. En serio —añado cuando me mira con incredulidad. Es evidente que si a los delincuentes les pusieran nota no llegaría ni al notable; cualquier criminal de sobresaliente elegiría la excusa que le han puesto en bandeja, culparía a Grace y seguiría adelante con su vida. Pero como el padre de Chanel lleva tiempo engañándola, tanto a ella como a su madre, me parece cruel contarle otra mentira, por pequeña que sea.

Además, creo que esto sería un poco más fácil si mi compañera de habitación formara parte del plan. Podría volverme invisible por la mañana sin que saltaran las alarmas por mi desaparición.

—¿Entonces? —insiste Chanel mirándome fijamente—. ¿Quién te lo ha dicho?

—Nadie.

Frunce el ceño.

—Entonces ¿cómo...?

—Mira, es más fácil si te lo enseño. —Saco mi teléfono y abro la aplicación para enseñarle mi conversación más reciente con el usuario C207. Con ella. Chanel contempla las fotos de su padre en el restaurante y luego mira las que tiene ella, que son idénticas. Se queda boquiabierta.

—¿Eres tú quien está detrás del Fantasma de Pekín? —Estudia las fotos de nuevo. Se acerca tanto el teléfono a la cara que casi roza la pantalla con su naricita. Luego me mira a mí—. ¿En serio? ¿Tú?

—Tampoco hay para tanto escepticismo —repongo. No sé si su reacción debería ofenderme.

—Perdona. Es que no me pareces la clase de persona que... Ya sabes.

La verdad es que no, no lo sé, pero no tiene sentido que le pida que me lo explique, así que le pregunto:

—Entonces ¿quién creías que era?

—No sé. —Se encoge de hombros y las mantas se le bajan un poco—. ¿Henry? Se le da bien la tecnología y tiene los genes de emprendedor de su padre.

Aprieto los dientes. Otra vez Henry. Aunque no esté aquí, está en todas partes.

—De todos modos —dice Chanel negando con la cabeza—, eso da igual. ¿Cómo lo has hecho? Pensaba que... No sé, que la app tendría una especie de sistema de cámara oculta, pero la calidad de las fotos es perfecta. Y los ángulos. Señala una foto con una uña en la que luce una manicura perfecta. Es evidente que está hecha desde la misma altura de donde estaban su padre y su novia—. Es casi como si estuvieses con ellos en ese salón.

—Bueno... —Se me escapa una risa nerviosa, pero supongo que es mejor quitarme esto de encima de una vez—. Es que... lo estaba. Estaba con ellos en ese salón.

Chanel se echa a reír, pero se nota que no se lo cree.

—Sí, claro.

—Hablo en serio.

—Ya, tú siempre hablas en serio, Alice. Pero eso que dices no tiene ningún sentido. Si hubieses entrado en ese salón con mi padre, habría llamado a seguridad y...

—Si me hubiese visto sí, pero no me vio.

Se me queda mirando de nuevo y esta vez parece un poco preocupada por mi cordura.

—Escucho lo que dices, ¿eh? Pero la verdad es que no entiendo cómo es eso posible, a no ser que puedas camuflarte, volverte invisible o algo así.

Sé que solo está de broma, pero aprovecho la oportunidad.

—Has dado en el clavo.

—¿En qué?

—Puedo volverme invisible. —Hago zoom en la foto para presentarle alguna prueba antes de que le dé tiempo a protestar—. ¿Ves ese espejo del fondo? Si alguien estuviera ahí de pie fotografiándolos, tendrías que ver su reflejo, ¿no? O al menos una sombra. Pero aquí…

—No hay nada —murmura, acabando la frase por mí. Luego frunce el ceño—. ¿Seguro que no lo has hecho con Photoshop? Porque he visto lo que publica Grace en Instagram y sé que las fotos pueden ser muy engañosas…

Paso de este pique absurdo que tiene con la tal Grace y la miro a los ojos.

—Chanel, te juro que te estoy contando la verdad. Si no es así… —Hago una pausa y pienso en cuál sería la mejor forma de convencerla de que estoy diciendo la verdad—. Si no…, que, a partir de ahora, saque en todos los exámenes una nota por debajo de la media. Que me rechacen en todas las universidades de la Ivy League. Que… —Trago saliva. Aunque todo esto es hipotético, me sigue doliendo pronunciarlo en voz alta—. Que me vaya peor que a Henry Li en absolutamente todo.

Chanel se tapa la boca con la mano. En la vida me había sentido tan agradecida por mi reputación de persona competitiva y estudiosa.

—No. ¡No puede ser!

Asiento con un gesto lúgubre.

—Sí. Fíjate si te hablo en serio.

Espero a que lo comprenda de verdad. Se hace un largo silencio y después…

—*Wocao!* O sea… ¡Madre mía! ¡Joder! —Mientras Chanel parece repasar todas las palabrotas que conoce tanto en inglés como en chino (algunas de las cuales ni siquiera entiendo), yo contemplo lo ridículo de la situación. Este tipo de conversaciones a altas horas de la noche, en plan «no me puedo creer lo que ha pasado», son exactamente lo que habría querido mi yo de doce años. Solo que no en estas circunstancias.

—¿Y cuándo…? ¿Cómo…? —pregunta Chanel cuando consigue recomponerse un poco.

—No estoy muy segura —admito—. Todavía hay cosas que no entiendo bien.

—¡Madre mía! —exclama otra vez con los ojos como platos. Se envuelve más con las mantas y se apoya en la pared, como si no estuviese segura de ser capaz de mantenerse erguida por más tiempo.

—Ya —contesto incómoda—. Entonces, bueno…

—¿Por eso no querías venir conmigo al centro comercial?

—¿Qué? —Levanto la vista, convencida de que la he oído mal.

—Cuando nos pusieron juntas en el cuarto, te pregunté si querías venir de compras conmigo varias veces y siempre te negaste. ¿Es por todo esto de la invisibilidad?

—Ah, no. Lo de volverme invisible es bastante reciente —contesto, todavía sin entender qué tiene que ver esto con nada.

Pero entonces me dedica una sonrisa tímida e incómoda y se hunde un poco más, y se me ocurre que tal vez haya sacado sus propias (y equivocadas) conclusiones sobre por qué nunca quise pasar tiempo con ella. Quizá, mientras yo he estado todo este tiempo obsesionada por las compras y la ropa cara, a ella le haya dado la impresión de que simplemente no me caía muy bien. Lo que es una locura: Chanel Cao le cae bien a todo el mundo; incluso los del decimotercer año, que se pasean por el colegio como si fuera suyo, la invitan a veces a salir de fiesta con ellos.

Pero, claro, ahora que lo pienso, no sé si eso será porque su padre es el propietario de todas esas discotecas.

—Oye, sobre eso… No es que no quisiera, ¿sabes? Sí quería… Sí quiero. Lo que pasa es que… no me gusta mucho ir de compras.

Levanta la cabeza; todavía tiene las mejillas húmedas de las lágrimas. Me estudia unos segundos.

—¿Lo dices en serio? —Asiento—. ¿Por qué no me lo habías dicho antes?

—No lo sé, no pensé que… —Me interrumpo. «No pensé que importara». «No pensé que a nadie le importara». Pero decir esas palabras en voz alta, permitirme mostrarme tan vulnerable, me provoca náuseas. Aun así, me obligo a añadir—: Pero no es demasiado tarde, ¿no? Si alguna vez quieres hablar o pasar más tiempo juntas…, estoy aquí. —Señalo mi cama, que está al otro lado del cuarto—. Literalmente.

No sé cómo, pero mis explicaciones vagas y mi chiste malo consiguen contentar a Chanel, porque sonríe, esta vez de verdad, a pesar de tener los ojos hinchados y los labios cortados.

Luego vuelve a coger su teléfono y entra en la aplicación del Fantasma de Pekín.

—¿Qué haces? —le pregunto con cautela.

—¿Qué si no? —contesta, se sorbe la nariz y se seca los restos de máscara de pestañas de la cara—. Dejarte una buena reseña.

Seis

Me despierto con el zumbido de las abejas.

«No, no son abejas», comprendo mientras me obligo a abrir los ojos. Es mi teléfono, que vibra sin parar sobre la mesita de noche. La pantalla se enciende una y otra vez mientras llegan más y más notificaciones. Alargo una mano para cogerlo a tientas, ya nerviosa y con un nudo en el estómago.

La última vez que recibí tantas alertas de golpe fue cuando me olvidé de llamar a Mama tres días seguidos durante la época de exámenes y se pensó que estaba secuestrada, hospitalizada o algo así. Después me sentí tan culpable que prometí mandarle al menos un mensaje una vez al día solo para decirle que estaba bien, una promesa que he cumplido a pesar de todo lo que está pasando y de la noche que viví ayer.

Pero si no es Mama, que se está subiendo por las paredes sin saber si sigo viva...

Mi confusión desaparece para volver con el doble de intensidad cuando veo que el pequeño icono del Fantasma de Pekín parpadea al lado de lo que deben de ser más de cincuenta nuevas notificaciones. ¿Es que nos han hackeado la app?

Totalmente despierta, me desenredo las sábanas finas y baratas de las piernas y me levanto de un salto de la cama, arrancando el teléfono del cargador. Luego miro los mensajes y una risa silenciosa e incrédula me brota de los labios.

Pensaba que Chanel solo bromeaba con lo de la reseña, pero resulta que la hizo y, lo que es más, que debió de ser bastante convincente: lo suficiente para que la actividad de los usuarios creciera un 770 por ciento de la noche a la mañana.

Se me acelera el pulso al leer las nuevas peticiones. Noto un cosquilleo en la boca del estómago entre los nervios, la emoción y la impaciencia, como la sensación que experimento a veces justo antes de entrar a un examen.

Filtro las peticiones de menor envergadura, las que no me harían ganar mucho dinero y dudo que merezcan mi tiempo, y varios mensajes de trols que me piden cosas sexuales raras. Luego llego a la petición más reciente y hago una pausa.

El mensaje es sorprendentemente detallado y lo bastante largo para ser un ensayo, y viene incluso con un acuerdo de confidencialidad, pero no es eso lo que hace que me salten todas las alarmas, sino la petición en sí misma: el usuario quiere que borre unas fotos de desnudos del teléfono de Jake Nguyen antes de que las distribuya.

De repente, recuerdo todo lo que oí de la conversación de Rainie en el baño, lo de su supuesto casting. Sería demasiado que fuese una coincidencia. Además, todo el mundo sabe que Rainie y Jake llevan un año saliendo juntos, cortando y reconciliándose, y que la última ruptura fue bastante fea. Al parecer, Rainie quemó regalos que Jake le hizo por valor de cien mil yuanes en un ataque de rabia y Jake reaccionó yendo a todo bar y discoteca de Tailandia durante las vacaciones.

Pero lo de las fotos desnuda… Eso es una novedad. No sería el mayor escándalo que ha salpicado a nuestro colegio, por supuesto, no desde que la potencial carrera olímpica de Stephanie Kong se viera interrumpida por la filtración de un vídeo sexual, pero tampoco es poca cosa.

Tras pensármelo un poco, le escribo por el chat privado.

Eso cuenta como pornografía infantil, eres consciente, ¿no? ¿Por qué no hablas con el colegio o la policía?

El usuario confirma mis sospechas cuando contesta casi de inmediato:

Es complicado. No puedo arriesgarme a que nadie lo descubra... Haría más mal que bien, la verdad. Pero me ayudarás, ¿verdad?

Todavía no me ha dado tiempo de formular una respuesta cuando me llega otro mensaje:

¿Por favor?

Es muy urgente.

Me ha dicho que les enviará las fotos a sus amigos cuando le dé la gana.

He intentado hablar con él, pero me ha bloqueado en todas las redes sociales, hasta en Facebook.

No sé qué más hacer...

Casi puedo notar el pánico que irradia desde el otro lado de la pantalla y, con cada nuevo mensaje que leo, también noto que hiervo de rabia. Y cada vez más. Primero fue el padre infiel de Chanel y ahora esto. Estos últimos días me han servido al menos para recordarme por qué me alegro de estar soltera.

Me llegan más mensajes:

Siento escribirte tanto… Supongo que estás ocupado y que hay mucha gente mandándote mensajes…

Estoy dispuesta a pagarte por adelantado si eso acelera el proceso.

¿Es bastante con cincuenta mil yuanes?

Lo admito, me siento mal por sacar provecho de su desesperación, por cobrarle a cambio de la clase de ayuda que debería ofrecer gratis, aunque cincuenta mil yuanes no tengan ninguna importancia ni para ella ni para su familia. Pero también mentiría si dijera que no se me ha parado el corazón al ver la cifra.

¡Cincuenta mil yuanes! Es más de lo que Mama gana en un año entero.

Miro qué hora es. Todavía son las cinco y media de la mañana, lo que me da tiempo suficiente para firmar el acuerdo de confidencialidad, repasar para el dictado de Chino y, si puede ser, trazar un plan antes de primera hora.

Contesto.

OK. Haré lo que pueda.

Me pongo el uniforme, cojo la mochila del colegio y salgo de mi habitación con todo el cuidado posible para no despertar a Chanel. Después de lo que le pasó anoche, es lo menos que puedo hacer.

* * *

Henry y yo somos las primeras dos personas en entrar en el aula de Inglés. Aunque, bueno, técnicamente no es verdad: nuestro profesor, el señor Chen, ya está sentado detrás de su escritorio, revisando un montón de trabajos corregidos con un vaso de café colgado de la boca y el pelo negro como el carbón a la altura de los hombros peinado en una coleta baja. De todos los profesores de Airington, del que más se habla es probablemente del señor Chen, que es de lejos el más respetado: ha escrito para el *New York Times*, ha almorzado con los Obama y ha publicado una colección de poesía sobre la diáspora asiática que fue nominada al Premio Nobel. Además, se sacó la carrera de Derecho en Harvard antes de cumplir los veinte años y luego renunció a un trabajo con un sueldo de seis cifras en un prestigioso bufete de Nueva York para dedicarse a enseñar por todo el mundo.

Es, en resumen, todo lo que quiero ser yo.

—Ah. Alice. —El señor Chen sonríe de oreja a oreja al verme. Sonríe mucho, a pesar de que a las ocho de la mañana de un jueves no hay muchas razones para hacerlo. Pero, claro, si yo fuese poeta y licenciada en Derecho por Harvard y hubiera ganado premios, supongo que sonreiría como una boba hasta en mi propio funeral.

—Buenos días, señor Chen —contesto con todo el entusiasmo de que soy capaz y le devuelvo la sonrisa. Es una decisión estratégica por mi parte. Cuando llegue el momento de que los profesores nos ayuden con las cartas de recomendación, quiero ser recordada como una persona «alegre», «positiva» y «con don de gentes», pese a que sea lo opuesto a mi verdadera personalidad.

Aunque, claro, ahora que tal vez me marche, es posible que todos mis esfuerzos hayan sido en vano.

Ni hablar. Aplasto el pensamiento antes de terminar de darle forma. Ahora tengo al Fantasma de Pekín. Una fuente de ingresos. Gente que quiere pagarme cincuenta mil yuanes por una sola misión.

Todavía puedo lograr salirme con la mía.

—¿Has pensado en ese programa de inglés? —me pregunta el señor Chen con una mirada penetrante.

Tardo un segundo en entender a qué se refiere. A finales del año pasado me recomendó un prestigioso curso de escritura de dos meses a mí y solo a mí, y me permití emocionarme exactamente cinco segundos antes de borrarme la idea de la mente. Ese programa cuesta más o menos lo mismo que el piso de mis padres, y, aunque fuese rica y dispusiera de ese tiempo, probablemente lo invertiría en un *boot camp* de código como ese al que fue Henry en el noveno año. Algo con un buen retorno de la inversión.

Pero, por supuesto, no puedo admitirlo delante del señor Chen.

—Ah, sí. Todavía me lo estoy pensando —miento. Presiento que mi sonrisa empieza a parecer más rígida de lo habitual.

Para mi alivio, el profesor no insiste más.

—Bueno, no hay prisa. Mientras tanto…, tengo algo para ti. —Me enseña un papel lleno de mi letra diminuta. Es el examen de Inglés de la semana pasada: un ensayo y dos preguntas de desarrollo sobre el simbolismo en *Macbeth*—. Buen trabajo.

El corazón me da un vuelco, como siempre que voy a ver mis resultados académicos, sean del tipo que sean. Cojo el papel y lo doblo rápidamente para que Henry, que se dirige hacia nosotros, no vea mi nota.

—Y tú también, rey Henry —dice el señor Chen mientras le guiña un ojo. Le pasa el examen por encima de mi hombro. No recuerdo a quién se le ocurrió ese mote tan ridículo, pero a los profesores de Humanidades les encanta usarlo. A mí siempre me ha parecido que daba demasiado en el clavo. Al fin y al cabo, todo el mundo sabe que, en este colegio, Henry es lo más parecido a la realeza que hay.

Yo también tengo un mote, aunque los únicos que lo usan son mis compañeros: soy la máquina de estudiar. La verdad es que no me molesta, destaca mi principal virtud y sugiere que tengo el control. Un propósito. Una eficiencia despiadada.

Todo cosas buenas.

Mientras Henry le da las gracias al profesor e inicia una conversación sobre unas lecturas extracurriculares que hizo anoche, me hago a un lado y echo un vistazo a la nota: 99.

Qué alivio. Si fuese otra asignatura, ya me estaría machacando por ese punto que falta, pero, por norma general, el señor Chen nunca otorga la puntuación máxima.

De todos modos, todavía no puedo celebrarlo...

Me vuelvo hacia Henry en cuanto termina de hablar:

—¿Tú qué has sacado? —Quiero saberlo.

Él enarca las cejas. Parece más descansado que la última vez que lo vi: tiene la piel tan suave como el cristal, el pelo le cae sobre la frente con unas ondas perfectas y no hay ni una sola arruga en su uniforme. Me pregunto fugazmente si alguna vez se aburrirá de ser siempre tan perfecto.

—¿Y tú?

—Dímelo tú primero.

Pone los ojos en blanco, pero tras una corta pausa, responde:

—98.

—Ah. —No puedo evitarlo: esbozo una sonrisa de oreja a oreja.

Él vuelve a poner los ojos en blanco y se dirige a su asiento. Saca sus cosas despacio, de forma metódica: un MacBook Air resplandeciente, un estuche de Muji y un grueso archivador con separadores de colores a los lados. Lo coloca todo en líneas rectas y ángulos de noventa grados, como si estuviese a punto de hacer una de esas fotos perfectas que cuelgan en Studygram. Luego, sin levantar la cabeza, me dice:

—A ver si lo adivino. Tú has sacado un 99, ¿no?

No le contesto. Me limito a sonreír.

Henry levanta la vista para mirarme.

—¿Eres consciente de lo triste que es que lo único que te haga feliz sea sacar un punto más que yo en un examen de Inglés?

Se me borra la sonrisa de la cara. Lo miro con el ceño fruncido.

—No te des tanta importancia. No es lo único que me hace feliz.

—Ya. —No parece muy convencido.

—¡No lo es!

—No he dicho que lo sea.

—Pero… Bah. Da igual. —Aunque hay un millón de cosas que preferiría hacer (incluyendo caminar descalza por encima de unas piezas de Lego), me siento a su lado—. Tengo que hablar contigo de algo importante.

Su expresión no cambia cuando me siento, pero, aun así, me doy cuenta de que se ha sorprendido. Es una norma no escrita pero conocida por todos que el asiento que eliges el primer día de clase es el que conservarás durante el resto del año, razón por la cual cuando mi compañera de pupitre y la mejor estudiante de Arte de Airington, Vanessa Liu, entra en el aula unos segundos después, se queda de piedra. Podrá parecer una exageración, pero no lo es: se queda quieta como una estatua, incluso cuando otros estudiantes entran detrás de ella. Luego se dirige a mí con esa mirada herida y traicionada que una se reservaría para cuando pilla a su novio engañándola con su mejor amiga, o algo peor.

—¿Te vas a sentar aquí? —pregunta, con su voz aguda rozando el quejido. Al ver que en lugar de responder me limito a dedicarle una sonrisa a modo de disculpa, hace un puchero y añade—. ¿Me vas a dejar sola en nuestra mesa con Lucy Goh?

—¿Qué tiene de malo Lucy? —pregunto, aunque sospecho que ya sé la respuesta.

Lucy Goh es una de las excepciones de este colegio: es de clase media-baja, con padres oficinistas que trabajan en pequeñas empresas locales. Es amable con todo el mundo: una vez, para la fiesta de fin de curso, incluso horneó galletas personalizadas para toda la clase y, cuando alguien se cae en Educación Física, siempre es la primera en correr a ayudar, pero no es un prodigio del arte, como Vanessa, ni de la música, como Rainie, ni especialmente buena en ninguna asignatura. Y ese es el problema. Aquí, en Airington, puedes ganarte el respeto de muchas formas: talento, belleza, riqueza, encanto, contactos familiares…

Pero la amabilidad no es una de ellas.

—Bueno, es maja y tal —contesta Vanessa, apartándose el flequillo de la cara con una mano manchada de carboncillo—, pero para los trabajos en grupo… —Hace una pausa y se inclina hacia delante, como si fuese a compartir conmigo un secreto valioso, aunque sigue hablando en voz lo bastante alta como para que la oiga toda la clase—. Es un poco inútil, ¿sabes a qué me refiero?

Los ojos de gato se le arrugan en las comisuras; me mira como esperando que me eche a reír o esté de acuerdo con ella.

Pero no lo hago.

No puedo. No cuando se me encoge el estómago tanto como si la persona de la que está echando pestes fuese yo.

Y puede que sea porque soy consciente de que Henry está a mi lado, observándome y, sin duda, juzgando esta conversación, o porque todavía me dura el subidón del resultado del examen, o porque existe la posibilidad de que todo esto no funcione y esté fuera de Airington en un semestre, pero respondo de una manera muy poco propia de mí: le digo exactamente lo que estoy pensando.

—¿En serio? Porque estoy bastante segura de que trabaja más que tú.

Vanessa pone los ojos como platos.

Me encojo en mi asiento por instinto, asustada de que me dé un puñetazo o algo así. Me he acordado demasiado tarde de que, además de todos sus prestigiosos premios artísticos, el año pasado Vanessa también ganó el campeonato de *kickboxing*.

Pero se limita a soltar una carcajada aguda.

—Vaya. No me esperaba este zasca, Alice —dice, aunque su tono de voz despreocupado no casa con la chispa de rabia que veo en sus ojos. Aun así, se marcha a nuestra mesa habitual antes de que me dé tiempo a retractarme. Bueno, supongo que ahora es su mesa. Me da la sensación de que no me voy a volver a sentar con ella.

—Guau —exclama Henry cuando Vanessa ya no puede oírnos.

—Guau ¿qué? —pregunto. Me he puesto colorada y ya noto un nudo de arrepentimiento en el estómago. Hay una razón por la que nunca me enfrento a nadie del colegio, y no es por cobardía. Bueno, no solo por eso. Con todos los contactos que tienen mis compañeros de clase, no puedo permitirme cerrarme una puerta sin cerrarme cien más por asociación. Por lo que yo sé, podría haber arruinado cualquier posibilidad que tuviera de trabajar para Baidu o para Google algún día.

—Nada —contesta Henry, pero me mira como si fuese la primera vez que me ve—. Es que... a veces eres sorprendente.

Frunzo el ceño.

—¿Qué significa eso?

—No importa. No he dicho nada —repite y aparta la vista—. De todos modos, ¿qué me estabas diciendo?

—Ah, sí. Es sobre el próximo trabajo...

—Espera. —Abre un documento de Pages en el ordenador y me hace un gesto para que escriba ahí lo que quiera decirle.

¿En serio? ¿Nos vamos a pasar notitas como si tuviéramos once años?

Responde de inmediato:

Sí. A no ser que quieras que todos lo que tienen la antena puesta se enteren de que el Fantasma de Pekín eres tú.

Levanto la vista y descubro a cuatro personas que nos miran con gran interés. Entendido.

Me paso el resto de la clase informando a Henry sobre lo que me ha pedido Rainie y planificando cómo proceder a través del ordenador, aunque de vez en cuando miro a la pizarra para fingir que estoy tomando apuntes. Tampoco es que me esté perdiendo mucho: el señor Chen está devolviendo los exámenes y repasando las respuestas, y la mayoría de las «respuestas modelo» que usa son mías o de Henry. «¿Lo ves? —estoy tentada de decirle a este mientras los demás copian mis respuestas palabra por palabra—. Aquí tienes otra cosa que me hace feliz». Sin embargo, cuando me imagino cómo sonaría la frase, no sé si me hace parecer más o menos patética que antes.

La hora se me pasa a una velocidad sorprendente. Cuando suena la campana y todo el mundo se levanta de su asiento, Henry y yo somos los últimos en salir del aula.

* * *

En teoría, borrar unas cuantas fotos del móvil de Jake Nguyen no debería ser difícil, sobre todo porque tengo el elemento sorpresa de mi lado.

En teoría.

Pero, después de pasar varios días observando a Jake y siguiéndolo cada vez que me vuelvo invisible, me queda claro que este chico se lleva el teléfono a todas partes: a clase, a la cancha de baloncesto, incluso al baño, como si fuese su primogénito o algo así. Es como una parodia del típico chico de la generación Z obsesionado con la tecnología, siempre pegado a la pantalla viendo memes en Twitter, o WeChat, o fotos de las nuevas Nike customizadas en Instagram. En más de una ocasión, estoy tentada de quitarle el móvil de un manotazo y poner fin a este asunto de una vez por todas.

Pronto han transcurrido cinco días enteros y lo único que he sacado de mis sesiones de espía invisible son su contraseña del iPhone (que es «1234») y enterarme de que ve *Sailor Moon* en secreto. Para ser sincera, no sé muy bien qué pensar de lo segundo.

Sin embargo, lo que sí sé es que, cuanto más se alargue todo esto, mayor es la probabilidad de que Jake distribuya esas fotos. Y, según los mensajes de Rainie, cada vez más desesperados, amenaza con hacerlo muy pronto.

El miércoles por la mañana, mientras me preparo para ir a clase, Henry me llama por teléfono. Me quedo paralizada con la cremallera de la falda en la mano. No sé qué es más raro, que me esté llamando, como si estuviésemos al inicio de los años 2000, o que sea él quien lo hace.

—¿Hola? —respondo con vacilación mientras me acerco el teléfono a la oreja con la mano que tengo libre. Una parte de mí está convencida de que le han robado el móvil.

Pero enseguida oigo su voz al otro lado, tan aterciopelada como siempre.

—Alice. ¿Estás ocupada?

—No… Bueno, me estaba vistiendo —digo sin pensar.

—Ah. —Se hace un silencio incómodo—. Ya.

Me subo la cremallera en un santiamén y me siento en el borde de la cama. Me arden las mejillas.

—Nada, nada. Olvida lo que he dicho. —Al otro lado de la habitación, Chanel ronca con suavidad. Me aprieto el teléfono contra la oreja—. Bueno… ¿Qué pasa? ¿Cómo es que me has llamado?

—Es sobre la última misión.

Por alguna razón, la sensación que se me extiende por las entrañas es… decepción. Pero por supuesto que es por la última misión. ¿Por qué otra cosa me iba a llamar?

—Dime.

—Como la cosa está yendo muy lenta, los últimos días me he tomado la libertad de vigilar los movimientos de Jake en el edificio Mencio. Uno de los momentos más lamentables de mi vida, he de decir. Me parece que hay una ventana de oportunidad para que borres las fotos…

Contengo la sorpresa. He ido informando a Henry sobre mis progresos (o la ausencia de ellos) por cortesía desde la primera clase de Inglés en la que nos sentamos juntos, pero no me esperaba que intentase conseguir información por su propio pie. En parte estoy agradecida, claro, pero también odio que haya encontrado una oportunidad antes que yo. Me hace sentir como si se estuviera quejando, lo que es ridículo.

Esto no es una competición.

De todos modos, no puedo evitar notar una punzada de irritación, ni tampoco ese extraño frío que siento después, como si me golpeara un viento invernal… Pero todas las ventanas están cerradas.

Vaya.

Henry sigue hablando, ajeno a lo que está pasando. Lo que está a punto de pasar.

—El único momento en el que Jake se deja el móvil en su cuarto es cuando va a ducharse. Así que se me ha ocurrido que podría esperar cerca de su habitación y tirarle algo encima, fingiendo que es sin querer. Algo que se tenga que limpiar, zumo de naranja, por ejemplo. Entonces tendrías ocho o nueve minutos para…

—Suena genial —lo interrumpo mientras reprimo un escalofrío. Me levanto de la cama. Tengo las manos congeladas. Todo está mal, siento que las paredes de la habitación se hinchan como una herida abierta y se me acelera el corazón. Esta mierda no es menos aterradora solo porque ya la haya experimentado antes. No es menos antinatural—. ¿Crees que podrías hacerlo en unos… diez minutos? Voy ahora.

—¿Ahora mismo?

El frío se me ha extendido hasta los pies. Necesito moverme. Y cuanto antes.

—Sí —consigo decir.

—Bueno, ahora hay un pequeño problema, que es lo que te iba a comentar… ¿Sabes el compañero de cuarto de Jake, Peter? —Hace una pausa. Oigo el quejido de una puerta y juraría que de fondo oigo *beatboxing*, nada menos—. Ahora mismo está ocupado grabando un nuevo *mixtape*. O quizá sea otro de sus discursos políticos. Si te soy sincero, es un poco difícil diferenciarlos...

—Entonces ¿qué podemos hacer? —lo interrumpo cada vez con más apremio—. Es que... Mierda, me había olvidado de que tenía un compañero de cuarto.

—Yo podría ayudar con eso —interviene alguien detrás de mí.

Casi se me cae el teléfono.

Cuando me doy la vuelta, me encuentro a Chanel de pie con su pijama de seda. Todavía tiene los ojos un poco hinchados de dormir, pero sonríe.

—Chanel, yo... —le digo, demasiado perpleja para formar una frase completa.

—Esto es lo del Fantasma de Pekín, ¿no? Lo siento, no he podido evitar oírte.

—Espera. ¡¿Chanel?! —exclama Henry.

—Sí, hola, Henry —contesta Chanel con una sonrisa aún más ancha—. ¿Qué te parecería volver a trabajar juntos?

—¿Desde cuándo trabajáis juntos? —pregunto, al mismo tiempo que Henry, con una pizca de incredulidad en la voz, dice:

—¿Le has contado lo del Fantasma de Pekín?

—Sí, sí, Henry y yo nos conocemos desde niños —explica Chanel rápidamente, como si ni siquiera valiera la pena mencionarlo—. SYS colaboró con mi padre en algunas campañas de publicidad para sus discotecas. —Su sonrisa se esfuma por un segundo.

—Ah. —No debería sorprenderme. A veces parece que todos los estudiantes de Airington y sus familias pertenezcan a una misma y complicada telaraña de poder, una telaraña que puedo ver pero en la que jamás podré entrar. No sin quedarme atrapada dentro como una mosca inoportuna.

119

—Y Alice me contó lo de vuestra app la semana pasada —continúa Chanel, esta vez dirigiéndose a Henry—. Pero es un poco largo de explicar y al parecer vamos justos de tiempo. —Se vuelve hacia mí—. Bueno, ¿os puedo ayudar o no? Dios sabe que no me vendría mal una distracción.

Soy consciente de que una decisión como esta debería ser cuidadosamente evaluada, que merecería un informe de riesgos exhaustivo y al menos dos largas listas detallando los pros y los contras de involucrar a una tercera persona. Pero también soy muy consciente del frío que me está invadiendo el cuerpo entero con rapidez.

—Vale —contesto—. Contamos contigo.

Siete

—Esto es rarísimo —masculla Chanel por al menos décima vez mientras caminamos por el edificio Mencio. No hace más que mirar hacia mí, como si quisiera comprobar que sigo aquí—. Es que no te puedo ver. En serio, no veo nada.

—Bueno, ¿qué te esperabas? —susurro.

Echo un vistazo al pasillo, que está casi vacío. Es tan temprano que la mayoría de los estudiantes todavía no se han levantado (supongo que no tienen la misma necesidad que yo de ser productivos antes de las seis) y los que sí lo han hecho ya es irse a desayunar. La buena noticia es que si las cosas van mal no habrá muchos testigos.

La mala es que Chanel y Henry tendrán una pinta mucho más sospechosa por estar por aquí.

—Para ser sincera, en parte pensaba que… No sé ni lo que pensaba —continúa Chanel en voz baja—. Pero este tipo de cosas no le pasan a…

—¡Chis! —siseo. Un chico que he visto por el campus varias veces pasa junto a nosotras y mira raro a Chanel. Debe de pensar que está hablando sola.

—Lo siento —se disculpa cuando el chico se ha ido.

—No pasa nada. —Intento sin éxito apaciguar mi corazón, que me late desbocado. Tengo los nervios de punta desde que hemos salido de nuestro dormitorio—. Vamos a ello y ya está.

Para mi inmenso alivio, Henry ya está en su puesto, en la puerta del cuarto de Jake, tal y como hemos acordado antes. Lleva una taza llena de café en una mano y el libro de Historia en la otra. Chanel y yo nos escondemos detrás de una de las muchas macetas enormes que decoran el pasillo y él llama a la puerta y da varios pasos atrás.

Pasa un largo momento. No sucede nada.

Se me hace un nudo aún más fuerte en el estómago. ¿Y si Jake ya se ha ido? ¿Y si se ha olido que algo no va bien y se ha dado cuenta de que Henry se comportaba de forma extraña o lo espiaba? No. Eso no puede ser. O eso creo.

Pero entonces la puerta se abre y el golpe rítmico del bajo resuena en el pasillo. Jake sale con unas zapatillas de plástico. Va vestido solo una camiseta ancha de tirantes y los calzoncillos y lleva el pelo negro despeinado y de punta. Bosteza y parpadea, confundido.

—¿Quién es? —gruñe.

Es la señal de salida para Henry.

Empieza a andar con el libro de texto abierto delante, como si estuviera distraído en lugar de haber estado esperando todo este tiempo, y se choca con Jake. La taza de café se le cae de la mano casi a cámara lenta y el líquido oscuro se derrama por todas partes.

—Pero ¡qué cojones! —Jake retrocede y se lleva las manos a la camiseta empapada.

—¡Lo siento! No te había visto —se disculpa Henry, fingiendo sentirse culpable. Él también se ha manchado con unas gotas de café. Veo como se seca la mejilla y hace una mueca—. Te puedo comprar una camiseta nueva…

Jake niega con la cabeza, aunque parece bastante cabreado.

—Qué va, tío, da igual. Pero tengo que ir a lavarme esta mierda.

Entra en su habitación, suelta algo que suena a «Peter, colega, ¿puedes dejar de rapear aunque sea un puto segundo?» y vuelve a salir con una toalla al hombro y una expresión que dice que tiene ganas de asesinar a alguien.

Cuando se dirige al baño, es el turno de Chanel.

Mientras de camino le he preguntado cómo pensaba sacar a Peter de su habitación exactamente, se ha limitado a guiñarme un ojo y contestar con seguridad: «Con mis encantos femeninos, por supuesto».

Pensaba que estaba de broma, pero cuando la sigo al interior del cuarto veo que va directa hacia Peter meneando las caderas al ritmo del bajo y que lo llama casi como arrullándolo:

—¡Peter! Te estaba buscando.

El bajo se detiene y Peter levanta la cabeza de lo que parece un estudio de grabación en miniatura. Está en una esquina de la habitación e incluye teclados, micrófono y todo.

—Eh… ¿Chanel? —Parpadea y, avergonzado, se tapa con una mano el pijama de *La guerra de las galaxias*, como si así pudiera esconderlo.

—Lo siento, no te he interrumpido, ¿verdad? —pregunta Chanel con los ojos muy abiertos. Se acerca más a Peter hasta que no quedan más que unos centímetros entre ellos—. Es que necesitaba encontrarte.

Peter se ríe nervioso.

—Vale… Pero ¿por qué?

—Ay, por favor… ¿Por qué crees que es? —contesta Chanel con una sonrisa coqueta, como si fuese una broma de la que solo son partícipes ellos dos. Le da una palmadita en el hombro y deja la mano ahí, agarrándose suavemente de la tela del pijama.

—¿Necesitas… llevarte algo prestado? —se aventura Peter, mirando la mano de Chanel y luego su cara.

Y, aunque no ha dicho nada del otro mundo, Chanel se echa a reír como si le acabase de contar lo más gracioso del mundo.

—¡No, idiota! —responde con afecto—. Mi padre está pensando en contratar DJ nuevos para la discoteca y quiere que le ayude a elegir. Y entonces se me ha ocurrido que ¡en nuestro curso hay todo un experto en la materia!

—¡Ah! —contesta Peter. En ese momento, parece comprender las palabras de Chanel y se sonroja—. Ah…. Bueno, yo no me llamaría experto, pero…

—Vamos, no seas tan modesto conmigo. —Se inclina hacia delante aleteando las largas pestañas. No sé si echarme a reír, estremecerme o aplaudir ante el empeño que le pone—. Tienes un montón de talento y lo sabes. Todo el mundo lo sabe.

Peter se pone como un tomate.

De repente, Chanel se aparta, coloca una mano en su cadera y lo mira con atención.

—Entonces ¿quieres hacerlo conmigo? —pregunta.

—Hacer… ¿el qué?

Ella enarca una ceja delicadamente.

—Un listado de buenos DJ, claro. Ya tengo algunos apuntados en mi ordenador. ¿Quieres venir a echar un vistazo?

Peter duda un instante, como si sospechase que todo es una broma, pero resulta que los «encantos femeninos» de Chanel son bastante persuasivos, porque se levanta de la silla sin dejar de intentar ocultar su pijama y contesta:

—Sí, claro, por qué no… Solo… Déjame que me cambie antes.

—¡Genial! Te espero fuera.

Chanel le dedica una sonrisa deslumbrante y sale del cuarto. Yo bajo la vista en cuanto Peter empieza a quitarse la camiseta. Oigo el chirrido de la puerta del armario y el suave repiqueteo de las perchas de plástico mientras busca qué ponerse. Suelta una maldición entre dientes («¡Ay!») cuando se golpea la pierna contra la esquina de la cama.

Luego se va y me quedo sola en su cuarto.

Nunca había estado dentro de la habitación de un chico, excepto la de Henry, claro, y cuanto más la miro más comprendo que el buen gusto de este para la decoración debe de ser una excepción.

Tiene tres monitores de ordenador gigantes y unos auriculares encima del escritorio. Entre los huecos del teclado brillan luces multicolores y veo envoltorios de barritas de proteínas tirados por todas partes. En las paredes grises hay dos pósters, uno de una estrella de la NBA que no conozco y otro de esa famosa china que a tantos chicos les encanta, Dilraba Dilmurat. Además, hay calcetines y calzoncillos arrugados por el suelo.

Cuando inhalo, me viene el fuerte olor de la mantequilla de cacahuete y de algo que podría ser colonia. Arrugo la nariz y busco el móvil de Jake entre el desorden. Lo encuentro un par de minutos después metido debajo de la almohada y exhalo un pequeño suspiro de alivio. Por alguna razón, pensaba que me costaría mucho más dar con él.

Pero, cuando introduzco los números «1234», el teléfono vibra y las palabras «contraseña incorrecta» aparecen en la pantalla.

Frunzo el ceño y lo vuelvo a intentar.

«Contraseña incorrecta».

Se me seca la boca. Vi a Jake usar esos mismos números este lunes, lo que significa que cambió su contraseña ayer. Si fallo varias veces más se bloqueará.

¡Pero la nueva contraseña podría ser cualquiera cosa!

Intento ignorar las frías garras de la desesperanza. No puedo cagarla. No puedo. No tengo forma de saber cuándo volveré a tener la oportunidad de acceder a su teléfono, o de si importará siquiera dentro de dos o tres días, cuando Jake ya haya mandado esas malditas fotos.

Además, Henry y Chanel han cumplido con su parte. Ahora cuentan con que yo me encargue de la mía, y lo que más odio en el mundo (más incluso que la idea de fracasar) es decepcionar a los demás.

«Vale, piensa —me apremio—. ¿Qué números podrían ser relevantes para él?».

Saco mi propio móvil, espero durante lo que me parece una eternidad a que se conecte mi VPN y busco rápidamente en el Facebook de Jake. Luego pongo la fecha de su cumpleaños.

«Contraseña incorrecta».

¡Mierda! Me muerdo el interior de la mejilla con tanta fuerza que noto el sabor de la sangre. Desesperada, busco en Google una lista de las contraseñas más comunes para iPhone y pruebo la segunda opción después de «1234»: «0000».

Nada. Y solo me queda un intento.

«No pasa nada. No pasa nada». Me obligo a respirar de forma acompasada. «Que no se te ocurra dejarte llevar por el pánico. Imagínate que eres Jake Nguyen. Eres un estudiante mediocre que se pasa los fines de semana en la discoteca y dice "LOL" en voz alta y no bebe nada más que alcohol y batidos de proteínas. Crees que estás buenísimo porque llevas un corte de pelo a la moda y usas una cantidad obscena de cera para el pelo. Eres de esa clase de capullos que guarda las fotos de su novia desnuda para amenazarla con ellas. Y…». Miro a mi alrededor para obtener más información y reprimo un gemido. «Y, al parecer, también tienes una caja abierta de condones XL al lado de tu mesita de noche».

«A ver, si tuvieras que cambiar tu contraseña, ¿cuál te pondrías?».

Entonces se me ocurre una idea. Una idea ridícula, una idea de risa.

Casi espero equivocarme por el bien de Jake, pero introduzco los números «6969» de todos modos. Esta vez, el teléfono no vibra.

Estoy dentro.

Niego con la cabeza y contengo un suspiro y una carcajada. Rainie tendría que haber roto con él mucho antes.

Tenía miedo de tardar demasiado tiempo en encontrar las imágenes, que Jake hubiese creado una carpeta secreta o las hubiera escondido con un código críptico que solo él fuera capaz de descifrar, pero, cuando abro el álbum de fotos, lo primero que veo es una carpeta que lleva como nombre el emoji del melocotón.

Qué elegante.

Reviso las fotos de Rainie enseguida, junto con las de otras dos chicas que no conozco. Las borro todas y luego me aseguro de eliminarlas también de la carpeta de fotos borradas recientemente. Cuando estoy a punto de dejar el móvil donde lo he encontrado oigo unos pasos y luego la voz de Jake, un poco amortiguada a través de la puerta.

—¿Sigues ahí?

Debe de estar hablando con Henry, o sea que este último se ha quedado ahí todo el tiempo. ¿Para qué? ¿Para montar guardia? ¿Para esperarme?

¿O es que no confía en que sea capaz de llevar a cabo la misión yo sola?

—Pues claro —contesta Henry con calma—. Quería ver si estabas bien.

—¿Si estaba bien? —repite Jake con una sombra de sospecha en la voz—. Pero, tío… Que era café, no veneno o algo así.

—Henry no contesta, así que suspira y añade—: Mira, tío, no quería llegar a esto, pero… Últimamente rondas mucho por aquí, ¿no te parece? Ya sé que tu cuarto está cerca y todo eso, pero quiero decir justo aquí, en mi puerta, y mucho más de lo normal. O sea que… O quieres robarme algo del cuarto o estás, en plan… enamorado en secreto de mí.

Espero que Henry no sepa qué contestar, que lo niegue o se invente una mala excusa y se marche lo antes posible, pero contesta con una perfecta calma:

—Sí.

Se hace un silencio muy significativo.

—Que… ¿Que sí? —balbucea Jake, tan perplejo como yo—. ¿Sí a qué, exactamente?

—A lo segundo, por supuesto.

Necesito hasta la última gota de mi fuerza de voluntad para no echarme a reír. Espero a que Jake lo llame mentiroso, pero es evidente que había subestimado su seguridad en sus propios encantos, porque un segundo después le contesta tartamudeando:

—Ah… Ah, bueno… A ver, no me entiendas mal, tío, eres genial y todo eso, en serio. Y eso de ser gay, en plan… Me parece bien, ya sabes, ama a quien quieras y todo eso… —Carraspea—. Pero yo…, yo no siento lo mismo.

—Ah.

—Sí… Pero no pasa nada, ¿no? ¿Todo bien?

—Claro. —Henry hace una pausa—. Y te pido disculpas si te he incomodado rondando tanto por aquí. De hecho, me voy a ir ahora mismo…

Se que esa es la señal que me indica que tengo que salir pitando de aquí, pero algo me detiene. Vuelvo a mirar el álbum de fotos de Jake. Ni siquiera sé qué estoy buscando hasta que me encuentro un vídeo suyo de hace unos meses.

La sangre me palpita en los oídos. Por mis venas corre adrenalina, miedo y algo parecido a la emoción con tanta fuerza que casi me marea.

¿Podría? ¿Debería?

Supongo que al final todo se reduce a esto: no sé si es moralmente correcto que me tome la justicia por mi mano, pero lo que sí sé es que Jake es un cabrón. También sé que Rainie se ha pasado lo que deben de ser meses sin pegar ojo y que este tipo de situación es bastante común, pero, aun así, siempre culpan a la chica, siempre es ella la que tiene que aguantar que la llamen guarra, que la silencien, la que se ve obligada a cargar con el peso de las consecuencias. Y sé que Rainie y yo no somos amigas, que casi nunca hemos hablado excepto por aquella conversación tan incómoda en el baño, pero no puedo evitar sentir rabia por lo que le ha pasado.

No puedo resistir el impulso de darle una lección a Jake.

Mis dedos vuelan sobre el teclado, casi como si actuaran por voluntad propia. Por una vez, me siento más agradecida que avergonzada por haber mandado a los profesores tantas preguntas por los deberes: gracias a eso, he memorizado todos sus correos electrónicos.

Cuando Jake abre la puerta mascullando no sé qué sobre el café y sobre que hay demasiada gente enamorada de él, ya he hecho lo que tenía que hacer. Me deslizo por su lado, tan ágil y silenciosa como un buque de guerra en mitad de la noche, por fin preparada para volver a casa tras ganar una guerra en la que lo tenía todo en contra.

* * *

Estamos en clase de Inglés cuando el señor Chen abre el correo electrónico. Ya me he encargado yo de que lo haga: el asunto solo decía: «Clase 12C, Jake Nguyen: Urgente, por favor, mostrar en clase». Todos podemos verlo. Al señor Chen le encanta mostrarnos videoanálisis de nuestros textos en YouTube, así que siempre conecta el ordenador al proyector.

Veo que Jake, que está en el otro lado del aula, mira la pantalla confundido al ver su nombre.

Reprimo una sonrisa; tengo tantas ganas de que llegue el momento que me siento feliz. «¡Por fin!», quiero cantar. Solo ha pasado una hora desde que salí pitando del cuarto de Jake y terminé de prepararme la mochila para el resto del día, pero parece que haga una vida entera. He pasado cada momento deseosa de que llegase el correo programado.

—Vaya, ¿qué es esto? —musita el señor Chen con las cejas enarcadas.

Jake parpadea.

—Yo no...

Pero el resto de la frase se apaga cuando el señor Chen clica en el vídeo adjunto. Empieza a sonar a todo volumen una canción de Blackpink, tan alto que media clase da un brinco.

Luego aparece Jake en la pantalla. Lleva el pelo lleno de gel más corto que ahora y la piel todavía quemada, de un color oscuro, tras las vacaciones de verano. Es evidente que está ebrio: tiene las mejillas tan rojas que casi le brillan y los ojos medio cerrados. Canta la canción meneando los brazos y pisoteando de forma arrítmica, como si también estuviera intentando ejecutar la coreografía. A juzgar por los retratos familiares y los enormes jarrones de porcelana que hay en el fondo, parece que está en casa de alguien, pero han redecorado el espacio para que parezca una discoteca. Las luces de colores le salpican la camiseta con cuello de pico, así como la frente sudada, y en el fondo un montón de adolescentes silban, aplauden y se ríen como brujas enfervorizadas.

Alguien grita por encima de la música arrastrando las palabras. Apenas se le entiende.

—¿Quién es la tía que está más buena de nuestro año?

Jake grita un nombre que no entiendo y acerca el rostro sonrosado a la cámara. Luego levanta la voz y añade:

—Está…, está bueníííííísima. —Esboza una sonrisa bobalicona—. En plan, tío…, ¿le has visto el culo? Podría sentarse en mi cara y…

El señor Chen cierra el ordenador a toda prisa, pero el daño ya está hecho.

—Jake —lo llama tras una larga pausa. Se pone de pie y el ruido de la silla al arrastrarla por el suelo corta el silencio. Creo que esta clase nunca había estado tan callada—, ¿podemos hablar un momento fuera, por favor?

Jake está casi tan rojo como en el vídeo. Se mete las manos en los bolsillos, agacha la cabeza y sigue al profesor al pasillo arrastrando los pies.

Apenas han cerrado la puerta cuando en el aula se desata el caos. Se oyen susurros y carcajadas por toda la sala. La gente se acerca a sus amigos y se levanta de la silla de un salto con los ojos como platos para hablar de lo que acaban de ver.

—Dios mío…

—No me lo puedo creer…

—¿En qué estaba pensando? ¿Le habrán hackeado el teléfono?

—Qué vergüenza ajena, en serio. Yo querría que se me tragase la tierra.

—¿Has visto la cara del señor Chen? No me sorprendería que dimitiera…

—Siempre he sabido que era un imbécil, no hay más que ver el pelo que lleva.

—No me extraña que Rainie le diera puerta, en serio.

—¡Puaj! No me puedo creer que me gustara en el séptimo año. Qué vergüenza…

Mientras mis compañeros de clase siguen charlando, Henry me mira en silencio desde el asiento de al lado. Leo la pregunta en sus ojos oscuros: «¿Has sido tú?».

No contesto. Me limito a encogerme de hombros y finjo estar concentrada en mis apuntes de *Macbeth*, subrayando las palabras «venganza», «deseo» y «culpa».

Pero sé que, de algún modo, puede leer la respuesta en mis ojos.

* * *

—Me he enterado de que Jake Nguyen está castigado todos los días del resto del mes —me cuenta Henry de camino a clase al día siguiente. Hace unas comillas en el aire y añade—: Por distribuir deliberadamente contenido inapropiado y por comportarse de un modo que no representa los valores de Airington.

—Me alegro —contesto, incapaz de reprimir una sensación de triunfo. Espero que este castigo le enseñe a ser un poco más cuidadoso con sus actos. Y, si no es así, al menos las otras chicas del colegio se lo pensarán dos veces antes de salir con él.

Cuando doblamos la esquina del pasillo abarrotado, me vuelvo hacia Henry y le digo:

—Ah, por cierto, hablando de Jake… Tendría que habértelo dicho antes, pero… —Hago una pausa. Las palabras que tengo preparadas desde ayer me arden en la garganta. ¿Por qué me cuesta tanto ser agradable con él? ¿Qué tiene la palabra «gracias» que me hace sentir tan asquerosamente vulnerable?

—¿Pero?

«Dilo de una vez», me ordeno para mis adentros. Aparto la vista, reprimo la necesidad abrumadora de estremecerme y contesto:

—Solo quería darte las gracias por tu pequeña actuación de ayer. Supongo que no eres mal actor.

Fantástico. Hasta cuando intento ser maja parece que me esté burlando de él. Sin embargo, él sonríe como si acabase de hacerle el mayor cumplido del mundo, y contesta:

—Pues claro, soy un actor estupendo. Es una de mis muchas virtudes.

—¿Es la humildad otra de ellas? —contesto con aspereza.

—Naturalmente.

Pongo los ojos en blanco con tanta violencia que casi veo las estrellas. Cuando salimos del edificio, pasamos al lado de un grupo de pequeñajos del séptimo año que se nos quedan mirando como si acabásemos de escaparnos de una portada de revista. Uno de ellos dice, sin aliento y con asombro:

—Vaya, no sabía que Henry Li y Alice Sun fueran amigos.

Mi ligero fastidio se ve sustituido por el placer. Es bonito que se fijen en ti. Muy bonito.

—¿Sabes qué? —musito en voz alta—. Si no fuera porque nos odiamos a muerte, seríamos un dúo bastante poderoso.

Me esperaba que Henry me mirase con las cejas enarcadas, como de costumbre, o que hiciera algún comentario mordaz, pero, en cambio, se para en seco.

—Un momento. ¿Cómo que nos odiamos a muerte?

Lo dice como si fuera la primera noticia que tiene, como si no nos hubiéramos pasado los últimos cuatro años intercambiando comentarios malintencionados y miradas fulminantes de lado a lado del aula. Como si el año pasado no me hubiera arrastrado a las sesiones optativas de revisión de Química con treinta y nueve de fiebre solo para que no sacase más nota que yo en el examen final.

Me vuelvo para mirarlo, entornando los ojos para protegerlos del sol, y por un momento fugaz atisbo algo parecido al dolor en su rostro.

No. Me lo debo de estar imaginando. En este mundo hay muy pocas cosas que tengan el poder de herir a Henry Li: una repentina bajada en las acciones de SYS, que su nombre sea el último en la lista de los 30 con menos de 30 de la revista *Forbes*...

Y, sin duda, yo no soy una de ellas.

—¿Qué te creías que era esto? —pregunto señalándonos.

—Pues no estoy muy seguro. —Se me queda mirando un segundo y se mete las manos en los bolsillos de atrás—. ¿Una competición divertida?

—¿Divertida? —repito incrédula.

Pero, claro, por supuesto que, para él, estos cuatro años de rivalidad no han sido más que una competición divertida. Para alguien como Henry, que siempre tendrá un colchón formado por el negocio de su padre y la riqueza de su familia, todo es un juego. No hay consecuencias de verdad ni amenazas reales. Podría fracasar mil veces y seguir durmiendo a pierna suelta, sabiendo que tendrá comida esperándole en casa, seguro médico para sus padres y dinero más que suficiente en la cuenta bancaria.

Es posible que Henry y yo tengamos notas y objetivos similares, pero nunca seremos iguales.

—¿De verdad me odias? —pregunta con una expresión extraña e indescifrable. Y no sé si será por el ángulo desde el que lo miro, pero, de repente, sus ojos parecen más claros bajo el sol, lucen un color más dorado que el café habitual. De algún modo, se ven más suaves—. ¿Y bien?

Me cruzo de brazos y pienso mi respuesta. La más obvia es: «Sí, sí te odio. Lo odio todo de ti. Te odio tanto que cuando estoy cerca de ti no consigo pensar con claridad. Que casi no puedo respirar».

Pero, cuando abro la boca, no digo nada de eso, sino:

—¿Es que… tú no me odias a mí?

Me arrepiento de inmediato. Qué pregunta más ridícula. Es evidente que se va a echar a reír y va a contestar que sí, que es lo que debería haber hecho yo, y toda la sensación de camaradería que hemos construido estas últimas dos semanas se derrumbará, lo que afectará a nuestro nivel de eficiencia al enfrentarnos a las misiones del Fantasma de Pekín. Pero eso no es lo único que me preocupa. Por alguna razón, pensar que me diga que me odia, aquí mismo, en voz alta, en nuestro idioma, es como si me pegaran un puñetazo. Lo que es aún más ridículo, porque…

—No.

Parpadeo.

—¿Qué?

—No, Alice. —Traga saliva ligeramente. Sigo sin tener ni idea de qué significa esa expresión, de por qué tiene la voz tan entrecortada—. No te odio.

—Ah. —Tengo la mente en blanco—. Pues…, pues vaya.

—«Eso y no decir nada es lo mismo, Alice», me regaño—. Bueno es saberlo. Me alegro de que lo hayamos hablado.

«Y eso también».

Por suerte, una nueva notificación me salva de lo que empieza a convertirse en una de las conversaciones más incómodas de mi vida. Me vuelvo y abro mis mensajes del Fantasma de Pekín. Para mi sorpresa, es Rainie otra vez.

No sé cómo lo has hecho, pero… gracias.
Eres mi héroe.

Miro el mensaje una y otra vez, lo leo varias veces y siento que se me aligera el corazón. Porque esto enciende en mí una llama de esperanza: saber que puedo vivir en un mundo en el que Rainie Lam cree que soy una heroína, aunque no sepa que el Fantasma de Pekín soy yo. Pensar que incluso la élite más rica e influyente de Airington me da las gracias, me necesita, por poco tiempo que sea, y que con mis poderes, esos poderes extraños, inexplicables y volátiles, he conseguido ayudar a alguien...

Me aprieto el teléfono contra el pecho y respiro hondo. El aire estival nunca me había sabido tan dulce.

Ocho

Después de eso, cumplo una misión tras otra con bastante rapidez.

Y, así, mi vida va cambiando de forma, amoldándose a una rutina nueva y extraña: me paso las mañanas leyendo los nuevos mensajes del Fantasma de Pekín y eligiendo los pedidos más viables y a mediodía trazo un plan de acción con Henry y a veces Chanel. En las clases presto atención a los profesores solo a medias mientras espero ansiosa a volverme invisible.

Los días en los que lo logro y salgo escopeteada del aula, siempre me aseguro de volver con una nota falsa de la enfermería en la que se explica una enfermedad crónica que por desgracia hace que de vez en cuando vomite hasta la primera papilla. Entre eso y que sigo al día en los estudios, a los profesores no les extrañan mis ausencias espontáneas y repentinas. Porque, cuando termino mis trabajos como Fantasma de Pekín de la jornada, vuelvo a mi cuarto, exhausta, y me pongo a estudiar, a empollar apuntes de las lecturas y a grabarme diapositivas y gráficos en el cerebro hasta las cinco o las seis de la mañana, justo a tiempo para ver cómo el amanecer se cuela por la ventana como si fuese líquido. Solo entonces me permito ser humana y echarme una siesta de una hora, como máximo de dos.

Cuando llega noviembre, ya no recuerdo cuándo fue la última vez que me desperté sin los ojos inyectados en sangre y un dolor de cabeza punzante y atroz, como si a alguien le hubiera dado por estrujarme el cráneo por diversión. El truco para soportarlo, según he descubierto, es forzarme a evocar lo peor que podría pasar, a imaginarme un futuro en el que no gano bastante dinero y tengo que irme de Airington. Es como una meditación guiada pero al revés:

«Estás entrando en el aula de tu nuevo instituto público. Sudas de forma visible y tienes un montón de libros que no has leído apretado contra el pecho. Todos los alumnos y los profesores se te quedan mirando. Suena la campana y haces tu primer examen: veinticinco páginas de diminutos caracteres chinos que apenas entiendes, así que ni mucho menos puedes contestar. Te estás mareando. Al día siguiente, cuelgan los resultados del examen en el colegio. Te abres paso entre el alumnado, con el corazón latiéndote desbocado, y encuentras tu nombre en el último puesto de la lista...».

Comparado con eso, pasarme toda la noche despierta se me antoja casi un lujo.

Pero, a pesar de todo, mentiría si dijera que no hay una parte de mí que disfruta del flujo constante de tareas, de las nuevas notificaciones que iluminan la pantalla de mi móvil. Aunque quizá «disfrutar» no es la palabra. No se trata de felicidad, sino de poder. Es la adrenalina que siento al sentirme necesitada, al conocer secretos que los demás ignoran.

En dos meses, me he enterado de más cosas sobre mis compañeros de clase que en los cinco años que llevo aquí. Sé que Yiwen, hija de un millonario, roba todos los días bandejas enteras de magdalenas de la cafetería antes de que empiecen las clases; que Sujin, la hija de otro rico, tiene su propio bar de karaoke y se gasta todo el dinero que gana en financiar la investigación para el cambio climático; que Stephen del décimo año y Julian del undécimo año se enrollan detrás de los estanques *koi* mientras todo el mundo cree que están tomando fotos para el anuario, o que los padres de Andrew She y Peter Oh se han presentado para el mismo puesto de director global en la petrolera Longfeng y que, por miedo a que les roben sus ideas para sus respectivas campañas, les han recomendado a sus hijos que se mantengan alejados el uno del otro.

Me he dado cuenta de que los secretos son una moneda de cambio.

Pero lo que es todavía mejor es ganar monedas reales, ver cómo los números de mi nueva cuenta bancaria no hacen más que subir.

Setenta mil yuanes.

Cien mil yuanes.

Ciento veinte mil yuanes.

Es más dinero del que he visto en mi vida, pero sé que todavía podría ganar más. Tengo que ganar más. Todavía necesito ciento treinta mil yuanes más si quiero quedarme en Airington hasta que me gradúe.

Me digo que con diez misiones más conseguiré ganar ese dinero. Con veinte, además, podré pagar un año entero de universidad.

Es adictivo. Embriagador.

¿A quién le importa que esté tan ocupada que casi no pueda respirar?

—Igual eres un fantasma de verdad —bromea Chanel una mañana cuando me ve en el escritorio exactamente en la misma postura que la noche anterior: inclinada sobre el libro de Chino con los hombros tan encorvados que me tocan las orejas—. De esa clase de fantasmas invencibles que no necesitan comer, dormir, mear ni nada, que funcionan solo con su fuerza de voluntad. Pero, en serio… —añade, echando un vistazo a las anotaciones diminutas y los pósits que cubren la página—. ¿Cómo es posible que no te quedes atrás en ninguna asignatura?

En ese momento no le contesto, pero obtengo la respuesta casi dos semanas después, como si fuese una broma de mal gusto.

Y la respuesta es que sí me estoy quedando atrás.

* * *

El viernes, cuando entro corriendo en clase de Historia, me quedo de piedra.

Han reordenado las mesas y las sillas. Están colocadas en el aula en filas individuales, en lugar de en los grupos caóticos que en teoría fomentan el «trabajo en grupo».

La mayoría de mis compañeros ya están sentados con las mochilas cerradas debajo de la silla, colocando los bolígrafos sobre la mesa con una expresión solemne. Uno suspira. Otro finge cortarse el cuello.

La tensión en el aire es palpable.

—¿Qué pasa? —pregunto.

El señor Murphy, que está repartiendo un grueso fajo de papeles, hace una pausa y me dedica una media sonrisa extraña, como si creyera que estoy de broma.

—Lo que llevas toda la semana esperando, por supuesto.

Parpadeo.

—¿Qué…?

Se le borra la sonrisa de la cara. Frunce el ceño.

—Alice, no te habrás olvidado del examen de hoy, ¿verdad? Lo dije en clase hace una semana.

Al oír la palabra «examen», el pánico se adueña de mí con tanta intensidad que estoy a punto de retroceder. Tengo un nudo en la garganta del tamaño de una piedra.

—¿Qué? Pero yo no… —Trago saliva con fuerza. Los demás han empezado a mirarme, Henry incluido. Noto el rubor en el rostro. Intento pescar mi agenda en la mochila para encontrar pruebas de que no hay ningún examen, de que no es posible, de que tiene que ser un error. Tengo un sistema codificado por colores que he desarrollado durante los cinco años que llevo aquí. Un sistema perfecto, a prueba de balas: rojo para los eventos y las cosas importantes, azul para los deberes y los trabajos, y verde para las actividades extraescolares.

Cuando doy con la página correspondiente a la semana pasada hay rojo por todas partes. Casi todo pertenece al Fantasma de Pekín, pero entre «enterarme si Vanessa Liu echa pestes de Chung-Cha a sus espaldas (qué pérdida de tiempo, Vanessa echa pestes de todo el mundo)» y «descubrir la combinación de la taquilla de Daniel Saito», escrito tan pequeño que he de entornar los ojos para descifrar mi propia letra, leo las palabras: «Viernes: examen de Historia sobre la Revolución china».

Se me cae el alma a los pies.

¡No!

—¿Alice? —El señor Murphy me mira haciendo muy pocos esfuerzos por esconder su sorpresa. Su decepción. Tengo ganas de llorar—. El examen va a empezar ya…

—Sí… Sí, por supuesto —logro decir. Me obligo a sentarme en la silla que tengo más cerca. Agacho la cabeza y busco el estuche con dedos temblorosos, pero no antes de fijarme en las expresiones de mis compañeros de clase: pena en diversos grados y formas, diversión, petulancia y la más pronunciada: asombro.

Hace unos veranos, la escuela invitó a un directivo de LinkedIn para que nos diera una charla sobre la importancia de la «marca personal» en el siglo XXI, así que he dedicado los últimos cinco años a desarrollar y fortalecer la mía. Soy Alice Sun, la estudiante de sobresaliente, la única receptora de la beca del colegio, la máquina de estudiar perfectamente programada, la chica que te ayudará a conseguir la nota máxima en tu trabajo de grupo. Hago todo aquello que se espera de mí y mucho más. Nunca me van mal los exámenes importantes y, por supuesto, no me olvido de cuándo tendrán lugar. Hasta hoy, claro.

Se me encoge el estómago.

Adiós a mi marca personal.

Justo cuando pienso que no podría sentirme peor, el señor Murphy se acerca a mi mesa, me da una hoja de examen en blanco y dice en voz muy baja:

—Alice, eres una chica lista, estoy seguro de que el examen te irá bien, aunque te hayas olvidado.

Se equivoca.

Porque, aunque soy lista, no soy tan lista. No tengo ese tipo de inteligencia prodigiosa que esperarías encontrarte en Harvard, la que me permitiría saltarme todas las clases y aun así sacar la nota más alta en todos los exámenes, la que haría que todo me resultase fácil. Y no lo digo desde la autocompasión: hace mucho tiempo que reconocí y acepté mis limitaciones, y he hecho todo lo posible por compensarlas con trabajo duro y una fuerza de voluntad inquebrantable.

Pero, sin ese trabajo, en este examen no creo ni que pueda rascar un notable. Y, aunque pudiera, no soy capaz de dar lo mejor de mí cuando me entra el pánico. Y eso es lo que acaba de pasar. Tengo la sensación de que me va a estallar el corazón y me tiemblan tanto las manos que apenas logro sostener el bolígrafo.

«No, concéntrate», me ordeno. Miro el reloj. Ya han pasado siete minutos y todavía tengo el examen en blanco. En circunstancias normales, ya habría escrito dos páginas enteras.

Intento responder la primera pregunta («¿Hasta qué punto fue clave la era de los señores de la guerra en el desarrollo de la revolución en China?»), pero todo lo que se me pasa por la cabeza es «joder, joder, estoy jodida» en un bucle que me vuelve loca y no me ayuda en nada.

Cuando vuelvo a mirar el reloj, ha pasado otro minuto. Y a mi alrededor todo el mundo escribe, contestando cada pregunta a la perfección, consiguiendo todos los puntos y yo...

No soy capaz.

Dios mío, no soy capaz.

Respiro hondo, pero no dejo de temblar y no consigo llenarme los pulmones de oxígeno. Cojo aire otra vez. Suena a que estoy hiperventilando. Mierda. ¿Estoy hiperventilando?

—¿Alice? —El señor Murphy se agacha a mi lado. Susurra, pero no sirve de nada. Es casi cómico. Como la clase entera está en silencio, se le oye perfectamente—. No pareces encontrarte muy bien. ¿Necesitas ir otra vez a la enfermería?

Más miradas se vuelven hacia mí. Están fijas en mí.

Mientras tanto, yo intento acordarme de cómo respirar como una persona normal.

No confío en mí lo bastante para hablar (ni estoy segura de que las normas de los exámenes lo permitan), así que niego con la cabeza. Me obligo a escribir unas líneas, poco a poco y sin dejar de temblar, debajo de los enunciados impresos.

Es todo basura, por supuesto. No he memorizado ninguna fecha ni recuerdo ningún acontecimiento clave. Me volví invisible durante la lección sobre la era de los señores de la guerra y debí de perderme cosas importantes.

Tras unos segundos de un silencio tortuoso, en los que el señor Murphy parece confirmar que no me voy a desmayar ni le voy a vomitar en los pies, se levanta y vuelve al frente del aula.

Mientras tanto, el reloj sigue haciendo tictac, como una bomba.

* * *

—Soltad los bolígrafos, por favor.

Levanto la vista del examen. Mi letra se arrastra por la página como un montón de arañas, temblorosa y casi ilegible. Las únicas personas que quedamos en clase somos Evie Wu y yo; el examen era tan corto que los demás lo han entregado antes. Henry ha salido del aula antes de que hubiera transcurrido media hora, con paso firme y una expresión calma.

En cambio, el rostro de Evie debe de parecerse mucho al mío: está como un tomate y brillante por el sudor, como si acabase de terminar de correr una maratón. Cuando le devuelve el examen al señor Murphy veo que está todo en blanco, excepto por un par de palabras.

—Muchas gracias, Evie —dice el profesor. Luego hace una pausa—. Espero que no te haya parecido muy difícil. No me gustaría nada tener que llamar a tu madre otra vez…

Una vez más, susurra y, una vez más, no sirve de absolutamente nada porque yo estoy sentada a menos de dos metros de distancia, lo bastante cerca para oírlo todo.

Evie me mira mortificada y siento una punzada de empatía. Ella es la única estudiante de Airington que ha tenido que repetir curso, pero no es culpa suya. Aunque tiene pasaporte canadiense, nunca le enseñaron inglés de pequeña. Una vez miré uno de sus libros de texto y vi que había traducciones al chino y anotaciones en los márgenes para casi cada palabra, pequeños signos de interrogación encima de algunas frases y párrafos enteros subrayados para resaltar las partes que no entendía. Casi pude sentir la frustración que emanaba de esas notas.

Lo peor es que Evie es un genio, y no solo en Matemáticas y Física, también en Lengua. Está en la clase de Chino más avanzada y Wei Laoshi siempre se deshace en halagos sobre sus poemas y ensayos y sugiere de forma no muy sutil lo mucho que le gustaría que los demás pudiéramos escribir una pequeña fracción de lo que escribe ella. Ha llegado incluso a compararla con Lu Xun, uno de los escritores más famosos de la China moderna. Así que, en realidad, su único problema es el inglés.

Quizá por eso el señor Murphy susurra tan fuerte ahora. Por eso habla a la mitad de su velocidad habitual y enuncia con cuidado cada sílaba. Cuando llegué a Airington también me hablaba así, aunque le insistí que el inglés era mi lengua materna. Solo pareció creerme después de que me fuese de lujo en cinco exámenes seguidos.

Evie murmura algo que no oigo, se levanta de la silla y recoge sus cosas a toda prisa. Cuando se ha ido, el señor Murphy se vuelve hacia mí.

—¿Me devuelves el examen, Alice?

Reparo en que tengo el papel apretado contra el pecho como si me fuese la vida en ello, con los nudillos casi blancos. Lo suelto y las páginas se mueven como las alas de un pájaro.

—Sí, sí, claro —contesto y se lo tiendo. Sé que lo más inteligente sería dejar las cosas así, recoger la poca dignidad y autoestima que me queda e irme, pero, en lugar de eso, le suelto—: Lo siento. ¡Lo siento muchísimo! Está muy mal, sé que está muy mal, pero le juro que normalmente… Yo nunca…

—No te estreses —me interrumpe con una risita—. Además, soy tu profesor desde hace casi cinco años, Alice. Lo que tú entiendes por «muy mal» es diferente a lo que entienden tus compañeros.

Pero, en lugar de tranquilizarme, la amabilidad sincera que hay en su voz, que tan poco merezco, solo consigue que algo se rompa dentro de mí. Para mi completo horror, empiezo a notar una presión en el pecho que luego me trepa por la garganta. Se me nubla la vista.

El señor Murphy parece alarmado.

—Oye…

Es como si alguien hubiera accionado un interruptor. Cuando empiezo a llorar, no me siento capaz de parar. Unos sollozos cortos y violentos me sacuden todo el cuerpo; una cantidad asquerosa de lágrimas y mocos empieza a brotar y a caer, por mucho que intente secármelos desesperada. Lloro con tanta fuerza que el pecho me duele de verdad. Me siento mareada. Parezco desequilibrada, una cría inconsolable, un animal torturado.

Parece que me vaya a morir.

—Oye —repite el señor Murphy. Alza una mano para darme una palmadita en el hombro, pero luego se lo piensa mejor. El miedo le arruga las cejas pobladas y me pregunto vagamente si estará asustado por si lo denuncio por daños psicológicos o algo así. Hace un par de años, un estudiante del decimotercer año hizo precisamente eso cuando suspendió un examen de Química importante. Sus padres eran abogados y al final ganó—. No pasa nada.

Intento contener los sollozos lo suficiente para tartamudear:

—Lo…, lo siento…, yo no… —Empiezo a tener hipo—. No tenía pensado llorar o…, o lo habría avisado.

El señor Murphy esboza una fugaz media sonrisa, como si pensara que estoy intentando ser graciosa. No es así. Simplemente, nunca había llorado en el colegio, ni siquiera cuando me rompí un brazo durante una partida intensa al balón prisionero en Educación Física, o cuando Leonardo Cruz dijo delante de todo el mundo que el vestido que Mama me había hecho para el baile parecía barato. Nunca había querido que mis compañeros o mis profesores me vieran así: afectada. Descompuesta. Débil.

Pero supongo que para todo hay una primera vez.

—¿Sabes qué? —dice el señor Murphy cuando empiezo a calmarme—. En todos los años que llevo enseñando, nunca había visto a nadie reaccionar de una forma tan… violenta… a una mala experiencia en un examen. —Ya no sonríe—. ¿Te pasa algo, Alice? ¿Tienes problemas en casa? ¿Algún asunto amoroso? ¿Una discusión con algún amigo? —Se muestra más incómodo con cada pregunta—. Porque… Airington tiene recursos para ese tipo de cosas. —Lo miro confundida y aclara—: Tenemos unos consejeros escolares excelentes que estarían encantados de…

—N… —La palabra se me atora en la garganta y niego con la cabeza con fuerza para dejárselo claro. No necesito que nadie me recomiende apps de meditación y escuche todos mis problemas. Lo que necesito es poner mis asuntos en orden, volver a tener las notas de antes y ganar más dinero.

Necesito salir de aquí.

—Creo…, creo que ya estoy bien —le digo con voz temblorosa—. Y tengo que ir a clase. Así que… —Mi voz amenaza con romperse de nuevo mientras señalo la puerta.

El señor Murphy aprieta los labios y me observa unos instantes.

—Está bien —responde con una sonrisa incómoda—. Pero… tómatelo con calma, ¿de acuerdo?

—Sí —miento mientras me vuelvo para irme.

El señor Murphy tiene buenas intenciones, lo sé, pero sus palabras se reproducen en mi mente una y otra vez, como una burla. Lo que no entiende (lo que la mayoría de la gente no entiende) es que yo no puedo permitirme el lujo de tomármelo con calma.

Si no nado contracorriente con todas mis fuerzas, pateando las olas con los pies, me ahogaré.

* * *

Henry me está esperando fuera del aula.

Esto, en sí mismo, no es inusual. No sé exactamente cuándo empezó, pero hemos cogido la costumbre de ir juntos a clase. Es por una razón puramente práctica, por necesidad. Al fin y al cabo, vamos juntos en casi todas las asignaturas (algo que solía sacarme de quicio) y siempre aprovechamos esos cuatro o cinco minutos extra para trazar estrategias y perfeccionar las próximas misiones del Fantasma de Pekín. A veces incluso saco mi agenda o una carpeta.

Pero hoy hay algo distinto.

Lo noto en la forma en que Henry me mira cuando salgo, en cómo se estremece cuando me acerco a él. Me resulta tan extraño que estoy casi convencida de que me lo he imaginado. Creo que nunca lo había visto estremecerse.

Pero aún es más extraña la expresión que se asienta como una sombra sobre sus rasgos.

Preocupación.

Preocupación por mí porque… ¿estaba hiperventilando durante el examen? ¿Porque es evidente que he llorado? ¿Porque ha oído mi conversación con el señor Murphy?

Hay un sinfín de posibilidades y todas ellas me empujan a correr en la dirección opuesta. Sin embargo, él da un paso hacia mí antes de que dé media vuelta.

—Te has olvidado del examen. —No me pregunta si estoy bien, ni cómo me ha ido, ni si quiero hablar de ello. Quizá no esté tan preocupado como pensaba.

Me paso la lengua por los dientes.

—Sí, ya lo sé. Y te juro que si me lo restriegas por la cara...

—No —contesta a toda prisa—. No era mi intención.

Y aunque es lo último que esperaba de mí, sobre todo porque todavía siento que es el fin del mundo, no puedo evitarlo: resoplo.

Él frunce el ceño.

—¿He dicho algo gracioso?

—No, no, nada —contesto negando con la cabeza. Luego me detengo de golpe, porque el movimiento me provoca una punzada de dolor. A este paso, no podré ni saber si la migraña es debida a la falta de sueño o al llanto desconsolado. Henry no responde, pero frunce el ceño todavía más—. Vale, está bien, ¿de verdad quieres saberlo? Es que... ¡Eres siempre tan pijo! Dios mío. —Me pongo recta para imitar su postura y lo imito con un acento británico exagerado—: «No era mi intención».

—Yo no hablo así —protesta ofendido.

—Tienes razón. Suenas todavía más pijo. De todos modos, ¿qué haces aquí todavía? —pregunto mirando el pasillo vacío—. ¿No deberíamos ir a clase?

—Han cancelado la clase de Inglés. Han invitado al señor Chen a dar una conferencia en la Universidad de Pekín. —Vacila—. El correo electrónico ha llegado hace unos minutos, cuando estabas...

Cuando estaba en mitad de una crisis nerviosa.

—Ah —respondo. De repente, soy muy consciente de las manchas de humedad que hay en mi americana, que he usado para secarme la cara, de que tengo los labios y las mejillas hinchadas y de lo mucho que me escuecen los ojos. Me vuelvo y finjo interés en la vitrina que tengo a la izquierda, en la que unos certificados plastificados reflejan la luz artificial del pasillo. El texto dorado y en cursiva brilla como por arte de magia: «Rachel Kim: primer puesto en Historia en Cambridge». «Patricia Chao: Premio Líderes del Mañana». «Isabella Lee: puntuación máxima en Geografía internacional».

Son leyendas. Los nombres que adornan nuestros pasillos para recordarnos su grandeza mucho después de haberse graduado.

El sonido de un papel al arrugarse interrumpe mis pensamientos. Miro atrás y veo que Henry está buscando algo en su mochila.

—¿Quieres…?

—No, tranquilo, puedo coger papel en el baño —contesto dando por hecho que está a punto de ofrecerme un pañuelo.

Pero entonces me ofrece uno de esos caramelos de leche que lo vi comer en su cuarto, con su envoltorio de color cremoso y liso, casi del mismo tono que la palma de su mano. Se muestra confundido al oír el final de mi frase.

Los dos hacemos una pausa. Comprendemos el malentendido.

Por Dios, ¿por qué he de sentirme siempre tan incómoda cuando estoy con él?

—Ah, vale. —Le tiendo la mano—. Supongo que no me vendrá mal un caramelo. —Cuando me lo da, sus dedos rozan los míos una sola vez, de forma fugaz. Son tan cálidos y ligeros que se podrían confundir con el aleteo de un pájaro.

Su tacto es agradable. Demasiado agradable.

Retiro la mano como si me hubiese quemado.

—Gracias —murmuro.

Le quito el envoltorio al caramelo y me lo llevo a los labios. La capa exterior, fina como el papel, se me deshace en la lengua y el sabor denso y dulce me llena la boca. Sabe a mi niñez, a los largos y exuberantes veranos en Pekín antes de que nos marchásemos a Estados Unidos, antes de que mi *nainai* muriera. Mama casi nunca me dejaba comer caramelos, porque decía que era malo para los dientes y un desperdicio de dinero, pero, durante las vacaciones, Nainai iba a la tienda del barrio, me compraba paquetitos de caramelos de leche y se los escondía en el pañuelo. Cuando Mama no miraba, me daba uno a escondidas y me guiñaba un ojo.

Pero los recuerdos que tengo de ella acaban más o menos ahí.

Después de que nos mudáramos al otro lado del océano solo me llamaba por mi cumpleaños. Decía que no quería importunarnos mientras nos instalábamos, que sabía que estábamos muy ocupados. Luego, poco después de que yo cumpliera nueve años, murió sola en casa. Un derrame. Se habría podido prevenir si hubiera tenido dinero para hacerse las revisiones correspondientes y para pagar la medicación, para pedir ayuda cuando no se encontraba bien.

Baba y Mama no me lo contaron hasta el día del Festival de Qingming.

Me escuece la garganta al recordarlo, al pensar en lo injusto que es todo, pero al menos esta vez consigo contener las lágrimas.

No sé por qué hoy estoy tan sensible.

Miro a Henry de reojo para ver si se ha dado cuenta, pero de repente parece tan fascinado como yo por la vitrina de premios.

—Hacía siglos que no me comía uno de estos —comento, más que nada para romper el silencio incómodo—. Eran mis preferidos cuando era pequeña.

Me mira con una expresión impasible.

—Los míos también —contesta casi a regañadientes, con mucha cautela, como si me estuviese revelando algún tipo de información de negocios confidencial—. Mi madre me daba uno cuando tenía un mal día en el colegio.

—¿En serio? —repongo sorprendida, y no solo porque no consiga imaginármelo teniendo un mal día en el colegio. Ni siquiera un día mediocre—. Pensaba que te habrías criado comiendo todo tipo de cosas elegantes y caras.

Enarca las cejas.

—¿Cosas elegantes y caras?

—Ya sabes a qué me refiero —contesto molesta. Recuerdo el lujoso festín que el padre de Chanel y aquella joven tenían delante, las exquisiteces en cazuelas de barro y diminutos platos de cristal. Comida para emperadores, para reyes—. Sopa de nido de pájaro, pepino marino…, cosas así.

En cuanto lo digo, comprendo lo ignorante que debo de parecerle, lo obvio que le resultará a Henry que venimos de mundos distintos, que yo solo he sido testigo de los lujos que él debe de dar por sentados y que nunca los he experimentado. Me pregunto si sentirá pena por mí. Me lo imagino tratando el asunto con evasivas, intentando quitar importancia a las obvias discrepancias entre su infancia y la mía, y la rabia se adelanta y se me extiende por el estómago como una serpiente. «No eran tan caras». «Solo comíamos eso una vez por semana».

Sin embargo, se encoge de hombros y contesta:

—La verdad es que el pepino marino nunca me ha gustado. Cuando era pequeño me ponía los pelos de punta.

—Ya, bueno, parecen babosas —mascullo y él se ríe.

Me lo quedo mirando, asombrada por cómo le cambia el rostro: las líneas duras y regias de sus facciones se suavizan, los dientes blancos quedan al descubierto y los hombros, normalmente rígidos, se le relajan. Está siempre tan serio que no lo

152

creía capaz de reírse. Por un momento, me pregunto qué pensaría de nosotros alguien que no nos conociera. Vería dos adolescentes bromeando, charlando y comiendo caramelos después de clase. Dos amigos, tal vez. La idea me sobresalta.

Entonces Henry me descubre mirándolo, ve mi expresión y se pone serio de repente, como si lo hubieran pillado haciendo algo que no debería hacer. Se le sonrojan ligeramente las orejas.

—Bueno... —Se mete las manos en los bolsillos de la americana—. Debería irme a estudiar. Dentro de poco tenemos los exámenes parciales.

—Ah, vale.

Pero no hace ademán de marcharse.

—¿Estarás bien? Después de... —se interrumpe, dejando de nuevo la frase inacabada—. Tampoco es que una mala nota te vaya a bajar tanto la media, ¿no? Mientras te vayan bien los parciales, todavía puedes llegar a ser la segunda de la clase.

Casi se me eriza la piel. Los resquicios de ese fugaz momento de ternura que hemos compartido se esfuman de golpe. «No somos amigos», me recuerdo. Somos competidores. Enemigos. Al final, solo uno de los dos puede ganar.

—No quiero ser la segunda de la clase. —Me acerco hasta que estoy justo enfrente de él, aunque odio tener que estirar el cuello para que nuestras miradas queden a la misma altura—. Si no soy la primera, no soy nada.

Él parece divertido.

—¿De verdad hay una diferencia tan abismal? Dudo que tu expediente...

—No es solo por mi expediente —lo interrumpo—. Es por perder mi racha con el Premio al Mérito Académico del año que viene. Es por lo que los demás piensen de mí.

—Lo que los demás piensen de ti no import...

—Y una mierda —contesto—. Eso es mentira y lo sabes. La percepción de los demás lo es todo. El dinero no sería más que un montón de papeles de colores si no pensáramos que es importante.

—Algodón, en realidad.

—¿Qué?

—Al contrario de la creencia generalizada, el dinero se hace sobre todo con algodón —afirma como si esa información me fuese a cambiar la vida—. Pensé que querrías saberlo. Pero sigue.

La idea de asesinarlo se me cruza por la mente.

—Lo que quiero decir —continúo entre dientes— es que cuando un número lo suficientemente alto de personas consideran colectivamente que algo es importante, por muy superficial, arbitrario o inherentemente carente de valor que sea, empieza a tener valor. Es como cuando la gente te dice que no importa dónde estudies, pero mira lo rápido que cambian de actitud y de tono de voz cuando les dices que vas a Airington. —Cojo aire y cierro las manos en sendos puños—. Incluso ahora, el señor Murphy ya me estaba mirando diferente porque... —Trago saliva—. Porque la he cagado en un puto examen.

Henry está sorprendido. No creo que nadie de Airington me hubiera oído decir palabrotas en voz alta. En realidad, es liberador. Catártico. Incluso me hace sentir un poco mejor...

Hasta que una de las puertas de las aulas del pasillo se abre y asoma Julie Walsh.

Sus ojos entornados se detienen sobre mí de inmediato. Entonces se dirige a mí con paso firme, repiqueteando en el suelo con los tacones de aguja. El pelo rubio y liso ondea con cada paso que da y tiene los labios apretados. Cuando se acerca, el aroma denso y empalagoso de su perfume me golpea la nariz. Intento no quedarme sin respiración.

—Qué boca más sucia —me espeta negando con la cabeza—. ¿De veras es así como deseas comportarte después de todo lo que te hemos enseñado en Airington?

Una mezcla entre irritación y vergüenza me eriza la piel. Estoy tentada de soltarle toda la ristra de palabrotas en chino y coreano que los demás estudiantes le han soltado a la cara solo la última semana, pero, como todavía me quedan ganas de vivir (y porque jamás dejaría vendidos a los demás de ese modo), decido no hacerlo.

—Lo siento, Ju... —Me corrijo justo a tiempo—: Doctora Walsh.

—Hum. Haces bien en sentirlo. —Respira con fuerza por la nariz—. Que no te vuelva a oír decir palabrotas, Vanessa Liu, o habrá consecuencias.

La miro perpleja. Hace cinco años que es mi profesora, igual que el señor Murphy. ¿Cómo es posible que no sepa quién soy? ¿Mi nombre, por lo menos? Además, Vanessa y yo no nos parecemos en nada: ella tiene el rostro alargado y puntiagudo, mientras que el mío es redondo, su nariz es pequeña y la mía ancha y, además, tiene la piel mucho más blanca que yo gracias a todos sus productos de belleza coreanos. Cualquiera que tenga ojos debería ser capaz de distinguirnos.

Espero a que Julie se dé cuenta de su error y se corrija.

Pero no lo hace.

Simplemente, se me queda mirando con esos fríos ojos azules, como si estuviese esperando a que me volviera a disculpar.

—Soy Alice —me limito a contestar.

Me mira confundida.

—¿Qué?

—He dicho que me llamo Alice, no Vanessa.

—Vaya. ¿Sí? —pregunta poco convencida. Me mira un instante como si de verdad creyera que me he equivocado con mi

155

propio nombre. Cuando asiento, me dedica una sonrisa con los labios apretados, tan amistosa como una mirada fulminante—. Bueno, pues mis disculpas, Alice. Pero lo que he dicho antes sigue en pie, por supuesto.

—Por supuesto —repito.

Satisfecha, da media vuelta sobre sus ruidosos tacones y se marcha. Cuando ya no puede oírnos, Henry murmura:

—Es encantadora, ¿verdad?

En esto, al menos, estamos de acuerdo.

Nueve

La semana siguiente aparece un cartel amenazante sobre las taquillas de los estudiantes del duodécimo año con las palabras siguientes impresas en letras mayúsculas y en negrita:

QUEDAN 15 DÍAS

Todos tardamos un poco en entender a qué se refiere.

—Igual significa que quedan quince días para que se me agoten las ganas de vivir —sugiere Vanessa Liu mientras saca un montón de libros de su taquilla, que está en la fila superior. La cierra con una patada giratoria que hace temblar las paredes.

Alguien que está detrás de mí se ríe por la nariz.

—No me extrañaría.

—¡Ah! ¡Ah! ¡Ya sé! —exclama Rainie con los ojos muy abiertos y la boca en una forma de «o» perfecta. Desde el incidente de Jake, se muestra mucho más entusiasta en general—. ¡Quizá es sobre el viaje de Experimenta China!

—Pero eso suele ser a finales de noviembre —apunta Chanel.

—¿Y si es sobre…?

—¿No es evidente? —interrumpo en voz más alta de lo que pretendía. Casi todos los de mi año se callan y se vuelven hacia mí, expectantes. Noto el rubor en las mejillas ante la atención repentina, pero no pierdo la calma y aclaro—: Solo quedan quince días para el primer examen parcial. Supongo que los profesores han puesto una cuenta atrás para recordárnoslo.

Los rostros de mis compañeros se ensombrecen de inmediato. Las sonrisas se esfuman.

—Bueno, si de algo sabe la máquina de estudiar es de las fechas de los exámenes… —comenta alguien. No es la primera vez que oigo un chiste de este tipo, pero después se produce un silencio incómodo. Sé que mis compañeros de clase de Historia todavía se acuerdan de lo que pasó en el último examen.

La cara me arde todavía más. Qué vergüenza. Qué deshonra. ¿Cuánto tardaré en reparar mi reputación?

La gente termina de meter sus libros y ordenadores en las taquillas y sale a comer. La mayoría de las conversaciones giran en torno al estudio, a lo atrasados que van y a que todavía no se han leído *Macbeth* para clase de Inglés, solo los resúmenes que han descargado de internet. En ese momento, me vibra el teléfono.

Es otra notificación del Fantasma de Pekín.

Ya he perdido la cuenta del número de pedidos que he recibido, pero todavía se me sale el corazón por la boca cada vez que me llega una. Busco un rincón vacío y oscuro en el pasillo y apoyo la espalda en la pared para que nadie vea la pantalla de mi móvil.

¿Te puedo llamar?

Esto es una sorpresa. Una novedad, sin duda.

Pero se puede hacer. Henry se ha pasado las últimas semanas perfeccionando la app durante su tiempo libre porque, según él, es un modo estupendo de poner en práctica lo que ha aprendido en SYS, así que ahora tenemos una opción de llamada que distorsiona las dos voces para garantizar el anonimato. Solo la he usado una vez, en una prueba con Henry y Chanel. No me gustó mucho que la herramienta me hiciera sonar como Darth Vader, pero en general funcionó bastante bien, así que contesto:

Claro.

La llamada llega casi de inmediato. Echo un vistazo a la zona antes de responder. No hay nadie. Bien.

—¿Hola? —contesto, sosteniendo el teléfono entre la oreja y el hombro.

—*Wei?* —La herramienta de distorsión de la voz funciona tan bien que no distingo si se trata de un chico o una chica, pero sí oigo que tiene la respiración ligeramente entrecortada, sí percibo los nervios en su tono de voz cuando, en un mandarín pronunciado cuidadosamente, me pregunta—: ¿Hablas chino?

—Esto... Sí, no hay problema —contesto en mandarín.

Se oye un suspiro de alivio.

—Menos mal. Y lo que te voy a contar... ¿no se lo dirás a nadie?

—Claro que no —lo tranquilizo. Es lo que la mayoría de usuarios me preguntan cuando empiezan a utilizar la app: «¿Me prometes que esto quedará entre tú y yo? ¿Que nadie lo sabrá?»—. Todo es estrictamente confidencial.

—Vale. —Se oye otro suspiro, esta vez más pesado, largo, como si se estuviera preparando para lo que viene a continuación—. Vale. Lo que quiero es...

Se interrumpe. Se queda en silencio tanto tiempo que me despego el móvil de la oreja para ver si he colgado sin querer.

Pero no. Entonces, de forma precipitada, desesperada y sin aliento, dice:

—Quiero las respuestas.

—¿Las respuestas? —repito—. Me temo que tendrás que concretar un poco más.

—Las respuestas del examen. El parcial de Historia. Lo ideal sería tenerlas una semana antes del día, para, ya sabes… Para tener tiempo de memorizarlas.

—Claro. —Lucho por mantener la voz inexpresiva, para que no se note que la he reconocido. He adivinado quién es. Puedo visualizar su rostro con nitidez, con su cabeza agachada sobre el examen de la semana pasada y las mejillas sonrojadas por tanta frustración—. Ya veo.

Una de las primeras cosas que aparecen en la página principal del Fantasma de Pekín es que tenemos la política de no juzgar a nadie. Porque, seamos sinceros, si contratas a alguien anónimo para que lleve a cabo el tipo de actos que no te pueden pillar cometiendo a ti, lo último que deseas es soportar un escrutinio moral. Sin embargo, esto se me antoja distinto a los anteriores trabajos. Aunque el Fantasma de Pekín tenga una estricta política de no juzgar, el Internado Internacional Airington tiene una política muy estricta contra las trampas. Hace unos años, pillaron a un chico del décimo año copiando en un examen. Tenía la chuleta en el cuarto de baño que había junto al aula: había copiado el libro de texto en papel higiénico. Lo expulsaron al cabo de pocas semanas y, para la indignación de todos, desde entonces ya no se nos permite ir al baño durante un examen.

Pero eso no es lo peor. Los padres del chico estaban tan avergonzados que vinieron hasta aquí desde Bélgica, donde tenían su empresa, y le hicieron repetidas reverencias a modo de disculpa al director, a sus profesores y a sus compañeros de clase. Se disculparon con cada una de sus vértebras.

Preferiría morirme antes de obligar a mis padres a pasar por eso.

Puede que Evie Wu perciba mi vacilación a través del teléfono, porque se apresura a explicarme:

—Ya sé que está mal. Créeme, yo tampoco quiero hacerlo, pero… no tengo elección. Si suspendo otra vez, mi madre… —Exhala de forma temblorosa—. No. No, tengo que aprobar. Y sin las respuestas es imposible… —Baja la voz y, en susurros, añade—: Yo sola no puedo.

—De acuerdo.

—¿De acuerdo? ¿Lo harás?

La esperanza que hay en su voz, así como la culpa, me afectan, me hacen sentir menos decidida. Me corrijo:

—De acuerdo, me lo pensaré.

Me empieza a doler el cuello de sostener el móvil así, o tal vez sea debido al estrés. Cambio de postura y me lo pongo en la otra oreja justo a tiempo para oírla decir:

—Puedo pagarte más. El doble de la tarifa habitual, si es ese el problema.

El problema no es ese, pero lo tengo en cuenta de todos modos.

—Mira, quiero ayudarte, de verdad. Solo debo tener en cuenta… Bueno, todo. La logística, los riesgos… —El hecho de que, si le proporciono las respuestas, yo también estaré copiando—. ¿Qué te parece si te lo confirmo dentro de un día o dos?

—Vale. —Parece decepcionada—. Sí, vale. Espera, antes de colgar… ¿Puedo hacerte una pregunta? No tienes que contestar si no quieres.

Hago una pausa, alerta.

—¿Qué pregunta?

—Me he enterado de que existía esta app a través de una amiga. De varias personas, en realidad. También he leído las reseñas. Hay mucha gente, yo incluida, que tiene curiosidad... ¿Cómo te las arreglas? ¿Cómo consigues hacer todo eso sin que te vean? No eres... —Se interrumpe un segundo y se ríe con voz queda y nerviosa. Me intimida de una forma que jamás creí posible—. No eres un fantasma de verdad, ¿no?

Lo dice como si fuera una broma, pero la pizca de terror que hay en su voz es genuina. Me pregunto fugazmente qué la asustaría más, que yo fuese un fantasma o una chica humana con el inexplicable poder de volverse invisible. Me pregunto qué le resultaría más creíble.

—¿Por qué no? —respondo al final—. Todo es posible.

*　*　*

El resto del día pasa en un abrir y cerrar de ojos. Voy de clase en clase chocándome con la gente por los pasillos, hago los ejercicios de Historia como un robot, los entrego antes de hora y, aunque todavía no he decidido qué hacer con la petición de Evie, me quedo en clase cuando todo el mundo se ha ido.

El señor Murphy se sobresalta al verme. Parpadea con rapidez, como si tuviera miedo de que rompiera a llorar de nuevo.

—Alice... —Cruza las manos sobre la mesa—. ¿Qué pasa?

—Solo me estaba preguntando... —contesto la frase que me he pasado una hora ensayando mentalmente—. Como sé que en el último examen no me fue muy bien...

—Todavía no he corregido esos exámenes.

—De todos modos —insisto—, me puedo hacer a la idea de cómo me fue y... No le voy a mentir, creo que lo hice fatal. Por eso es más importante que nunca que los exámenes parciales me vayan bien. —Me obligo a mirarlo a los ojos rezando porque mi expresión sea más sincera que aterrorizada—. Me estaba preguntando si ya ha preparado los exámenes parciales y si tiene una guía de estudio lista, como el año pasado. Por supuesto, no es que quiera meterle prisa ni nada por el estilo, pero...

—Ah, no, no te preocupes —responde con una risita, obviamente aliviado de que haya conseguido controlar mis emociones—. Justo ayer terminé de preparar los exámenes. Lo cierto es que, de no ser por mis hijos, habría terminado antes. —Hace un gesto que dice «ya sabes cómo es» y asiento para acelerar las cosas, aunque es evidente que no, no lo sé—. Dentro de poco tendré también la guía de estudio. Mandaré un correo a toda la clase cuando la tenga impresa para la próxima lección. ¿Qué te parece?

—¡Perfecto! —contesto, ofreciéndole mi mejor sonrisa de estudiante de sobresaliente.

Él me devuelve el gesto: no sospecha nada. Al fin y al cabo, sigo siendo Alice Sun. Por mucho que metiera la pata en el último examen, es impensable que me atreva a copiar.

—¿Sabes qué es lo mejor de ti, Alice? —añade mientras guarda los ejercicios de hoy en una carpeta transparente que ya está llena hasta los topes. Aunque Airington no hace más que manifestar que es una escuela «completamente libre de papel», él es uno de esos profesores que prefiere las copias físicas—. Tu motivación. Eres muy decidida. Pase lo que pase, siempre tienes un plan y lo llevas a cabo y, además, lo haces bien. —En general, este tipo de alabanzas me llenarían de alegría, pero esta vez solo noto una presión en el pecho—. Con esa forma de pensar llegarás muy lejos —continúa con la mirada perdida en el aula vacía, como si estuviese visualizando una imagen gloriosa de mi futuro que resplandeciera delante de nosotros—. Estoy convencido.

Es demasiado. Me siento tan culpable que a duras penas consigo murmurar un agradecimiento. Cojo mis libros y me voy.

* * *

Cuando vuelvo a mi cuarto, me encuentro a una Chanel malhumorada. Lo sé porque está tumbada en el suelo con su pijama de BTS y se está zampando tres paquetes gigantes de palitos picantes a las once de la noche, rompiendo el ayuno intermitente que practica religiosamente desde el principio del curso.

—¿Quieres *latiao*? —pregunta tendiéndome uno de los paquetes. Tiene los dedos rojos, manchados de aceite con chile.

—Esto…, no, gracias. —Me acerco a ella con cuidado de no pisarle el pelo—. ¿Va todo bien?

—Sí, claro —contesta, pero miente aún peor que yo, y se le da fatal guardarse las cosas para sí. Tras unos segundos de silencio, levanta las manos como si la estuviese apuntando con una pistola—. Vale, vale, como quieras. Pero te va a parecer ridículo.

—No —le prometo enseguida.

—Pensarás que soy una ridícula.

Parpadeo confundida.

Suspira con fuerza, se apoya en un codo y confiesa:

—He suspendido el examen de Química.

—Ah.

No sé por qué pensaba que sería algo mucho más dramático, menos… normal. Quizá he llegado a pensar en la gente como Chanel como personas que viven en un plano separado de la existencia, en un plano elevado de los problemas y las preocupaciones más mundanas, como sacar malas notas.

—¿Lo ves? —protesta. Gime y se deja caer en el suelo, dándose un golpe bastante fuerte—. Me estás juzgando. Lo noto.

—Que no —contesto mientras intento ordenar mis pensamientos—. Y tampoco es que… A ver, las notas tampoco son

164

tan importantes. —Me estremezco. Lo que he dicho me parece falso e hipócrita hasta a mí—. Lo siento. Ha sido un comentario asqueroso.

Chanel resopla.

—Pues un poco.

—Bueno…, vale, entiendo por qué estás disgustada. Es un asco. Pero, por si te ayuda… De verdad que no creo que nuestro expediente académico sea el indicador último del valor humano, o algo así.

Levanta la vista para mirarme.

—¿De verdad piensas eso? —Asiento—. Entonces ¿por qué te pasas la vida matándote a estudiar?

—En mi caso es diferente… —Me estremezco de nuevo y me apresuro a explicarme—. No porque yo sea especial ni nada de eso, sino porque… No sé. Supongo que porque las notas son lo único sobre lo que tengo poder. Son lo único que tengo.

Me doy cuenta de lo triste que es en cuanto lo digo.

—Eso no es verdad —me contradice. Espero que me suelte alguna frase vaga y cursi sobre el potencial que hay en mí y que todavía no he descubierto, sobre que tengo toda la vida por delante, pero se limita a decir—: Me tienes a mí. Y también a Henry.

La miro fijamente.

—¿A Henry?

—Ajá.

—¿Henry Li? ¿El que va a nuestro colegio?

—El mismo.

—Henry ni se inmutaría si cayera muerta a sus pies —contesto riéndome—. Es más, seguro que le pediría a mi cadáver que no le manchara los zapatos.

—Entiendo que pienses eso —repone Chanel mientras se mete tres palitos picantes en la boca a la vez. Masticando, añade—: Pero, confía en mí, le importas mucho más de lo que demuestra. —Enarca una ceja—. Tú le importas mucho más de lo que demuestra.

Noto un calor que me trepa por la nuca, seguido de una inexplicable punzada de placer.

—No digas tonterías —contesto en voz alta, más para mí que para Chanel.

—Te juro por mi bolso de Louis Vuitton preferido que te estoy diciendo la verdad —insiste, alzando una mano al aire de forma teatral. Luego se incorpora para quedar sentada y me mira, seria de repente—. Hace…, ¿cuánto?, ¿siete años?, que conozco a ese chico y a su familia. Y siempre ha trabajado como si le fuera la vida en ello. Madre mía, si cuando tenía diez años ya iba las reuniones de su padre y daba con soluciones para SYS. Pero… nunca lo había visto tan dedicado a un proyecto. Jamás.

—Solo lo hace porque somos socios —apunto—. Y obtiene un beneficio de ello.

—Sí, claro. —Pone los ojos en blanco—. Porque todos sabemos que eso es lo que le falta a Henry: dinero.

Decido ignorar lo que está insinuando.

—No tienes por qué carecer de algo para quererlo. Y todo el mundo quiere dinero.

—No todo el mundo —protesta Chanel. Cuando ve cómo la miro, añade—: Mira los monjes, por ejemplo. Mi tío es monje, ¿lo sabías? Vive en un templo en Xiangshan y solo come lechuga y todo eso. No quiere dinero.

—Qué bonito. Me alegro por él. —Ella resopla—. Te lo juro. —Me acerco y me siento a su lado. Antes de que pueda regresar al tema de Henry, añado—: Pero, volviendo a tus notas de Química…

—Pareces mi madre —gruñe.

—No te voy a sermonear, te lo prometo. —Levanto la mano, imitando el juramento que me ha hecho antes. Ella niega con la cabeza y se echa a reír—. Solo estaba pensando que... Y esto no tiene nada que ver contigo personalmente ni nada, pero... Si tuvieras la oportunidad, ¿copiarías en el próximo examen? ¿Si te jugaras suspender o aprobar la asignatura?

Se lo piensa unos instantes.

—No lo creo —contesta después—. Pero solo porque no estoy tan desesperada.

—¿Qué quieres decir?

—Bueno, ya sabes de qué va... —Se encoge de hombros—. Muchos de los estudiantes de aquí nacieron cuando la política de tener un único hijo aún estaba en vigor. Toda su familia, literalmente, todas sus tías y tías abuelas y hasta la vaca de su abuelo, cuenta con que tenga éxito. Por no hablar de todos los que tienen padres que emigraron solo para tener un pasaporte extranjero, una educación mejor, una vida mejor... Cargar con ese peso todo el tiempo puede llevarte a tomar decisiones extremas. Hace que el fracaso no sea una opción, que sea algo impensable. ¿Entiendes lo que quiero decir?

Sí, lo entiendo. Lo entiendo demasiado bien.

Pero, aun así, tomar esta decisión no me resulta fácil.

* * *

En mitad de la noche, mucho después de que Chanel se haya dormido, elaboro listas.

Muchas de ellas. De pros y contras, de riesgos y costes...

Hago un mapa de cómo y dónde podré encontrar las respuestas del examen, de las probabilidades de que me pillen en el proceso, de la posibilidad de que me expulsen, de que me metan en la cárcel (lo que parece supermelodramático, lo sé, pero, según he encontrado en Google, hace un par de años metieron a dos estudiantes en la cárcel por copiar)…

Pienso en las razones por las que estoy haciendo esto. Pienso en por qué quiero (no, necesito; la palabra es «necesito») el dinero. Más dinero. Pienso en lo irónico que es que, para convertirme en la persona que quiero ser, deba hacer lo último que los demás esperarían de mí. Pienso en la culpa, en el karma y en la supervivencia, en que ser buena no te garantiza nada en este mundo. Lo único que te lo garantiza es el poder.

Un poder que por fin tengo.

Mientras la noche se alarga, no puedo evitar pensar en Mama. Pienso en el corte delgado y feo que le atraviesa las manos gastadas, la cicatriz que un día fue una herida abierta de la que manaba sangre, un río rojo oscuro que corría más allá de las puntas de sus dedos.

Recuerdo el sonido del ladrón que entró a la fuerza en nuestra tienda, la única tienda asiática de nuestro pueblecito de la California rural. Pienso en lo orgulloso que estaba Baba de ser el propietario de la primera, de «compartir un pedacito de nuestra cultura» con los lugareños.

Recuerdo el grito de alarma de Mama, y luego el dolor, el sonido metálico del cuchillo al caer al suelo. Los gruñidos del ladrón cuando mi padre corrió hacia la caja registradora y lo derribó desde atrás.

El sonido estridente de las sirenas de policía.

Yo estaba ayudando a abastecer los estantes traseros cuando ocurrió. Me encontraba haciendo equilibrios con dos cartones de huevos de pato en salazón en las manos y me quedé allí plantada, paralizada. Todo mi cuerpo pareció congelarse del impacto. Solo recuperé la capacidad de moverme cuando todo hubo terminado y la policía ya había llegado. Los cartones se me cayeron a los pies y oí el suave crujido de las cáscaras de huevo por encima de los latidos acelerados de mi corazón.

Los agentes de policía fueron agradables, pero no le dieron mucha importancia al incidente. Se comportaron como unos padres cuando consuelan a un hijo lloroso. «Mira, entiendo que estés disgustada —me dijo uno de los mayores mientras me daba unas palmaditas en el hombro. Luché contra el impulso de apartarle la manaza—. Pero no hay pruebas de que esto haya sido un crimen de odio. Este tipo de cosas le pueden pasar a cualquiera ¿sabes? Intenta no darle muchas vueltas».

Y quizá tuviera razón. Quizá fuera solo mala suerte, una coincidencia desafortunada. Quizá la persona que había detrás de la caja registradora hubiera podido ser un hombre alto y rubio con una bonita sonrisa que hablase con fluidez y sin acento al pedir ayuda, y habría pasado lo mismo.

Quizá.

Pero esto es lo que pasa cuando vives en un lugar lleno de gente que no tiene el mismo aspecto que tú: cada vez que ocurre algo así, no puedes evitar preguntarte si te habrán elegido por esa razón.

Después del incidente, estaba segura de que Mama compraría el primer billete de avión a China que hubiera en cuanto saliera del hospital. Pero me había olvidado de que es una mujer que creció tras la Revolución Cultural, una mujer que se tiró agua helada encima cada noche durante un mes solo para mantenerse despierta y estudiar para su *gaokao*. No se asustaba fácilmente. De hecho, parecía más decidida que nunca a quedarse en Estados Unidos. «¿Qué hemos hecho mal, eh? Tu Baba y yo trabajamos mucho, pagamos impuestos, cumplimos la ley, un hombre me apuñala y ¿corro como un criminal? ¿Por qué?».

Al final, lo que nos llevó de vuelta a Pekín no fue el miedo, sino el dinero. La falta de él, mejor dicho. Nunca habíamos ganado mucho con nuestra tiendecita, y mis padres se habían gastado en mí todo lo que habían logrado ahorrar: la matrícula del colegio, las clases de piano, las de natación, la escuela china de los fines de semana… Luego llegó la recesión y las ventas desaparecieron por completo.

Al principio, mis padres no se rindieron, pero porque era lo propio de ellos: se esforzaban, luchaban. Cuando las cosas no iban bien, se esforzaban todavía más. Empezaron a vender cosas para sobrevivir: la pulsera de jade preferida de Mama, el único abrigo de invierno de Baba, un jarrón de porcelana, la mesa del comedor… Mama se puso a trabajar como conserje en el hospital más cercano, lo más parecido que encontró a su antiguo empleo como enfermera en China, y Baba ganaba un dinero extra cada día recogiendo y reciclando botellas de plástico usadas.

Pero ni siquiera con eso era suficiente. Ni de lejos.

El punto de inflexión llegó en el Año Nuevo chino. Lo celebramos solos en nuestra casa alquilada y oscura, sentados alrededor del mantel de plástico que hacía entonces las veces de mesa, pasándonos un plato de empanadas congeladas que habíamos calentado en el microondas. Mama dio un bocado a una y se quedó muy quieta.

—¿Qué pasa? —le preguntó Baba en mandarín mirándola preocupado—. ¿Tan mala está? —Ella no contestó—. Porque todavía quedan fideos instantáneos —continuó él—. Puedo poner el agua a hervir… Y quizá nos quede algún huevo…

Entonces a Mama se le descompuso el rostro. Se le rompió la voz.

—Yo…, yo… quiero empanadas de verdad.

—¿Qué?

—Quiero volver —susurró con los ojos oscuros y húmedos. Me aterrorizó verla así. Ni siquiera cuando la habían apuñalado había soltado una sola lágrima—. Quiero volver a casa.

La sombra de la comprensión se asentó sobre los rasgos de Baba. Alargó una mano sobre el mantel y la puso sobre la de ella, tapando la cicatriz medio curada.

—Ya lo sé —contestó en voz baja—. Ya lo sé.

Unas semanas después volvimos a Pekín. Nuestra última oportunidad de hacer realidad el sueño americano se había esfumado, ese capítulo se había cerrado sin ceremonias. Pero yo nunca me había parado a pensar en los sacrificios que hicieron mis padres, en la mirada suplicante en el rostro de Mama cuando dijo que quería volver a casa, casi como una niña, y que la única razón por la que habían abandonado su hogar era yo.

Ni siquiera ahora.

Revivo cada momento de esos últimos meses tan amargos hasta que el cerebro amenaza con deshacerse en el interior de mi cabeza y siento que mis párpados pesan una tonelada.

Lo que pienso justo antes de dormirme sobre el escritorio es que mis padres no trabajaron tanto para que yo no llegase lejos.

Diez

—Te estás paseando estresada otra vez —observa Chanel desde su tocador.

No solo me estoy paseando estresada: soy un caso de ansiedad de manual. El corazón me late con tanta fuerza que me lo noto en la garganta y la boca me sabe a ceniza. Desde que esta mañana le he mandado un mensaje a Evie Wu a través del Fantasma de Pekín para decirle que la ayudaría a copiar, mi sistema nervioso está al borde del colapso. Y lo odio de verdad. Odio esta situación.

Pero he de hacer honor a mis decisiones.

—Y también tienes pinta de estar a punto de vomitar —añade amablemente.

—No voy a devolver —contesto justo cuando me da un vuelco el estómago. Lucho contra las náuseas—. Bueno… Ay, Dios, espero que no.

—Oye… —Abre una mascarilla facial y quita el exceso de espuma con la parte interior de las muñecas pálidas—. No pretendo ser asquerosa, ¿eh? Pero, si vomitaras… ¿Crees que tu vómito también sería invisible? Porque, técnicamente, estaría fuera de tu cuerpo, pero como habría sido producido por…

—Chanel… —la interrumpo.

—¿Qué?

—Cállate, por favor.

Consigue quedarse en silencio un minuto entero mientras se coloca la mascarilla sobre la piel, pero luego dice:

—¿Me dirás al menos qué tipo de misión vas a hacer hoy que te tiene tan…?

—No —contesto, a lo que ella responde haciendo un puchero exagerado—. Y ten cuidado, se te va a arrugar la mascarilla.

Deja de hacer pucheros y pone cara de póquer mientras se apresura a alisar los bordes de la mascarilla. Si no estuviese intentando no devolver el desayuno, me habría echado a reír.

—De todos modos —continúo mientras doy otra vuelta por nuestra habitación diminuta. Mis pies se niegan a quedarse quietos—. Si esta vez no comparto la información contigo no es porque no confíe en ti, sino porque, cuanta menos gente lo sepa, menos probable es que las cosas se tuerzan… Y no quiero implicarte.

—Pero Henry sí lo sabe.

Hago un mohín.

—Ya, bueno… Eso es porque lo necesito para una cosa. Y ahora que lo mencionas… —Echo un vistazo al reloj y se me para el corazón: son las seis menos diez de la tarde. Es la hora.

Dios mío. Esto va a ocurrir de verdad.

Cuando vuelvo a hablar, mi voz es casi un chillido.

—Tengo…, tengo que ir a buscarlo. Y quitarme este muerto de encima.

Lo dejo todo en mi cuarto menos el teléfono y salgo a toda prisa. Apenas oigo a Chanel, que me desea buena suerte mientras cierro la puerta.

Henry y yo hemos quedado en la entrada principal del edificio de Humanidades a las seis en punto. Llegamos los dos exactamente a las 5.59. Se lo tengo que reconocer: tal vez Henry sea insoportablemente pretencioso, pero al menos es puntual. Además, hoy tiene un aspecto aún más impecable de lo habitual: lleva la americana oscura recién planchada, la corbata recta y no tiene un solo pelo fuera de lugar. Casi me echo a reír. Tiene pinta de ir a dar un discurso para todo el colegio más que de ayudarme a cometer un crimen.

—Alice —dice a modo de saludo cuando me ve, tan educado como siempre.

—Henry —le devuelvo el saludo con tono de burla, imitando su formalidad.

Una sombra de irritación aparece en su rostro. Me alegro. Si está de humor para discutir un poco conmigo, al menos tendré algo que me distraiga de lo nerviosa que...

—¿Estás nerviosa? —pregunta.

O no.

—¿Por qué iba a estar nerviosa? —le espeto, alargando una mano sobre su hombro para abrir la puerta.

—Bueno, resulta que estás temblando.

Sigo su mirada y me escondo a toda prisa las manos temblorosas en el bolsillo. Entro en el edificio antes que él.

—Hace frío —murmuro.

—Ahora mismo estamos a veintidós grados.

Aprieto los dientes.

—¿Qué pasa? ¿Eres el hombre del tiempo?

—¿En serio? ¿El hombre del tiempo? —Su tono de voz es desenfadado y divertido—. No es tu mejor insulto, Alice.

Intento apuñalarlo con la mirada, pero, por desgracia, no funciona.

Sigo andando.

El pasillo está casi vacío, como debe ser. Ningún estudiante quiere quedarse después de clase, sobre todo porque nuestros dormitorios están al otro lado del patio, y porque pueden coger un Didi para ir al Village o al Solana. Pero para los profesores es otra historia. La mayoría vienen al colegio en bicicleta y les gusta quedarse en el aula hasta después de que se haga de noche, cuando las calles ya no están tan abarrotadas y tienen menos probabilidades de que los atropelle un coche. El señor Murphy es uno de ellos.

Como imaginaba, la luz del aula de Historia sigue encendida. A través de la ventanita de la puerta, distingo la figura del profesor encorvada sobre el escritorio frente a montones de papeles. Parece que se quedará un buen rato corrigiendo.

Es perfecto.

Ahora solo necesito volverme invisible.

—Iría bien que no tardaras mucho —murmura Henry desde detrás de mí, como si me hubiese leído la mente.

Frunzo el ceño, pero no contesto de inmediato. Le indico con gestos que me siga a uno de los estrechos pasillos adyacentes, lo bastante lejos para que el señor Murphy no nos oiga. Huele a la tinta de la impresora y a los rotuladores para escribir en las pizarras blancas. Huele a integridad, a éxito académico.

Siento náuseas de nuevo.

—Ya te lo he explicado —respondo mientras empiezo a pasearme de nuevo—. No puedo controlar cuándo ocurre exactamente. Ocurre y ya está.

Henry no se mueve, aunque me sigue con la mirada mientras camino de un lado a otro sin parar. Una vez, me dijeron que mi estrés era contagioso, que salía de mí a borbotones, pero quizá Henry sea inmune, intocable, como es con la mayoría de las cosas.

—En ese caso, ¿cómo puedes estar segura de que ocurrirá esta noche?

—En realidad no lo estoy. —Suspiro—. Pero las últimas semanas cada vez me pasa más por las tardes y puedo hacer una…, una previsión razonable según los patrones existentes. Como si fuese un ciclo menstrual.

Por un instante parece perplejo.

—¿Qué quieres decir?

—Los ciclos menstruales —repito vocalizando, contenta por verlo incómodo por una vez—. Ya sabes: vas registrando qué día del mes te viene la regla y sabes más o menos cuándo esperarla, pero a veces te pilla desprevenida de todos modos. Funciona así.

—Ah. —Asiente y vuelve a adoptar una expresión tranquila—. Claro.

Y así, sin más, mi subidón de satisfacción momentáneo se esfuma y la ansiedad vuelve con el doble de intensidad. Empiezo a pasearme más rápido y a retorcerme las manos sin parar. Es sorprendente que Henry no se maree con solo mirarme.

Esta es sin duda la peor parte de cada misión. No es el miedo a que me pillen, ni la culpa que me reconcome la consciencia, sino la incertidumbre. No saber nunca cuándo me volveré invisible ni cuándo volveré a la normalidad.

Hace solo dos semanas, me pasé un día entero merodeando por el vestíbulo del colegio esperando a que llegara el momento para terminar lo que tendría que haber sido un trabajo del Fantasma de Pekín muy sencillo. No ocurrió. Henry se mostró sorprendentemente comprensivo al respecto, aunque había decidido esperar conmigo, pero todavía noto el sabor agrio del fracaso, todavía noto el peso de la frustración que me supone confiar en algo que escapa totalmente a mi control.

—Relájate —me aconseja Henry cuando he recorrido el pasillo al menos veinte veces. Seguro que, si estuviese contando mis pasos, como hace Chanel, ya habría alcanzado mi objetivo diario—. Si no sale como hemos planeado…, ¿qué es lo peor que podría pasar?

—Por favor… Dime que estás de broma —repongo incrédula.

—Te hablo en serio, te lo aseguro.

—Madre mía. —Niego con la cabeza—. Lo peor que…
A ver, hay tantos posibles desastres que ni siquiera sé por
dónde…

—¿Como cuáles?

—Hum… —Finjo estar pensándome la respuesta—. ¿Que
nos expulsen, por ejemplo?

—Dudo mucho que nos expulsaran. Somos sus mejores estudiantes —contesta Henry. Lo afirma, así, sin más, como si
fuese un hecho incontestable.

Mi corazón da un brinco al oír el «somos», el cumplido
casual que hay en esa palabra, pero insisto.

—¿No? También podrían involucrar a la policía, meternos
en la cárcel…

—Mi padre tiene varios amigos abogados —contesta como
si tal cosa—. De los mejores del país. Ganaríamos aunque hubiese un montón de pruebas contra nosotros.

Me doy la vuelta tan rápido que mis zapatos chirrían contra
el suelo.

—¿Ves? Por eso no soporto a la gente como tú —le espeto apuntándolo con el dedo—. Crees que porque eres listo, rico
y atractivo puedes hacer lo que te dé la gana y…

—Un momento. —Algo cambia en las profundidades oscuras de sus ojos—. ¿Crees que soy atractivo?

—Venga ya, no te hagas el sorprendido. Seguro que en
nuestro curso lo piensan hasta los chicos. En serio, el año pasado, cuando organizaron aquellas clases de salto de trampolín,
no había nadie en las gradas que no te mirase como si nunca
hubiera visto a un tío sin camiseta y luego, cuando hiciste aquella sesión de fotos para la revista del colegio y te obligaron a

ponerte ese traje tan ridículo... No podía ni siquiera... Tú...
—Me interrumpo al reparar de repente en lo mucho que me
arden las mejillas, en que la ira que se me acumula en el pecho
ya no es ira, sino otra cosa. Algo peor—. Da igual. —Carraspeo—. De todos modos, ¿qué estaba diciendo?

Henry ladea la cabeza mientras una sonrisa se extiende len-
tamente por sus labios.

—Me estabas diciendo lo mucho que me odias.

Me muerdo la lengua y aparto la vista. Intento desembarazarme de esa sensación tan extraña que noto en la boca del estómago. Al final, cuando decido que ya puedo mirarlo sin que
me estalle la piel en llamas, añade:

—¿Ya te sientes mejor?

—¿Qué?

—Cuando te enfadas se te suele pasar el miedo —se explica.

De repente, me siento confundida.

—¿Cómo...? ¿Cómo lo sabes?

—Me he fijado —se limita a responder.

Otra afirmación. Otra frase que suelta al aire para que yo la
descifre, pero no soy capaz. ¿Qué quiere decir con que se ha fijado? Y ¿cómo es posible que se haya dado cuenta de algo sobre mí de lo que ni siquiera yo era consciente? No tiene sentido.
No tiene sentido porque nadie se fija en...

Un escalofrío me recorre la espalda de golpe y se me extien-
de por las piernas y las muñecas. Miles de pinchazos helados.
Noto el frío en todo el cuerpo, un frío doloroso y antinatural.
Por lo menos esto sí lo entiendo.

Significa que ha llegado el momento de ponerse manos a la
obra.

* * *

—¡Henry! ¿Qué haces aquí todavía?

El señor Murphy levanta la vista de su escritorio cuando entramos Henry y yo, aunque a mí no me ve.

—Tenía la esperanza de que siguiera aquí, señor Murphy —contesta Henry con una de sus poco habituales sonrisas asquerosamente persuasivas. Ojos y dientes brillantes, hoyuelos en las mejillas. Hasta yo estoy tentada de creerme lo que dice a continuación—: ¿Tiene unos minutos? Me gustaría echar un vistazo a algunas de las fuentes primarias sobre las guerras del Opio, como dijo que sería lo siguiente que veríamos en clase... Pero la bibliotecaria no me da permiso sin su aprobación.

Todo es perfecto: la suave reticencia en su voz, como si tuviera miedo de importunar al profesor, el entusiasmo sin parecer demasiado entusiasta, la sinceridad cuando le aguanta la mirada al señor Murphy. Y, por supuesto, también cuenta con el factor que nadie más lograría replicar, por muy bien que mintiera: su reputación. Se trata del rey Henry, el estudiante preferido de todos los profesores, el que siempre les habla sobre el material extracurricular de las asignaturas y las lecturas avanzadas y debate con ellos sobre nuevas teorías por pura diversión.

Jamás creí que llegaría el día en el que me sintiera agradecida porque Henry fuese el ojito derecho de los profesores, pero aquí estamos.

El señor Murphy deja el papel que tiene en las manos sobre la mesa y, con un tono amable pero un poco jocoso, le pregunta:

—Así que fuentes primarias, ¿eh? ¿Y no podía esperar a mañana?

Henry agacha la cabeza. Finge muy bien sentirse avergonzado.

—Bueno, es que esta tarde estaba leyendo sobre la primera guerra del Opio y es tan interesante... Es terrible, claro, pero muy interesante. Y entonces me he acordado de que en la biblioteca se pueden encontrar algunos de los textos originales. Supongo que me he sumergido mucho en el tema. —Le dedica otra sonrisa al profesor, esta vez más tímida, más avergonzada, y el corazón me hace una pequeña pirueta en el pecho—. Disculpe, tiene razón. No es importante.

—No, no, no quería decir eso —repone el señor Murphy a toda prisa. Se incorpora y la silla echa a rodar hacia atrás hasta golpear la pared con un golpe sordo—. Es fantástico que te apasionen tanto tus asignaturas, Henry, y te acompañaré con mucho gusto. De hecho, podemos ir ahora mismo. —Se coloca el ordenador portátil debajo del brazo y le hace un gesto para que marque el camino.

Pero Henry duda con la mirada fija en el ordenador. Por primera vez, veo una grieta en su máscara de calma.

—No…, no hace falta que se lo lleve. Seré muy rápido.

Trago saliva; tengo un nudo de terror en la garganta. Doy un paso al frente y estudio con atención la reacción del señor Murphy, buscando en ella cualquier sombra de sospecha, de confusión. Pero se limita a suspirar y a negar con la cabeza.

—Ya lo sé, pero creo que es lo mejor. Últimamente corren por ahí historias un poco raras…

Se me encoge el estómago.

—¿Qué historias? —pregunta Henry, que también se ha puesto tenso.

—Ah, nada por lo que preocuparse demasiado, seguro —responde el señor Murphy haciendo un gesto de impaciencia con la mano—. Historias sobre cosas que desaparecen por aquí y por allá de las taquillas, teléfonos y ordenadores hackeados… Cosas así. —Señala la puerta con la cabeza—. ¿Estás listo?

Henry se pone recto, pero no antes de mirar en dirección a mí.

—Sí, sí, por supuesto.

No le vuelve a preguntar por el ordenador ni intenta persuadirlo de que lo deje aquí, y no lo culpo: si el señor Murphy ya está en guardia y tiene una ligera idea de lo que está pasando, sería fácil que se oliese algo raro.

Pero, cuando él y Henry salen del aula y me dejan ahí sola, invisible y sin el ordenador que necesito, no puedo evitar sentirme como una idiota. Tengo el ánimo por los suelos y siento que me va a estallar la cabeza. ¿Qué se supone que tengo que hacer ahora? ¿Los sigo a la biblioteca e intento robarle el ordenador al profesor cuando no mire? ¿Lo vuelvo a intentar otro día? Sin embargo, por muy buena reputación que tenga Henry, y aunque asegurase haber encontrado una fuente primaria jamás vista sobre el mismísimo emperador Daoguang, dudo que el señor Murphy fuese tan confiado si su alumno fuese a su despacho dos noches seguidas.

No, tiene que haber otro modo. Quizá logre acceder al ordenador desde su teléfono, o desde el mío, o quizá se haya mandado una copia de los exámenes a su correo electrónico, o quizá…

Quizá tenga una copia física por alguna parte.

Aquí.

Con un ramalazo de esperanza embriagador, recuerdo la gruesa carpeta que siempre lleva con él y lo mucho que le gusta llevar textos impresos. Siempre dice que le resulta difícil leer en una pantalla.

Corro hacia su escritorio. Es un desastre: hay subrayadores y trabajos a medio corregir desperdigados por todas partes y un pedazo de *jianbing* enfriándose en un plato sucio. Pero aquí mismo, enterrada debajo, está la carpeta que llevaba la última vez que lo vi.

Poco a poco, centímetro a centímetro, la saco con tanto mimo como si estuviese jugando al jenga, con cuidado de no mover nada más. Está llena de hojas de ejercicios, copias del programa de la asignatura, exámenes antiguos, fragmentos de las lecturas de clase… No parece haber ningún sistema de organización, no tiene ni separadores de colores. Lo único que puedo hacer es pasar una página tras otra, aunque cada vez sufra más el peso de la carpeta. Tengo las manos sudadas y el corazón acelerado; soy consciente de que las agujas del reloj van girando, de cuántos minutos han pasado desde que el señor Murphy y Henry se han ido.

Mis sentidos parecen haberse aguzado, como los de un conejo cuando teme ser cazado: cada ligero movimiento que se produce en los pasillos me sobresalta, cada chirrido de una puerta, cada golpe de las ramas de los árboles contra las ventanas me paraliza. Me llega el olor de la comida que hay arriba en el despacho del personal (marisco y algo agrio) y noto el sudor que se me forma sobre la piel en gotas redondas y perfectas.

Aun así, me obligo a seguir pasando página tras página, a continuar buscando, leyendo entre líneas los textos borrosos hasta encontrar las palabras «Examen parcial del duodécimo año» o «Examen de Historia» hasta que…

Por fin.

¡Por fin! Aquí está.

Saco el examen y el libro de respuestas con manos temblorosas; la adrenalina bombea por mis venas. Los sostengo bajo las luces fluorescentes del aula y, durante un segundo, me siento tan anonadada por lo que estoy a punto de hacer que casi se me cae. Sin embargo, me recompongo, cojo el móvil y hago una foto de la primera página, luego de la segunda y de la tercera.

Los oigo cuando estoy a punto de terminar.

Son voces.

—… es difícil de creer que el emperador fuera tan ignorante. Si lees entre líneas, esa carta parecía más bien un último

183

intento desesperado por evitarse problemas —está diciendo Henry. Oigo sus pasos lentos detrás de los del señor Murphy, rápidos y ruidosos. Habla más alto de lo habitual, no me cabe duda de que para avisarme de que están a punto de entrar.

¡No! Todavía no.

Ya voy por la última página, pero tapo el texto con mi propia sombra...

Y entonces comprendo lo que sucede y es como si me cayera encima un jarro de agua. fría. Casi me deja sin respiración. ¡Mi sombra! Si tengo una sombra, debo de haberme vuelto visible de nuevo, y si estoy visible y el señor Murphy entra... Si el señor Murphy me ve...

Mierda.

El pánico invade cada célula de mi cuerpo. Tuerzo el papel, lo fotografío, lo vuelvo a meter en la carpeta y la dejo otra vez bajo el plato sucio con un movimiento rápido y frenético. No sé si está exactamente en la misma posición que antes, pero no tengo tiempo de comprobarlo.

Oigo el chirrido del pomo de la puerta al girar.

El señor Murphy abre la puerta justo cuando me tiro al suelo y me escondo en el hueco que hay bajo su escritorio. Es diminuto: he de poner las rodillas debajo de mi barbilla, como si fuese un feto, y rodearme con los brazos con fuerza, apretada como un tornillo.

El corazón me late tan rápido que creo que me voy a morir.

—Una vez más, gracias por todo, señor Murphy —dice Henry. Su voz suena a menos de tres metros de distancia—. Sé que debe de estar muy ocupado...

—Eres demasiado educado —responde el profesor, que también está cerca. Está caminando, aproximándose más y más hacia mí y entonces...

Dios mío.

De repente, sus zapatos de cuero gastado aparecen en mi campo visual, a apenas centímetros de mi pierna. Retrocedo todavía más, me apretujo contra el escritorio y me doblo hasta que casi no puedo respirar, pero sigue estando demasiado cerca. Solo tendría que bajar la vista para verme. Solo tendría que escuchar con atención para oír los latidos enloquecidos de mi corazón, mi respiración agitada.

Estoy atrapada.

Pensarlo hace que la histeria se adueñe de mí. Estoy atrapada y no veo forma de salir de aquí. No sin que me pillen. No sin consecuencias. Lo inevitable empieza a reproducirse en mi mente como una película de terror: al señor Murphy se le cae un lápiz o un papel y me descubre aquí agachada, escondida a sus mismísimos pies; veo su mirada conmocionada, aún más pronunciada que cuando me derrumbé en clase debido al examen, y finalmente la comprensión de que si estoy aquí es por una razón. Entonces mirará sobre su mesa y se dará cuenta de que la carpeta está unos centímetros más a la derecha de donde él la dejó, que la esquina del libro de respuestas está doblada, sumará dos más dos y luego…

—¿Necesitas algo más, Henry? —pregunta el señor Murphy. Se sienta en su silla y observo en silencio, horrorizada, cómo rueda poco a poco hacia mí…

No tengo más sitio para retroceder. Las ruedas se estampan contra mi pie derecho y me aplastan los dedos. Noto una punzada de dolor y me muerdo la lengua para no gritar.

«Por favor, que se acabe —rezo, aunque no estoy muy segura de a quién—. Por favor, por favor, que reciba una llamada urgente, que tenga que ir al baño, que suene la alarma de incendios…».

Pero ni el señor Murphy ni la silla se mueven.

—Bueno, en realidad… —La voz de Henry me llega desde el otro lado de la habitación. Sé, por lo pausada que es, que está intentando ganar tiempo. Debe de haberse dado cuenta de que sigo aquí. Ya habíamos hablado de esta posibilidad, aunque de forma poco exhaustiva: yo le mandaría un mensaje cuando estuviese fuera, a salvo, y, si no lo recibía, él haría algo para distraerlo y darme un poco más de tiempo. Pero no contaba con que se acordara.

Durante un segundo me permito albergar esperanza.

Entonces oigo sus pasos, que se alejan en la dirección opuesta, y se me cae el alma a los pies. Estoy confundida. Pero ¿qué narices pretende?

Un golpe sordo interrumpe mis pensamientos: es el sonido inconfundible de la carne desplomándose sobre el cemento, del cuerpo de alguien cayendo al suelo.

Luego oigo un grito ahogado.

—¿Henry? ¡Henry!

La silla rueda hacia atrás y veo una mancha marrón antes de que los zapatos del señor Murphy desaparezcan de mi vista. Lo oigo correr hacia el lugar donde Henry debe de haberse caído y me pongo en marcha. Actúo sin pensar. Ignoro las punzadas y el dolor de las piernas, salgo de debajo del escritorio, casi chocándome contra la esquina, y echo a correr hacia la puerta trasera.

En la oscuridad del pasillo, me confundo entre las sombras. Jadeante, escucho fragmentos de la conversación de Henry con el señor Murphy mientras me alejo del aula.

—… no he comido mucho. No se preocupe, no es la primera vez que me pasa.

—¿… a la enfermería? Quizá todavía esté…

—No, no hace falta, de verdad. No pretendía asustarle…

Cuando salgo, el aire nocturno es frío y dulce, acompañado del aroma de las begonias en flor de los jardines del colegio. Cierro los ojos e inhalo. Apenas me atrevo a creer que haya conseguido salir indemne. Ni lo que ha hecho Henry. Cuando sugirió una maniobra de distracción, no se me pasó por la cabeza que se refiriera a fingir un desmayo.

Es todo tan raro que se me escapa una carcajada. De repente, todo mi cuerpo se sacude histérico, liberando tensiones que necesitaba expulsar. No sé cuánto tiempo me paso aquí, esperando, medio mareada y casi alegre del alivio, pero no tardo en oír voces: Henry y el señor Murphy. Algunas de sus palabras están amortiguadas por la puerta que nos separa, pero oigo la insistencia continua de Henry: «Estoy bien, estoy bien. Puedo ir solo a la enfermería».

El señor Murphy debe de creerlo, o debe de saber que no merece la pena competir contra su testarudez, porque oigo los zapatos rechinar contra el suelo y unos fuertes pasos que se alejan mientras otros se acercan.

La puerta se abre.

—En fin, eso ha sido bastante humillante.

Me doy la vuelta.

Henry está detrás de mí con una expresión calmada, las manos en los bolsillos y el cuello de la camisa arrugado. Un moratón rojo amarillento empieza a despuntar sobre su pómulo izquierdo, una transgresión contra su piel, por lo demás perfecta.

Sin pensar, acerco una mano a su cara y la inclino para inspeccionar la herida a la luz de la luna. Está hinchada y parece dolorosa.

—Madre mía, Henry —comento, ya sin reírme—. No hacía falta que llegaras tan lejos… A ver, te lo agradezco, claro, te lo agradezco mucho, pero… ¿Te duele?

No me contesta, pero abre un poco más los ojos y mira hacia el punto de contacto, el lugar en el que mi mano toca su mejilla.

La bajo y doy un paso atrás, avergonzada.

—Perdona… —le digo—. No sé por qué he hecho eso… —Niego con la cabeza, como si así pudiese desembarazarme del momento incómodo. ¿Qué me pasa?—. ¿Necesitas una tirita? ¿Hielo? ¿Una de esas bandas de tela que se atan y…? —Me interrumpo al ver que esboza una media sonrisa, aunque intenta disimular—. ¿Te parece gracioso? Porque podrías haberte hecho mucho…

—Aprecio tu preocupación, pero estoy bien, de verdad. Te lo prometo. No era la primera vez que lo hacía.

Me lo quedo mirando.

—¿Qué? ¿Por qué?

Vacila y casi puedo ver cómo se mueven los engranajes de su cerebro mientras intenta decidir cuánta información puede permitirse revelar. Al final, admite:

—Fue hace mucho tiempo… Cuando tenía siete u ocho años. Mi padre me había apuntado a clases de violín y yo no quería ir de ninguna manera…

Tardo un minuto en comprender lo que me está contando, en entender el alcance de la absurdez. Es lo último que me esperaba de Henry Li.

—Un momento. ¿Fingías desmayarte para no tener que ir a clase de violín?

—Solo lo hice una vez. —Hace una mueca—. Vale, dos veces. Pero, en mi defensa, diré que era muy efectivo: la profesora de violín estaba tan preocupada por mi estado de salud que le pidió personalmente a mi padre que no me obligara a ir.

Contengo una carcajada de incredulidad.

—¿Y no podías haberte limitado a…, no sé, fingir un resfriado o una gripe como un niño normal?

Su expresión no muta, pero se le endurece la mirada.

—Con eso no habría bastado. Mientras hubiera estado físicamente consciente, mi padre habría insistido en que continuara con mis estudios, me habría presionado hasta que fuera perfecto. —Aparta la vista y la luz de la luna se refleja sobre su perfil rígido, destacando su ceño fruncido. Noto una punzada extraña al darme cuenta de que la conversación se ha terminado.

También comprendo que, a pesar de todos los perfiles en revistas glamurosas, entrevistas y noticias relacionadas con SYS que he devorado en mi empeño por comprender mejor a mi competencia, no conozco tan bien a Henry... Pero ahora, más que nunca, desearía hacerlo.

Pasan unos momentos de silencio. Luego, Henry me pregunta:

—¿Tienes todo lo que necesitas? —Vuelve a usar un tono formal, totalmente profesional. Lo odio.

—Ah... Sí. —Me doy unos golpecitos en la americana, donde tengo el móvil—. Lo tengo todo.

Sin embargo, mientras volvemos poco a poco a los dormitorios, yo con las respuestas del examen guardadas en el bolsillo y la promesa de un pago considerable en el horizonte, no logro deshacerme de la sensación de que he dejado atrás algo de un valor incalculable.

Once

Los exámenes están a la vuelta de la esquina y me paso la vida esperando a que el señor Murphy venga a buscarme.

«Alice —lo imagino diciendo al final de clase con una expresión inusualmente severa. Quizá tendrá la carpeta a su lado, un aparato de grabación en el que no reparé, todas las pruebas incriminatorias que necesita—. ¿Puedes explicarme esto?».

Cada vez que entro en su clase o me lo cruzo por los pasillos siento que estoy a punto de vomitar. Me sudan las manos y he de tragarme las náuseas. Apenas reúno la energía suficiente para devolverle la sonrisa y los saludos ocasionales.

Las paranoias son tan terribles que empiezo incluso a tener pesadillas, sueños extraños y perturbadores en los que el señor Murphy se desmaya delante de mí y yo acudo a ayudarlo solo para que me inmovilicen contra el suelo mientras las sirenas de policía aúllan a mi alrededor hasta que me despierto sobresaltada. O estoy a punto de entrar en el aula del examen y me doy cuenta de que me he olvidado de vestirme, y Jake Nguyen salta sobre el escritorio del profesor y declara que estar desnuda es una prueba de mi culpabilidad, mientras que Henry me mira desde el otro lado de la clase y susurra: «¿Es que no tienes vergüenza?».

No hace falta decir que no estoy durmiendo muy bien.

—Me siento como lady Macbeth —le susurro a Chanel la mañana anterior a los primeros exámenes—. Ya sabes, después de que mueran un montón de personas y empiece a alucinar con que tiene las manos manchadas de sangre, una manifestación no demasiado sutil de su culpa...

—Alice. ¡Alice! —me interrumpe Chanel poniéndome una mano en el hombro—. En primer lugar, es bastante osado que des por hecho que sepa de qué estás hablando, porque todavía no me he leído *Macbeth*...

—Pero... ¡Pero el examen de Inglés es mañana!

—Exacto. Eso me da veinticuatro horas para enterarme más o menos de qué va.

—Creo que estás subestimando gravemente la complejidad de la obra de Shakespeare.

Me ignora.

—En segundo lugar, sigo sin saber en qué consistió esa misión tuya con Henry porque alguien que yo me sé se niega a contármelo, pero estoy segura de que todo irá bien. Hasta ahora nunca te han pillado, ¿verdad?

—Ya —admito—, pero, aun así... Tengo un mal presentimiento.

—Tú siempre tienes un mal presentimiento —contesta moviendo la mano con impaciencia—. Tu cuerpo funciona con malos presentimientos. De hecho, me preocuparía mucho que no estuvieras estresadísima con algo ahora mismo...

—Supongo —contesto no muy convencida.

Pero los exámenes llegan y se van junto con una sucesión de noches en vela, repasos de última hora y adrenalina, y no pasa nada fuera de lo común. El señor Murphy nos da las gracias a todos por nuestro duro trabajo con una ronda de Kahoot sobre historia china antigua (la partida es bastante intensa: vuelan los lápices, la gente se señala con el dedo enfadada y Henry y yo terminamos empatados) y promete que corregirá los exámenes para la semana que viene. Los profesores empiezan a repartir circulares y autorizaciones para el próximo viaje de Experimenta China, que es a Suzhou, y en poco tiempo nadie habla de otra cosa. Las hojas de los parasoles chinos del colegio se vuelven primero doradas, luego de un marrón marchito, y no tardan en caer sobre el patio como notitas arrancadas. A mediados de noviembre, nos asalta un frío tan penetrante que hasta los chicos del decimotercer año dejan de jugar al baloncesto en el patio a la hora del almuerzo y contribuyen a la falta de espacio en la cafetería del colegio.

Y, mientras tanto, no dejan de llegar misiones para el Fantasma de Pekín.

Más posibles embarazos, escándalos sexuales y fotos vergonzosas sacadas en una fiesta exclusiva en Wangjing. Más casos de amor no correspondido, disputas entre amigos, ataques de pánico y familias que se desmoronan. Más mensajes en los que se detallan historias de ex y trepidantes competiciones, sobornos e inseguridades secretas. Es la faceta más inesperada de la app: las tareas van más allá de ser simples oportunidades de negocio.

Son como confesiones.

Siempre había sabido que mis compañeros de Airington tenían vidas totalmente distintas de la mía, por supuesto, pero nunca me había parado a mirar qué había bajo la superficie resplandeciente de sus mansiones de millones de dólares, sus chóferes privados y sus compras extravagantes. Nunca se me había ocurrido que esas personas con las que me doy de bruces por los pasillos y con las que hablo de nimiedades sobre los próxi-

193

mos exámenes podrían haber sido amigas mías. Que podría haberme confesado secretos con ellas, que podría haberlas reconfortado. En lugar de eso, me he pasado los últimos años ajena a todo lo que no fuesen mis estudios.

A Henry, por otro lado, nada parece sorprenderle.

—Hum —se limita a decir cuando le muestro lo último que me han pedido al final de la clase de Ética social.

—¿Hum? —repito incrédula—. Pero ¿lo has leído?

Su mirada se desplaza desde el teléfono a mi cara. Le da vueltas a un bolígrafo con los dedos largos una y otra vez.

—Sí, por supuesto. De principio a fin.

—Y… ¿ya lo sabías?

—No —contesta con calma, a un volumen lo bastante bajo para que solo lo oiga yo. El resto de la clase está ocupada fingiendo tomar apuntes sobre lo que Julie Walsh ha escrito en la pizarra acerca de la discriminación en los países en vías de desarrollo, aunque ya empiezan a coger las fundas de sus portátiles y las mochilas, preparándose para salir pitando en cuanto suene la campana—. Pero me parece plausible. Su manifiesto artístico en el proyecto final del año pasado no tenía nada que ver con lo que ha trabajado este semestre. O su visión del mundo ha cambiado de forma drástica durante el verano o aquellas ideas no eran suyas.

Niego con la cabeza. Me cuesta creerlo. Incluso para los estándares del Fantasma de Pekín, el mensaje anónimo que muestra la pantalla de mi teléfono es…, en fin, impactante.

Al parecer, el prodigio del arte de Airington, Vanessa Liu, ha estado comprando todas sus ideas artísticas y diseños a un estudiante universitario. Mi fuente quiere que mañana la siga a Shimao Tianjie, también conocido como «The Place» (uno de esos sitios de alto standing del centro a los que nunca voy), donde se supone que se va a encontrar con dicho universitario para otro de sus pequeños intercambios.

—Pero la he visto dibujar —insisto en voz baja—. Tiene…, tiene mucho talento. No entiendo por qué.

—Tener talento no es lo mismo que ser un genio —replica Henry con esa seguridad propia del que ha pertenecido toda la vida a la segunda categoría y lo sabe.

Noto una punzada familiar de envidia (de deseo) en el costado.

Bajo el teléfono.

—En fin. Supongo que lo descubriré mañana por la noche.

Henry levanta la vista y, por primera vez desde que saqué el tema, parece interesado. Cuando vuelve a hablar, me da la sensación de que elige sus palabras con cuidado.

—¿Y no…, no te gustaría tener compañía?

—¿De quién? —pregunto confundida. La clave del Fantasma de Pekín es que se supone que debo actuar sola, sin que me vean ni me detecten. Henry enarca las cejas y espera—. ¿Qué? ¿Tú? —Lo digo como si fuera broma, pero él está muy serio.

—¿Por qué no? —Levanta el bolígrafo al que le estaba dando vueltas—. Los exámenes ya han terminado y los dos tenemos un poco de tiempo libre. Y yo voy a The Place todo el tiempo. Podría serte útil.

—Pero…, pero si alguien te ve…

—Podemos ir un poco antes. —Se encoge de hombros—. Te enseño un poco el sitio y, cuando la encontremos, yo me vuelvo solo.

—Pero…, pero tú…

Deja el boli quieto y ladea la cabeza. Su mirada afilada, evaluadora e intensamente negra se clava en mí.

—¿Qué?

Y no sé el qué. Solo que la idea de quedar con él a solas, por la noche y fuera del colegio hace que el estómago me dé un vuelco, como si me hubiese caído desde las alturas. Sí, claro, vamos juntos a clase y he estado en su cuarto, pero esto…, los dos solos…, esto es…

—Si estás ahí no me podré concentrar —le suelto, y entonces me doy cuenta de cómo ha sonado.

Aprieta los labios. Es la misma sonrisa contenida que luce cuando expone su gran argumento final en un torneo de debate, cuando sabe una respuesta a una pregunta de clase particularmente difícil o cuando está haciendo una propuesta de negocio impresionante. Es la sonrisa que luce cuando está a punto de conseguir lo que quiere.

—¿Quieres decir que mi presencia te distrae, Alice?

—N-no…, no es lo que…

Me aclaro la garganta justo cuando suena la campana, sofocando el resto de mis protestas a medio formar. Cuando el sonido estridente por fin se apaga, Henry habla antes de que pueda hacerlo yo.

—Pues nos vemos mañana por la noche.

Por alguna extraña razón, parece emocionado.

* * *

The Place es como un sitio salido de una película. De las de alto presupuesto. La calle es un auténtico mastodonte, llena de tiendas de marcas de lujo de varios pisos, señales que brillan en la oscuridad y azoteas con restaurantes abarrotados a los lados. También hay una pantalla gigantesca que va de un lado de la calle al otro, tapando el cielo brumoso que empieza a oscurecerse.

Cuando Henry y yo salimos del coche que conduce su chófer, la pantalla está reproduciendo un vídeo de un dragón que nada en estanques de oro. La luz es tan brillante que arroja un resplandor dorado sobre cada superficie, desde las baldosas lisas del pavimento hasta la elegante tela azul marino del abrigo de Henry y los ángulos afilados de su rostro.

Hoy se ha vestido aún mejor de lo normal: el pelo suave y recién peinado le cae justo encima de los ojos. Debajo del abrigo lleva una camisa blanca perfectamente planchada con el cuello desabrochado, y no de forma casual. Las mangas asoman cada vez que mueve los brazos. Tal vez después tenga algún evento importante al que asistir, una convención de tecnología o algo así.

Pero, claro, aquí todo el mundo tiene un estilo increíble. La mitad de las chicas junto a las que pasamos por la calle podrían ser modelos, con sus botas de terciopelo que les llegan a los muslos, sus cinturones de diseño y sus melenas rizadas que se mueven al ritmo de sus pasos. Avergonzada de mi aspecto, me acaricio la camiseta y las mallas, pero enseguida aparto el pensamiento.

No he venido a subirme a una pasarela: he venido a llevar a cabo una misión y ganar dinero.

Además, si todo va acorde con el plan, dentro de poco seré invisible.

—Bueno, ¿adónde quieres ir? —pregunta Henry mientras se pone a mi lado. Nuestros hombros están tan cerca que casi se tocan, que es algo en lo que no debería reparar. Soy consciente de ello.

Lo miro extrañada.

—Pues adonde esté Vanessa. ¿Adónde si no?

—Podríamos cenar algo antes… O dar un paseo, quizá.

—¿Y arriesgarnos a no encontrar a nuestro objetivo? —La incredulidad sube mi tono de voz una octava. Henry siempre se ha mostrado un poco despreocupado respecto a los trabajos del Fantasma de Pekín, lo que me resulta molesto, pero me parece una sugerencia frívola incluso para él—. ¿O a darnos de bruces con ella antes de reunir las pruebas? ¿Y solo por comer algo?

Claro que no. Además, antes de venir me he comido una barrita de cereales. No tengo hambre.

Hace un suave ruidito con la garganta, como exasperado, y se detiene de forma tan abrupta que casi me tropiezo.

—Alice…

—¿Qué?

Pero, sea lo que sea lo que iba a decir, se pierde entre el estruendo de música de orquesta que se oye de fondo. La pantalla que hay sobre nosotros parpadea y la brillante luz dorada cambia, reemplazada por unos vívidos tonos rojos y rosas. Proyectan unas rosas que florecen desde las esquinas, magnificadas hasta alcanzar el tamaño de la mesa junto a la que nos hemos parado. Poco después, empiezan a aparecer imágenes en el centro.

Selfis de una pareja. Imágenes de una chica muy guapa de veintimuchos años que evidentemente le ha hecho alguien que la conoce de forma íntima: sale posando en la playa, sonriendo al otro lado de una mesa, abrazando a un gato y un oso de peluche en una cocina…

Luego aparece un pequeño texto escrito en una cursiva elegante y bonita.

Eres preciosa…
Te amo desde que nos
conocimos en el instituto…

La gente empieza a vitorear a nuestro alrededor cuando llegan a la misma conclusión que yo: es una propuesta de matrimonio.

—Qué innecesario —mascullo mientras echo un vistazo a la multitud. La gente corre (sí, corre) a un sitio que está un poco más lejos, en la puerta de una tienda de Guess, donde atisbo la silueta de un hombre que se está arrodillando. Por cursi que sea la escena, Vanessa me parece de la clase de personas que se uniría a los mirones si estuviera por aquí. Quizá logre verla y así luego podré seguirla…

—Pues a mí me parece bastante romántico —responde Henry de forma desenfadada mientras las rosas amenazan con invadir toda la pantalla iluminada.

Me vuelvo para mirarlo.

—Si esto es lo que entiendes por romántico, me preocupa un poco tu futura novia.

«Novia».

La palabra se queda suspendida en el aire fresco que nos separa. Si tuviera la energía, los recursos y la capacidad mental de inventar una máquina de tiempo solo para volver atrás y retractarme de esa sola frase, lo haría sin dudar.

Durante los últimos meses, Henry y yo hemos hablado de muchas cosas. De exámenes, de actividades criminales, sobornos, de The Boxer Rebellion… De que los dos sacamos la puntuación máxima en el examen de Inglés del décimo año pero a mí me alabaron más por ello.

Pero nunca habíamos tocado el tema de las relaciones. Del amor.

No es que no haya pensado en ello en su presencia, que no me haya preguntado de forma ocasional cosas que no debería plantearme o que no me haya regodeado demasiado tiempo pensando en la forma de sus labios, pero decirlo en voz alta, reconocerlo, es como si me hubiera rendido. Tampoco ayuda que la balada de éxito de Zhang Jie «This is Love» esté sonando a todo volumen.

Ni la intensa mirada de Henry, fija sobre mí.

—De todos modos —contesto levantando la voz por encima de la música y rezando porque no sea capaz de distinguir el resplandor rojizo de la pantalla del rubor de mis mejillas—. Me alegro por la feliz pareja y tal, pero deberíamos centrarnos en encontrar a Vanessa…

Para mi alivio y decepción, Henry no dice nada más y me sigue hacia la multitud. La chica debe de haber aceptado, porque la gente aplaude y silba como loca y a un lado de todo el lío está…

—Mierda —maldigo entre dientes. Cojo a Henry de la manga y lo arrastro conmigo detrás de una columna.

—¿Qué…? —empieza a decir, pero le tapo la boca con la mano y lo empujo hacia la columna para ocultarlo, apretujando mi cuerpo contra el suyo. Estamos tan cerca que noto el calor que emana de su piel, que su aliento me hace cosquillas en la mejilla.

El corazón me late desbocado.

Vanessa estaba ahí. Todavía está.

Con cuidado, sin soltar a Henry, me arriesgo a echar otro vistazo. Creo que no me ha visto. Está de pie al lado de un chico alto y flaco, quizá unos años mayor que ella. No lo conozco. Es el universitario.

Debe de ser él.

Ambos se quedan allí unos segundos más antes de volverse hacia la cafetería francesa que hay a su izquierda. No tardan en confundirse con los coloridos escaparates.

Exhalo un suspiro de alivio.

Lo único que tengo que hacer ahora es volverme invisible y seguirlos. Necesito pruebas de cerca: fotos del intercambio, imágenes de la cara del universitario y también de las obras de arte.

—Esto… ¿Alice?

La voz de Henry se oye apagada. Entonces me doy cuenta de lo cerca que estamos todavía y de que aún le estoy tapando la boca con la mano, de lo fácil que me resultaría, en esta postura, ponerme de puntillas, ladear ligeramente la cabeza y…

Retrocedo.

—Perdona —me disculpo a toda prisa mientras bajo la mano—. Me daba miedo que nos viese.

—No pasa nada. —Él también habla de forma despreocupada, con normalidad, pero tiene las puntas de las orejas coloradas. O quizá, en este caso, no sea más que el efecto de la luz que emite la pantalla.

—Debería volverme invisible ahora —digo, más para llenar el silencio que para otra cosa.

—Pues sí.

Pasa un segundo incómodo. Luego, otro.

No ocurre nada.

Espero a notar ese escalofrío que recorre mi cuerpo, que me anega como si me hubieran tirado un cubo de agua helada, a que se me pongan los pelos de punta, pero… lo único que noto es calor por todo el cuerpo, el rubor por estar tan cerca de Henry, por la forma en que me mira, porque tiene los labios rojos en los puntos en los que yo se los presionaba con los dedos y por la balada que se oye de fondo, en la que suaves notas de piano se entremezclan y el vocalista canta con voz ronca sobre el amor, la pérdida y el deseo, y sobre cómo te sientes cuando te ven de verdad.

Y yo estoy aquí plantada, tan visible como siempre. Mi sombra se extiende con firmeza sobre el pavimento, bajo mis pies.

—Puedes intentarlo otra vez dentro de un rato —propone Henry cuando han pasado quince minutos—. Tómate un descanso, o algo así.

—No puedo. —Niego con la cabeza—. No tenemos tiempo… Por lo que sabemos, quizá ya hayan hecho el intercambio y…

—Pues déjalo así.

Lo miro boquiabierta. No lo entiendo.

—Pero eso significaría que... Entonces fracasaré en esta misión. No puedo fracasar sin...

—Bueno, parece que en este momento no puedes controlarlo.

Tiene razón. Tiene razón y es horrible. Mis poderes nunca han sido muy de fiar, lo sé, pero que me abandonen en este momento, ahora que tengo a Vanessa justo al lado, en esa cafetería, y después de haber venido hasta aquí, me parece una traición de la peor especie.

—Vamos —insiste Henry—. Igual te vuelves invisible a tiempo, pero podemos dar un paseo mientras esperamos.

Pero esta noche no me vuelvo invisible. Termino siguiendo a Henry por toda la calle abarrotada, contemplando la pantalla brillante, cuya escena cambia cada pocos segundos, de un vasto océano a un antiguo palacio chino, pasando por un fénix desplegando sus alas de fuego. Compra una especie de juguete hinchable en forma de disco en uno de los puestos que hay en la puerta de un Zara lleno de gente, y, aunque estoy casi segura de que solo quiere ver lo torpe que soy y reírse de mí, al final lo tiro al aire. Asciende mucho más de lo que esperaba, ayudado por una suave brisa. Luego nos vamos turnando para lanzarlo, hasta que, de forma inevitable, se convierte en una competición intensa y ridícula para ver lo lejos que podemos llegar. Poco después, le estoy gritando que marque el punto exacto en el que cae porque juraría que la última ronda la he ganado yo.

Y casi me olvido de Vanessa, del escándalo sobre sus obras de arte e incluso de que puedo volverme invisible. Estoy demasiado ocupada viendo cómo la luz verde azulada de la pantalla danza sobre la piel de Henry como si fuera agua, del aire desafiante que se le ve en la dura línea de su mandíbula cuando vuelve hacia mí.

«¿Así es como te sientes?», me pregunto mientras lanzo el disco de nuevo y lo veo surcar los aires, ingrávido, sobre las cabezas de familias felices y adolescentes risueños, las de amigos que se han emborrachado en una noche de fiesta. ¿Así es como te sientes cuando eres como Chanel, como Rainie o como Henry? ¿Cuando vienes a un sitio como este en un día cualquiera y simplemente te diviertes? ¿Cuando solo vives, sin preocuparte por los costes de oportunidad y el pago de la matrícula del colegio?

Sigo reflexionando sobre ello durante el trayecto de vuelta, con los dedos sobre el teléfono y un mensaje a medio escribir en la pantalla.

Lamentablemente, el Fantasma de Pekín no ha podido realizar la tarea requerida.

Lo leo una y otra vez y saboreo el fracaso amargo que descansa en esas palabras. Suspiro y las borro. El trabajo de hoy debería haberme proporcionado veinticinco mil yuanes, pero lo único que tengo son unas disculpas a medio redactar, un cliente menos y la necesidad acuciante de compensar el dinero perdido como sea y cuando sea. Cierro los ojos con fuerza un instante y calculo mentalmente hasta que noto una presión en el pecho, lleno de pánico, de números rojos. Aunque tenga ciento sesenta mil yuanes en la cuenta corriente, todavía me faltan ochenta mil, y el pago de la matrícula es en menos de tres semanas.

Ochenta mil yuanes.

De repente, esa presión en el pecho empieza a recordarme al agotamiento. A la desesperación.

Me vibra el teléfono, sacándome del bucle de mis pensamientos. No es una notificación del Fantasma de Pekín, sino un mensaje de WeChat.

¡Yan Yan! ¿Has comido?
Te mando un enlace con los mejores alimentos para contrarrestar el exceso de la energía *han* en las mujeres. Creo que te resultará útil. Puedes pasárselo a tus amigas si quieres. Lo más importante es beber jengibre y agua con azúcar moreno cuando tienes la regla (presiento que te va a venir pronto).
¿Cómo te va con tu problemilla? ¿Lo tienes controlado?

Me da tanta vergüenza lo que ha escrito que tardo un momento en entender a qué «problemilla» se refiere. Me quedo sin respiración. Hacía bastante que no sentía que mi poder de la invisibilidad estuviera tan descontrolado. Lo mejor es ser sincera, así que contesto:

La verdad es que no.

Mi tía responde de inmediato, como si también hubiera presentido cuál iba a ser mi respuesta.

Ah. Eso significa que todavía no has visto la luz.
No te preocupes, Yan Yan. Las cosas mejorarán.

Me quedo mirando el mensaje un largo rato y llego a la conclusión de que no tengo ni idea de qué quiere decir. Supongo que será una referencia a algún proverbio chino. De todos modos, es agradable que un adulto me diga que todo irá bien, aunque no esté segura de que sea cierto.

Doce

La semana siguiente, un profesor me pide que me quede a hablar con él después de clase, pero no es el señor Murphy, como tanto temía, sino el señor Chen.

Cuando me acerco a su escritorio, me mira con una expresión severa y el ceño ligeramente fruncido, igual que cuando habla de un fragmento complicado de nuestros textos. Tengo miedo.

—Quería hablar contigo sobre tu ensayo para la clase de Inglés, Alice.

—¿Mi ensayo? —repito como una idiota.

—Sí. El del examen parcial.

—¿Por qué? ¿Estaba…, estaba mal? —Se me escapa antes de que pueda contenerme, como si mis palabras fuesen agua que sale precipitadamente de un dique roto. Odio que este sea siempre mi primer instinto: dudar de mí, la ansiedad, la sensación de que he hecho algo mal.

Pero el señor Chen calma mi preocupación negando con la cabeza.

—Al contrario, tu ensayo estaba muy bien escrito, es uno de los mejores que he leído en años. Y no lo digo a la ligera.

—Ah. —No se me ocurre qué más decir. «Uno de los mejores que he leído en años». Y viniendo del señor Chen, el mismo profesor al que invitaron a dar un discurso en la Universidad de Pekín hace unas semanas, el que estudió en Harvard, nada menos. Nunca he tomado drogas (ni tengo intención), pero supongo que así es como te sientes cuando estás colocado—. Vaya.

—Sí, vaya —contesta, pero no sonríe—. Pero esa no es la razón por la que te he pedido que te quedes a hablar conmigo. —Tamborilea con el dedo sobre la mesa con aire distraído, como si estuviera decidiendo cómo plantear su próxima pregunta—. ¿Recuerdas tu principal argumento en ese ensayo?

Estoy desconcertada, pero intento que no se me note.

—Hum… Más o menos.

—Entonces ¿te acuerdas de que te posicionaste a favor de Macbeth y sus acciones?

Ya veo por dónde va la cosa.

—Solo era para el examen —me explico enseguida—. Para que mis razones fuesen interesantes. Obviamente, no creo que debas ir por ahí matando a la gente para llegar al poder, ni para cualquier otra cosa, a no ser que la persona que mates esté a punto de aniquilar a la especie humana o algo así, pero ese sería otro tema. Y tampoco quería decir que me pareciera correcto. Solo… intentaba comprenderlo.

—Intentabas comprenderlo. —No sé por qué, pero, cuando el señor Chen repite algo, parece muy sabio y filosófico.

—Su ambición, quiero decir. —Siento la necesidad de aclararlo más, sobre todo cuando veo que su silencio contemplativo se alarga demasiado—. Que persiga lo que quiere.

—En ese caso, Alice… —El señor Chen junta las manos delante de él y me mira. Me da la sensación de que me va a someter a algún tipo de prueba—. Ya que sacas el tema… Dime, ¿qué quieres tú?

—¿Que qué quiero? —repito.

Asiente expectante.

Pero esa pregunta tan abierta me ha pillado desprevenida, me ha dejado casi sin respiración. Un millón de respuestas posibles se me acumulan en la punta de la lengua.

Quiero ser respetada. Quiero ser rica. Quiero ser una abogada por los derechos civiles aclamada y de renombre, la presidenta de una de las quinientas empresas más importantes del mundo o una periodista ganadora de un Premio Pulitzer; quiero ser profesora en Harvard, o en Oxford, o en Yale, caminar por esas aulas resplandecientes con la cabeza bien alta y la seguridad de que ese es mi sitio; heredar una empresa multimillonaria como Henry, o tener la audacia, el talento y la capacidad de innovación suficientes para labrarme mi propio camino en algún campo, como Peter, o tener infinitas oportunidades de presentarme ante miles de personas y que me vean, como Rainie; quiero que en Airington pronuncien mi nombre mucho tiempo después de que me haya marchado, que mis profesores estén orgullosos de haberme enseñado, que digan a sus futuros estudiantes: «¿Habéis oído hablar de Alice Sun? Siempre supe que lograría todo lo que se propusiese»; quiero la gloria, la reputación, la atención, las alabanzas; quiero comprarles a mis padres un piso nuevo con ventanales que vayan del suelo al techo y un balcón que dé a un lago verde y brillante, quiero ganar suficiente dinero para invitarlos a pato asado y a pescado fresco todos los días; quiero ser la mejor en lo que haga, sea lo que sea; quiero, quiero, quiero…

Pero ese anhelo incontrolable se me deshincha en el pecho tan rápido como se ha inflado. De repente, siento una punzada que se me clava hasta en los huesos, como si hubiese caído desde una gran altura. Recuerdo quién soy y quién no. No puedo permitirme pensar en un futuro tan lejano ni ser tan frívola con

mis planes. Debería concentrarme solo en ganar el dinero suficiente para pagar la matrícula del colegio y las facturas de este
año, y luego del siguiente, y el siguiente…

Quizá cuando dije que comprendía a Macbeth, mentía.
Quizá lo que entiendo es cómo te sientes cuando deseas lo que
no te pertenece.

Pero, por supuesto, no le confieso nada de esto al señor
Chen.

—Quiero sacar buenas notas, graduarme y conseguir un
trabajo en lo que mejor se me dé.

Frunce el ceño como si no me creyera.

—¿Y no en lo que te apasione? —pregunta con delicadeza.

Levanto la barbilla.

—Lo que me apasiona es que las cosas se me den bien.

Mi voz tiene un matiz defensivo, y el señor Chen debe de
darse cuenta, porque deja el tema.

—Bueno, está bien. Supongo que debería dejarte ir a al-
morzar…

—Gracias, señor Chen.

Pero cuando me vuelvo para marcharme añade en voz muy
baja:

—No eres más que una niña.

Me detengo.

—¿Qué?

Me mira con los ojos llenos de bondad, casi de tristeza.

—Aunque ahora no te lo parezca, no eres más que una niña
todavía. —Niega con la cabeza—. Eres demasiado joven para…,
para que el mundo te haya hecho tan dura. Deberías tener la libertad de soñar. De albergar esperanza.

Mientras me dirijo a la cafetería, no dejo de reproducir
mentalmente mi conversación con el profesor. La mayoría de
los estudiantes ya ha comido y se ha ido, y solo queda abierto el

puesto de gastronomía china, así que elijo un plato de arroz y costillas de cerdo estofadas que ya se ha enfriado y empiezo a comérmelo con desgana, cogiendo los palillos con poca fuerza.

«No eres más que una niña».

Si vinieran de otro adulto, esas palabras se me habrían antojado condescendientes; me habría reído y habría dejado de pensar en ellas. Sin embargo, sé que el señor Chen era sincero, lo que, de algún modo, es aún peor. Me hace sentir demasiado vulnerable.

Expuesta.

Es como aquella vez que escribí un poema sobre mi familia, en el octavo año, pensando que solo era un trabajo para la clase de Inglés, pero la profesora insistió en leerlo en una asamblea delante de todo el colegio. Moduló la voz en un emotivo *in crescendo* al describir los callos en las manos de Mama, subiendo y bajando las manos con movimientos exagerados. Después, la gente se me acercó y fue amable, comprensiva y halagadora, y una parte de mí disfrutó de aquella atención, pero otra mucho más grande no quería más que desaparecer.

Supongo que ese es el problema: me he pasado la vida anhelando ser vista, pero también me he dado cuenta de que cuando la gente me mira demasiado de cerca es inevitable que repare también en las partes más feas, igual que pasa con las grietas diminutas de un jarrón esmaltado, que solo se ven observándolo de cerca. Como los callos de Mama, escondidos del mundo hasta que a la profesora le dio por leer mi poema delante de un micrófono, ante el silencio de un auditorio gigante y abarrotado.

«No eres más que una niña».

Noto un escalofrío en la nuca. Algo duro y afilado se me aloja en la garganta, como una astilla, aunque ni he tocado las costillas. No me entra nada.

Las cosas no tenían que ir así.

El señor Chen me ha dicho que el ensayo era uno de los mejores que había leído en años, el tipo de alabanza por la que vivo, por la que brinco como un perro muerto de hambre, pero no parecía impresionado.

Solo preocupado.

—¡Alice! ¡Eh, tía!

Levanto la cabeza y veo que Rainie viene directa hacia mí desde el otro lado de la mesa con una sonrisa de oreja a oreja. Lleva el pelo brillante recogido en una coleta alta que se mueve con elegancia de un lado a otro sobre sus hombros. Luego se sienta a mi lado, otro acontecimiento inesperado en el día de hoy.

—¿Qué clase hay ahora? —pregunta alegremente.

—Tú tienes Arte —la informo, pensando que debe de haber venido para esto. Como tengo la costumbre de memorizar el horario de Henry cada año, conozco el de casi todo el mundo. Pero ella niega con la cabeza y se echa a reír.

—¡Dios mío, Alice! —exclama con el tono de voz de exasperación y cariño con el que la gente suele hablar a sus parientes—. Tía…, ya sé qué clase tengo ahora. Te preguntaba por la tuya.

La miro y parpadeo.

—Ah… Yo tengo libre. ¿Por?

—Pues porque… ¡Estoy intentando ser amiga tuya! —Lo dice como si fuera lo más natural y obvio del mundo, cuando en realidad podría darle al menos dos mil razones bien diferentes por las que alguien de su posición social se acercaría a alguien como yo. Pero, mientras miro cómo sigue sonriente y no se mueve del sitio, reparo en que últimamente la gente se me acerca más. A veces me saludan por los pasillos o entablan conversación de repente.

Supongo que ir tantas veces con Henry y Chanel es lo equivalente a que te verifiquen la cuenta en las redes sociales: manda una clara señal al resto del mundo de que eres alguien a quien merece la pena prestar atención.

O quizá sea por el Fantasma de Pekín. Aunque nadie sepa que yo soy la persona que está detrás de la app, he pasado los últimos meses descubriendo todos sus secretos, sus mayores miedos, deseos e inseguridades, desde las fotos de Rainie hasta los resultados de los exámenes de Evie. Quizá sea algo que se siente, que por instinto hace que la gente se una como por un hilo invisible, aunque no sean conscientes de toda la verdad.

En teoría, debería sentirme orgullosa. Al fin y al cabo, es lo que siempre he querido: que reparen en mí, que se acerquen a mí. Pero, de algún modo, me siento mal por ello, como con el comentario del señor Chen.

Si Rainie repara en mi pequeña crisis existencial, en que estoy cogiendo los palillos con demasiada fuerza, no lo demuestra. En lugar de eso, se inclina hacia atrás y empieza a mirar las notificaciones de su móvil. Debe de haber un centenar. Cuando llega a la última, hace una pausa y pone en blanco esos ojos de gruesas pestañas.

—Todavía no me puedo creer que hayan vuelto a subir los precios —dice y resopla—. Qué morro tienen.

Se me para el corazón.

—Espera, ¿qué?

—La matrícula del colegio. ¿No lo sabías? Mandaron un correo hace unos meses.

—Yo…, yo no… —Los correos electrónicos del colegio les llegan directamente a Mama y Baba, pero, entre las horas que trabajan, que sus móviles son viejos y no tenemos buena conexión a internet, a veces se les escapan algunas cosas. Cosas importantes. Se me acelera el corazón.

—Mira. Este solo es un recordatorio de la fecha límite para el pago. El correo original está debajo. —Se acerca más a mí y me enseña la pantalla. Al principio no soy capaz de leer nada, no puedo hacer más que mirar fijamente los minúsculos números negros, la dura luz blanca. Se me encoge el estómago. Luego por fin veo la cifra con nitidez. Trescientos sesenta mil yuanes.

¡No!

Son treinta mil yuanes más que antes, y solo por un curso escolar. Es demasiado. Es más de lo que tengo, más de lo que podría ganar antes de la fecha límite, que es dentro de siete días, por mucho que completase otra tarea del Fantasma de Pekín...

Apenas presto atención a lo que está diciendo Rainie:

—... Cuando me enteré. Resulta que hay un montón de colegios internacionales que también han subido los precios a partir del semestre que viene. ¡Es un robo! En la empresa de mi padre montaron un numerito cuando les mandó el recibo.

—Ya —consigo decir. De repente, la cafetería me parece demasiado pequeña, o quizá son mis pulmones los que han encogido. Trescientos sesenta mil yuanes. La cifra debería ser abrumadora, apocalíptica, ilegal incluso, el pánico tendría que haberse extendido por todo el colegio, pero Rainie parece, como mucho, ligeramente molesta.

Pero claro que reacciona así. En el caso de la mayoría de mis compañeros, son las empresas de sus padres las que se encargan de pagar sus matrículas, sus chóferes privados, sus mansiones gigantes... Todo. Eso explicaría por qué no me había enterado del aumento de precios hasta ahora: para ellos no es más que un pequeño inconveniente, algo a lo que no merece la pena dedicar más que un par de segundos.

Nunca mejor dicho: Rainie ya ha cambiado de tema: ahora habla de los exámenes parciales, de que deberían puntuarlos de otro modo, de lo ambigua que era la pregunta del ensayo de Inglés y...

—Ah, ¿te has enterado de lo de Evie? —pregunta.

Como si no tuviera ya los nervios de punta. Me pongo rígida, aunque la matrícula del colegio sigue metida en mis pensamientos y estoy intentando desesperadamente calcular cuánto dinero necesito ganar en la próxima semana.

—¿Qué…, qué pasa con Evie?

—Pues parece que la clavó en el examen de Historia, al menos para sus estándares. Que sacó un ocho o algo así. Impresionante, ¿no?

Observo a Rainie, por si su lenguaje corporal me revela algún significado escondido y oscuro tras sus palabras, pero ella se limita a apretarse la coleta y suspirar.

—Me alegro por ella, la verdad. El año pasado tuvo al menos diez profesores particulares y ninguno pudo ayudarla. Supongo que por fin ha encontrado al adecuado.

—Ya —me limito a contestar. Me aterroriza que se me rompa la voz y la verdad quede al descubierto. ¿Qué podría decir? «Sí, yo también me alegro de que haya encontrado al profesor particular adecuado. Seguro que la buena nota fue por eso, y no porque le dieron las respuestas exactas días antes para que las memorizara. Seguro».

Entonces me vibra el teléfono casi con violencia contra la delgada tela de la falda. Cuando leo el mensaje nuevo que he recibido en el Fantasma de Pekín, me olvido de inmediato del señor Chen, de Evie y del aumento de la matrícula.

* * *

—Repite lo que acabas de decir.

Henry me está mirando desde el otro extremo de su cuarto. Nunca lo había visto tan conmocionado. Se pasa una mano agitadamente por el pelo y niega con la cabeza. Se sienta en el borde

213

de la cama, que como de costumbre está hecha a la perfección. A veces me pregunto si dormirá ahí o no.

—¿Qué parte?

No contesta, pero su mirada se dirige a la puerta. Lo ha estado haciendo todo el tiempo desde que he entrado corriendo y la he cerrado con firmeza, temerosa de que la gente que hay en el pasillo oiga nuestra conversación y llame a la policía. Él se ha estremecido como si nos hubiese encerrado en una cárcel, parecía casi… nervioso. Tenso. Tenía la espalda demasiado recta y no dejaba de mover los dedos. Si no lo conociera mejor, pensaría que tener la puerta cerrada le molesta más que lo que acabo de decir.

—¿Qué parte? —repito cuando me doy cuenta de que no me ha oído.

—Todo.

—¿En serio?

—No es fácil de asimilar, ¿no te parece?

Pongo los ojos en blanco, pero la verdad es que tiene razón. No es fácil de asimilar, de lo contrario no habría venido directa después de clase.

Así que se lo repito todo. Todo lo que he leído en el mensaje que ha recibido el Fantasma de Pekín.

Le cuento que la rivalidad de los padres de Andrew She y Peter Oh en la misma empresa se ha recrudecido en las últimas semanas. Tienen que ascender a uno de ellos dentro de poco, pero la empresa todavía no ha decidido a quién. Lo único que Andrew sabe es que el elegido será el director de marketing de todas las marcas de Europa y Asia y recibirá un sueldo anual de siete cifras, y que su padre lleva trabajando para lograrlo desde que tenía veinte años. Sin embargo, no está seguro de que vaya a ganar.

De hecho, su padre se siente tan inseguro sobre sus posibilidades que está dispuesto a recurrir a métodos alternativos.

Métodos más simples y crueles, pero que le proporcionarán los resultados deseados.

Como secuestrar al hijo de su competidor.

«El viaje Experimenta China será la oportunidad perfecta —ha escrito Andrew She. No ha mencionado su nombre, solo el de Peter, pero ya hace tiempo que conozco la rivalidad entre sus respectivos padres, así que lo he deducido—. Nos alojaremos en el hotel Dragón Otoñal durante cuatro noches seguidas, y ya sabes cómo son este tipo de viajes: los profesores no podrán pasarse toda la noche vigilándonos. Debería ir todo sobre ruedas, a alguien como tú le resultará fácil. Mi padre mandará a algunos de sus hombres y se esconderán en una habitación en otra planta. Lo único que tienes que hacer es asegurarte de que Peter llegue hasta ellos y quitarle el teléfono. Sin embargo, es esencial que todo vaya sobre ruedas, sin alborotos, para que cuando alguien se dé cuenta de que ha desaparecido ya sea demasiado tarde».

Entonces, como si pudiera sentir mi horror a través del teléfono, ha añadido: «No te preocupes. No le causaremos ningún daño físico y, cuando llegue el momento, lo soltaremos. Lo único que necesitamos es que el hijo del señor Oh desaparezca durante un momento vital para su campaña, el tiempo suficiente para distraerlo y socavar gravemente su desempeño diario. Luego se anunciarán los ascensos y el señor Oh habrá perdido, pero habrá recuperado a su hijo milagrosamente. Todos felices».

—¿En serio ha dicho eso? —pregunta Henry con una expresión de incredulidad—. ¿Todos felices? —Asiento—. Dios mío. —Respira hondo y se queda en silencio unos segundos, asimilando la información, aunque no hace más que mirar a la puerta—. ¿Algo más?

—No, nada —miento enseguida.

Lo que no le he contado es que, por una desagradable coincidencia, o quizá una señal retorcida del universo, Mama me ha escrito justo después de Andrew. Ha recibido el recordatorio de Airington sobre el cambio del precio. El correo anterior no lo había visto.

«¿Has tomado ya una decisión? —me ha preguntado. Ha adjuntado también tres folletos de tres institutos locales de nivel bajo cerca de nuestro barrio y otro de uno de Maine—. Si no lo has hecho, es hora de que empieces a pensar en el siguiente paso. La fecha límite para pagar la matrícula de Airington es en una semana. Después de eso, quedarás automáticamente desapuntada del colegio».

En otras palabras: de algún modo, o gano más de cien mil yuanes en los próximos siete días o acepto que estoy jodida y empiezo a vaciar la taquilla. Pero ¿de dónde voy a sacar tanto dinero? ¿De dónde, si no es de Andrew?

Mientras lucho contra otra oleada de pánico, la voz de Henry penetra en mis pensamientos.

—¿Sabes qué? Siempre sospeché que Andrew She era ladino como una serpiente.

Frunzo el ceño.

—¿En serio? Pero es tan…, es tan majo, y es como si le asustara todo. El otro día, cuando el señor Chen lo regañó, parecía a punto de mearse encima.

Henry asiente, como si le estuviese dando la razón.

—Tiene sentido. Normalmente, los que recurren a unas tácticas tan crueles y extremas son los cobardes.

«O los desesperados», añado para mis adentros, pero me lo callo.

—Bueno, cobarde o no, esto va en serio. —Voy hacia él y le enseño el último mensaje que me ha enviado Andrew—. Nos ofrece un millón de yuanes solo por este trabajo. —Cuando he visto la cifra, ni siquiera me parecía real. Todavía no me lo parece—. ¡Un millón!

—Un momento. —Henry me presta toda su atención y no puedo evitar notar el peso de su mirada—. No te lo estarás pensando, ¿no? Es un plan absurdo. Y los dos sabemos que Andrew no es muy listo.

Pero es rico, que es lo que importa.

—A ver, no digo que me entusiasme involucrarme en una rivalidad empresarial tóxica que ya dura una década y el secuestro de un menor…

—Qué manera más bonita de empezar una frase —contesta secamente.

Lo fulmino con la mirada y continúo:

—Pero, si lo piensas bien, con este crimen más grande cobraremos lo mismo que con diez u once crímenes más pequeños, así que en realidad… solo estamos optimizando los beneficios y minimizando los pecados.

Hace un ruido a medio camino entre una carcajada y un resoplido.

—Entonces ¿qué viene después? ¿Un asesinato?

—Pues claro que no, yo nunca…

—¿De verdad? ¿Nunca?

—¡No! —salto—. ¿Cómo puedes pensar eso? El mismo Andrew ha dicho que a Peter no le harán ningún daño. Es totalmente distinto de…, de quitarle la vida a alguien.

—No sé, Alice —contesta, con una mirada inescrutable que me deja de piedra—. Hace unos meses, tampoco me habría parecido posible que barajaras la posibilidad de secuestrar a tu compañero de clase.

Una oleada de ira caliente y repentina me trepa por la garganta, transformando mis palabras en puñales.

—Dios mío, Henry, ¿cómo puedes ser tan hipócrita? Cuando te conté lo del examen no me dijiste nada…

—Bueno, era evidente que ya te habías decidido.

—Entonces es todo culpa mía. ¿Es eso?

—No —contesta con una voz tan calma que me enfurece. Hace que me pique la piel—. No, claro que no me refiero a eso.

—¿O es que te arrepientes?

—¿Arrepentirme de qué?

—De esto. —Lo señalo y luego me señalo a mí—. Porque te dejé muy claro desde el principio que no iba a ser un bonito proyecto benéfico.

—Si no me falla la memoria, accedí a crear una app, no a formar parte de una organización criminal.

—Pues entonces abandona.

Se lo digo con más dureza de la que pretendía y se me seca la boca. Es demasiado tarde para desdecirme.

Henry aprieta los dientes; una señal de emoción poco frecuente en él.

—¿Es que no me conoces de nada? —contesta tras una larga pausa—. Yo nunca abandono.

«Dejaste las clases de violín», estoy a punto de contestar. Sin embargo, el recuerdo de él confiándome lo sucedido con sus clases, de sus hermosos rasgos iluminados por la luz de la luna y el moratón que poco a poco se le extendía por la mejilla como una sombra amenaza con abrumarme. Mitiga un poco la amargura de mis pensamientos.

Incluso ahora, todavía puedo distinguir la sombra del moratón en su rostro.

—Yo tampoco dejo nada nunca —contesto—. Y por eso pienso que…, que tengo que hacer este trabajo. Estoy a punto de…

«De ganar el dinero suficiente para mí y para mi familia. De sentirme segura por una vez en mi vida. De no tener que preocuparme nunca más por esos horribles folletos de otros institutos. Un millón de yuanes. ¿Tienes idea de lo que eso significa para mí?».

Pero la pregunta suena ridícula incluso en mi propia cabeza. ¿Cómo va a tener idea? Se trata de Henry Li.

—Es que estoy muy cerca.

—¿Cerca de qué? —Parece confundido de verdad.

—No lo entenderías —mascullo. Aparto la vista antes de que pueda seguir interrogándome y los vestigios de mi ira se convierten en un peso en mi estómago que me quita las ganas de pelear—. Sé que crees que soy una mala persona —añado en voz baja y, sin querer, dejo la frase abierta, dejo espacio para que él intervenga y diga que eso no es cierto.

Pero tarda un segundo de más en responder.

—Yo no…

—Da igual. —Me pongo recta y me dirijo a la ventana. El cielo está gris y denso, colmado de lluvia que aguarda, y, a lo lejos, se ven las ramas de los parasoles chinos plantados en el patio, pálidas y desnudas como huesos—. No pasa nada si lo piensas, en serio. Yo… —Por una fracción de segundo se me rompe la voz, pero me obligo a terminar la frase con firmeza—. De todos modos, no pretendía ser ninguna heroína.

—Pero podrías serlo —repone él en voz baja.

—No seas ingenuo.

—¿Por qué n…?

—¡Porque no! —salto—. Porque no estamos en una película de Marvel. No se trata del bien y del mal, se trata de supervivencia. Y aunque se tratara de eso… —Acaricio el cristal frío con un dedo—. Preferiría ser la villana que vive hasta el final que la heroína que termina muerta.

Me vuelvo justo a tiempo para ver cómo me mira. No lo hace con asco, como esperaba; ni siquiera con asombro. Tiene los labios apretados en una fina línea, pero su mirada es dulce, extrañamente tierna.

Como si le hubiese revelado algo de mí sin darme cuenta.

—Mira, Henry, no necesito tu aprobación —añado, decidida a ignorar la expresión de su rostro, que hace que me duela el pecho como si tuviese un hematoma—. Solo necesito saber si estás preparado para llevar a cabo esta misión conmigo.

Pasan los segundos.

Los minutos.

Pasa un siglo entero en el que él sigue ahí sentado sin decir nada, atormentándome con su silencio. Pero, justo cuando estoy a punto de rendirme, irme y fingir que nada de esto ha ocurrido, asiente.

—Vale —digo, y hasta que la palabra no abandona mis labios no comprendo el alcance de mi alivio. Me sobresalta. Me inquieta. Tal vez que seamos socios me importe más de lo que quiero admitir, pero aparto el pensamiento a toda velocidad—. Pues muy bien. ¿Qué te parece si empezamos a pensar cómo vamos a gestionar este asunto del secuestro? —Me saco un bolígrafo del bolsillo y señalo el calendario que cuelga sobre su escritorio, en el que hay una notita de colores que señala cada acontecimiento importante. Con su caligrafía, tan limpia que parece que la hayan impreso, se leen las palabras «Viaje de Experimenta China». Solo quedan tres días—. No tenemos tiempo que perder.

Trece

Cuando subimos al tren en la estación central de Pekín, una extraña energía vibra en el aire, y no es solo por la gran multitud que se mueve junto a nosotros, abriéndose paso a empujones para entrar en los estrechos compartimentos. Son trabajadores jóvenes y quemados por el sol que cargan macetas y bolsas de plástico sobre los hombros, dispuestos a volver a sus pueblos durante el fin de semana; madres que se aprietan los bolsos contra el pecho con fuerza, gritando y gesticulando violentamente para que sus hijos las sigan; hombres de negocios con el pelo gris que discuten acuerdos comerciales por teléfono a pleno pulmón mientras buscan un cargador. También es por la emoción y las ganas que flotan en el ambiente, exclusivas de los estudiantes de Airington. Todo el mundo sabe que los viajes de Experimenta China es donde todo sucede. Al fin y al cabo, la combinación de trayectos largos en tren y autobús, hoteles lujosos en sitios desconocidos y actividades no relacionadas con los estudios desarrolladas en proximidad los unos con los otros parece casi hecha a propósito para crear situaciones dramáticas. Los círculos de amigos se fracturan y se reorganizan; parejas que llevaban juntas mucho tiempo rompen, otras se reconcilian. Se revelan secretos, se fabrican escándalos. Como cuando Vanessa Liu perdió la virginidad detrás de un templo budista en el viaje a Guilin del noveno año, o cuando Jake Nguyen se las arregló para colarse en el bar del hotel en el viaje del décimo año y se emborrachó tanto que nos obsequió con un monólogo de una hora sobre lo inferior a su hermano que se siente mientras Rainie, que entonces todavía era su novia, le acariciaba el pelo y le daba de beber pequeños sorbos de agua.

Sin embargo, aquellos escándalos que el año pasado me impactaban ahora me parecen triviales e insignificantes. Normales. Comparados con lo que he de hacer en los próximos días, me parecen casi un chiste.

—Creo que este es nuestro compartimento —me informa Chanel cuando llegamos a la mitad del vagón. Con una facilidad sorprendente, mete su maleta gigante a empujones—. Viajo mucho sola —explica al ver cómo la miro y, sin decir otra palabra, me ayuda a meter también la mía.

—Ay, gracias.

Me pregunto si para ella será obvio que no viajo mucho. De hecho, además de los vuelos para ir a Estados Unidos y volver, y los anteriores viajes de Experimenta China (y solo porque están incluidos en la matrícula del colegio), no he salido de Pekín.

Así que contemplo nuestro diminuto compartimento con fascinación: hay un hervidor de agua colocado sobre una mesa plegable y unas literas idénticas pegadas a las paredes. El espacio entre ellas es tan minúsculo que solo cabe una persona.

—No es el mejor lugar para un claustrofóbico —comenta Chanel mientras se apretuja contra mí para entrar. Luego se sienta en una de las camas—. Ni para nadie, la verdad.

«Y, aun así, es más grande que el dormitorio de mis padres». Noto una ligera punzada en el estómago al pensarlo, pero me limito a asentir y sonreír. Al fin y al cabo, estaba preparada para esto: tras las puertas de Airington, es bastante fácil fingir que todos somos iguales, pero aquí fuera…

—*Qiqi! Guolai, kuai guolai! Zai zhe'er!*

Las rápidas exclamaciones en mandarín interrumpen mis pensamientos. Me vuelvo hacia la fuente: una mujer bajita de mediana edad que está metiendo dos maletas en nuestro compartimento, una de ellas con unos dibujos de color rosa chillón de Barbie que hacen que a Chanel le palpite un ojo.

Unos segundos después, una niña de no más de seis años entra dando brincos en el compartimento con una muñeca aferrada contra el pecho y las coletitas moviéndose con cada paso que da. Supongo que es la Qiqi a la que llamaba la mujer.

—¡Oh! —Al vernos a Chanel y a mí, la niña se detiene de golpe. Luego nos dedica una ancha sonrisa y nos señala con la mano que tiene libre—. *Jiejie! Da jiejie!*

La mujer nos mira por primera vez y también hace una pausa. Espero la expresión de sorpresa que suelen mostrar los desconocidos cuando ven nuestros uniformes, pero luego recuerdo que no los llevamos puestos. Chanel viste una blusa de encaje que le llega justo por encima de la barriga blanca, y yo, unos vaqueros y una sudadera descolorida que Mama compró hace unos años en el mercado de Yaxiu.

En lugar de sorprenderse, la mujer frunce ligeramente las cejas pintadas, como si no estuviera segura de si Chanel y yo viajamos juntas.

—*Jiejie hao* —saluda Chanel con educación. Solo entonces las facciones de la mujer se relajan y sus labios se curvan en una sonrisa ante el sutil halago: que la haya llamado «*jiejie*», «hermana mayor», en lugar de «*ayi*», que se usa para mujeres mayores.

Copio enseguida el saludo de Chanel, pero la mujer está mirando fijamente a mi amiga como si la conociera de algo. Luego, con el mismo acento brusco, le dice en mandarín:

223

—No sé si alguien te lo habrá dicho alguna vez, pero te pareces mucho a esa modelo famosa. ¿Cómo se llamaba…?

—¿Coco Cao? —sugiere Chanel.

—¡Sí! —La mujer da una palmada y sonríe de oreja a oreja—. ¡Sí, exacto!

—Claro, bueno… —Chanel se coloca un mechón de pelo detrás de la oreja y con un practicado gesto de despreocupación, añade—: Es mi madre.

La mujer pone los ojos como platos.

—¿De verdad?

—De verdad.

—¡Qiqi! —llama de repente a su hija, que estaba arropando a su muñeca con carita de concentración—. Qiqi, adivina qué: esta chica es una modelo de verdad. ¿A que es guapa?

—La hija de una modelo —la corrige Chanel, que aun así parece complacida por la atención recibida y por el evidente asombro que hay en el rostro de la mujer.

Y me alegro por ella, por supuesto que me alegro. Pero, cuando el tren se pone en marcha, la señora se sienta al lado de Chanel como si fueran viejas amigas y esta última empieza a hablar efusivamente sobre la última aparición de su madre en *Happy Camp*, me embarga esa misma sensación que deben de tener los extras en el set de una película, como si mi presencia contara para algo, pero en realidad no marcara ninguna diferencia.

Mientras las miro de reojo, me prometo en silencio que, algún día, los desconocidos como esa mujer también repararán en mí. No volveré a quedarme en los márgenes sintiéndome pequeña, triste y tonta mientras mi orgullo mengua poco a poco.

No, haré algo grande y todo el mundo conocerá mi nombre.

Pero, hasta entonces, decido dedicar mi tiempo a algo más productivo que escuchar los consejos increíblemente detallados sobre el cuidado de la piel que da Chanel. Me retiro a un extremo de mi litera, saco el mapa que he impreso y anotado del hotel Dragón Otoñal de la mochila y me obligo a estudiarlo.

Ya me he pasado dos días memorizando todos los caminos que llevan a la vigésima planta, donde estarán esperando los hombres de Andrew She, y he marcado los puntos más concurridos y las esquinas donde probablemente habrá un número menor de cámaras de seguridad. Aun así, repaso los caminos una y otra vez con la punta de los dedos e intento visualizar cómo se desarrollará la noche y prepararme para los posibles escenarios: dónde pararme, dónde huir, dónde esconderme...

El mundo a mi alrededor empieza a desvanecerse, como siempre que entro en este estado de concentración intensa; de hecho, si me olvido de la ilegalidad de esta misión en concreto, es casi como estudiar para un examen.

Al cabo de un rato, ponen el aire acondicionado al máximo y me estremezco ante el frío repentino e implacable. Me aprieto las mantas contra el cuerpo con los dedos entumecidos, pero el frío no hace más que empeorar. La temperatura baja lo que me parecen unos diez grados por segundo. Cuando me empiezan a castañetear los dientes con violencia, recuerdo vagamente que estamos a finales de otoño. No hay razón para encender el aire acondicionado...

Detecto el momento exacto en el que me vuelvo invisible.

Lo detecto porque resulta que la niña, Qiqi, me está mirando, y abre unos ojos más redondos que los de su muñeca. Se tapa la boca abierta con la manita y con la otra golpea el hombro de su madre de forma frenética.

—¡Mama! ¡Mama! —grita—. *Nikan! Kuaikan ya!*

«¡Mira!».

Pero, por supuesto, no hay nada que ver. Me he metido el mapa en el bolsillo y he saltado de la cama, borrando todas las pruebas de que sigo en el compartimento.

La madre de Qiqi exclama exasperada:

—¿Que mire qué? Te tengo dicho que no me interrumpas cuando hablo, Qiqi.

—*Ta... Ta shizong le!* —insiste la niña mientras señala el punto en el que estaba.

«Ha desaparecido».

—Sí, ya sé que la otra chica se ha marchado —dice la madre con impaciencia y luego le dirige a Chanel una mirada de disculpa—. Lo siento, mi hija habla mucho cuando se aburre. Dice muchas tonterías.

Qiqi arruga el gesto; su frustración rivaliza con la de su madre.

—Mama, *ta zhende... Qiqi meiyou hushuo...*

Todavía la oigo discutir con su madre cuando salgo al pasillo abarrotado. Allí, los pasajeros se pasean de un lado a otro, comprando paquetes de fideos instantáneos y tarta de chocolate a los vendedores o llenando sus hervidores de agua. Cuando una mujer se tropieza con mi pie y casi me tira agua hirviendo encima, comprendo que no puedo quedarme aquí hasta que deje de ser invisible.

Sin haber tomado una decisión consciente, acabo en la puerta del compartimento de Henry.

Los profesores, para ahorrarse un poco de tiempo y energía, han decidido emparejarnos para las habitaciones de hotel y los trenes igual que en los dormitorios, lo que significa que Henry está solo.

Me asusta un poco.

Pero, cuando otro pasajero se choca contra mi espalda, maldice y me tira del pelo con una fuerza atroz al intentar recuperar el equilibrio, se me pasan los nervios. Abro la puerta de par en par y entro.

Y resulta que me equivocaba: Henry es el único estudiante de Airington que hay aquí dentro, pero no está solo: dos hombres de negocios roncan en las literas superiores. Uno está usando su propio traje a modo de manta y el otro está medio apoyado en la pared. Su cabeza se mece de un lado a otro con las sacudidas del tren.

Henry está sentado debajo, recto, con las manos sobre el regazo y la mirada fija en la pared de enfrente. Me resulta extraño verlo así: sin el uniforme del colegio, con una camiseta sencilla de cuello de pico y el pelo oscuro que cae sobre sus cejas, formando unas ondas suaves y alborotabas.

Está muy guapo, tanto que me da rabia.

Y también parece… tenso.

Cuando me acerco, reparo en el ritmo errático de su respiración y en que tiene los músculos de los brazos tensos, como si estuviese preparado para un combate o para saltar del tren de un momento a otro. En ese momento, se vuelve hacia mí con una emoción en los ojos que no logro interpretar.

—¿Alice?

Pronuncia mi nombre como una pregunta.

—¿Puedes verme? —pregunto sorprendida.

—No. He sentido tu presencia.

Frunzo el ceño.

—Bueno, pues eso no es buena señal. Si la gente puede sentir que estoy aquí, tengo que ponerle remedio antes de mañana, trabajar en disimular mejor mis pasos, o moverme más despacio o…

Pero él niega con la cabeza antes de que termine la frase.

—No me refería a eso. —Hace una pausa, creo que para buscar las palabras adecuadas—. Es…, es solo porque paso mucho tiempo contigo. No creo que nadie más lo note.

—Ah —contesto, aunque sigo sin saber muy bien a qué se refiere. Lo único que sé es que, si está siendo tan poco elocuente, tal vez esté más estresado de lo que imaginaba, aunque no se me ocurre por qué puede ser—. Bueno. He venido hasta aquí desde mi vagón. ¿Es que no vas a ser un caballero y ofrecerme que me siente o qué?

—Ah, sí. Por supuesto.

Se aparta para dejarme sitio y me siento, pero de repente me asaltan todas las alarmas. Hasta ahora, Henry nunca había sido tan obediente. Algo no va bien, no me cabe duda.

Ambos nos quedamos en silencio un rato, escuchando los ronquidos rítmicos de los dos hombres de negocios y el chirrido de las vías del tren. Al final, reúno el coraje necesario para señalar lo obvio.

—No quiero parecer el consejero del colegio ni nada de eso, pero hoy estás un poco raro.

—¿Un poco raro? —repite enarcando las cejas.

—Ya sabes… En general eres superpretencioso, innecesariamente formal, arrogante hasta sacarme de quicio, un anuncio con patas de SYS… —Lo que pretendía ser un insulto suena mucho más afectuoso de lo que quería, así que, para compensar, añado—: Hasta has tartamudeado un poco hace un rato.

—¡No es verdad! —contesta horrorizado.

—Sí lo es —contesto muy seria para burlarme. Luego le pregunto con sinceridad—: ¿Entiendes ahora por qué estoy preocupada?

—Supongo. Es que… —Se alisa una arruga inexistente de la camiseta y luego, con el tono de voz de quien admite algo terrible y humillante, reconoce—: No me gustan mucho los espacios cerrados.

—Vale —contesto despacio mientras pienso qué más decir. Porque, si de verdad es una confesión, significa que me ha confiado algo íntimo, algo precioso. Y, que Dios me ayude, pero por alguna razón lo último que quiero es estropearlo—. Vale. ¿Quieres que hablemos del porqué?

—No, la verdad es que no.

—Ah. —Carraspeo—. Bueno, vale.

Se hace un silencio incómodo y empiezo a preocuparme porque la conversación se haya terminado, y no porque me guste hablar con Henry Li, sino por la cuestión en sí. Sin embargo, entonces inhala con fuerza, como cuando estás a punto de arrancarte una tirita, y dice:

—Es…, en realidad es una tontería. Y fue hace mucho tiempo. No tendría más de cuatro o cinco años. Pero…

Espero a que continúe.

—En nuestra vieja casa de Shunyi había un cuartito en el sótano… Era más bien un armario. No había ventanas, solo una puerta que únicamente se abría desde fuera. Recuerdo…, recuerdo que siempre hacía frío, y que estaba oscuro, como una cueva. Mi madre lo quería usar para guardar los productos de limpieza de la *ayi*, pero Padre pensó que estaría mejor empleado como…, como espacio de estudio. —Aprieta los dientes—. Así que, cada día, a las cinco en punto de la mañana, me encerraba allí dentro con un lápiz y un libro de ejercicios y me obligaba a quedarme durante horas. —Hace una pausa, se acaricia la nuca y se obliga a soltar una carcajada hueca—. No era tan terrible como suena. Al menos, no al principio. Hannah, mi hermana mayor, me pasaba libros y algo de comer cuando mi padre estaba trabajando, o se sentaba al otro lado de la puerta para hacerme compañía…, pero entonces sus notas empezaron a bajar y la mandaron a estudiar a Estados Unidos y…, y yo me tenía que quedar solo en ese cuartucho durante horas y horas. —Su voz se atenúa con cada palabra, hasta que el traqueteo del tren y los lloros de un bebé en otro compartimento la apagan por completo.

Sé que, en un momento como este, debería decir algo. Lo sé. Pero lo único que sale de mi boca es:

—Dios mío.

—Ya. —Modifica ligeramente su postura para que no pueda verle la cara. Solo veo la pálida curva de su cuello—. Lo sé.

—Lo siento mucho —susurro—. Yo… la verdad es que no puedo ni imaginarme lo duro que debe de haber sido…

No lo digo por decir. Pese a lo que todo el mundo da por hecho por mis notas y mi personalidad, Mama y Baba jamás me han presionado para que estudie. Es más, son ellos los que siempre me dicen que me relaje, que suelte los libros y vea un poco la televisión o salga un rato.

Cuando tenía cinco años, Mama me dejó claro que solo esperaba dos cosas de mí: que fuese una buena persona y que fuese feliz. Ese es el mismo motivo por el que Baba y ella decidieron vender su coche y su piso viejo y dedicar todos sus ahorros a pagarme Airington, aunque sabían que al principio me resistiría: querían protegerme de la intensa presión del *gaokao*.

—Ahora está todo bien. En serio —me asegura con voz ronca—. Y si no fuera por eso no habría llegado hasta…

—¡No! —La ira me atraviesa como un cuchillo: ira contra su padre, por haberle hecho eso; ira contra el universo, por haber permitido que ocurriera; contra mí misma, por dar por hecho que sus habilidades eran debidas a una infancia fácil y carente de dolor—. Odio eso. Odio que la gente justifique un proceso inequívocamente inhumano y lo utilice como modelo de éxito solo porque los resultados son los que buscaban.

—Pero ¿no es eso lo que estás haciendo tú? ¿Con el Fantasma de Pekín?

—Yo… —me interrumpo. Me ha pillado desprevenida, no solo por la pregunta, sino porque tiene razón. Se me hace un nudo en el estómago—. Supongo que tienes razón. Lo que pasa es que… no conozco otra forma de vivir.

—Yo tampoco —responde él en voz baja.

Luego se vuelve de nuevo hacia mí y el espacio que nos separa disminuye peligrosamente hasta convertirse en unos pocos centímetros. Clava su mirada en la mía y, al mismo tiempo, algo se me clava a mí en el pecho.

—Vuelves a ser visible.

—¿De verdad? —pregunto, pero ninguno de los dos se mueve.

Reparo en que estamos muy cerca. Demasiado cerca.

Y, a la vez, no lo suficiente.

Inhalo de forma temblorosa. Huele caro, como las cajas sin abrir de zapatos de marca que Chanel acumula en nuestro cuarto. Pero debajo hay otro aroma, algo fresco y un poco dulce, como la hierba recién cortada en primavera o unas sábanas limpias que se secan bajo el sol.

«Podríamos besarnos». Ese pensamiento traicionero flota hasta la superficie de mi conciencia sin invitación, aunque, por supuesto, sé que no lo haremos. Él es demasiado disciplinado, y yo, demasiado testaruda. Sin embargo, la posibilidad colma el aire que flota en los espacios en los que no nos tocamos; él la tiene escrita en la cara, en los labios entreabiertos, en su mirada negra y ardiente.

—Alice... —dice, y su acento...

Dios, ese acento. Esa voz.

Él.

Estoy a punto de decir algo ingenioso, algo que no traicione que un enjambre de mariposas revolotea en el interior de mi pecho o lo mucho que me distraen las gotitas de sudor en su cuello y que aun así haga que me desee, pero, de repente, una manaza me golpea en el hombro. Fuerte.

Chillo, sobresaltada, retrocedo y miro arriba.

El hombre de negocios de la litera de arriba, que sigue roncando, ha cambiado de postura. Ahora, uno de sus brazos cuelga inocentemente por encima de mí.

—¿Estás bien? —pregunta Henry con la voz un poco entrecortada, no de preocupación, sino de risa. Le está costando reprimir una carcajada. Es increíble lo rápido que oscilo entre las ganas de besarlo y las de matarlo.

Le lanzo una mirada asesina mientras me froto el hombro.

—Podrías fingir un poco de preocupación, ¿no? Me podría haber dado en la cabeza. Podría tener un traumatismo craneal.

—Vale, vale, lo siento —recula, aunque sigue con los labios curvados en una sonrisa—. Deja que me corrija: ¿quieres que vaya a buscarte un poco de hielo para tu herida potencialmente mortal? ¿Calmantes? ¿Te hago un masaje?

—Cállate —gruño.

Entonces me sonríe y, pese a estar molesta, pese a que me duela el hombro, me siento aliviada. Preferiría pasarme el resto del trayecto discutiendo con él que dejarlo solo y atrapado con sus miedos y sus pensamientos.

Catorce

Cuando llegamos a Suzhou, sin dormir y muertos de hambre después del largo trayecto, lo primero que hacen los profesores es llevarnos a comer.

En el sur hace calor y el tiempo es húmedo, como en el interior de un baño turco. Cuando el autobús alquilado aparca frente a un restaurante pijo, el que tiene mejores reseñas en Dazhong Dianping, la mayoría de nosotros está sudando. Wei Laoshi, el único profesor que habla chino, adopta el papel de guía. A través de los cristales tintados, observamos cómo se acerca a la camarera, le enseña el carnet de la escuela y nos señala. Ella frunce el ceño cuando varios estudiantes la saludan con la mano.

Entonces, ella y Wei Laoshi parecen discutir acaloradamente. Los dos niegan con la cabeza y se abanican la cara, y, aunque no oímos ni una palabra, el mensaje queda claro: no hay bastantes mesas para todos.

—Pues vaya mierda —masculla Jake Nguyen, que está sentado detrás de mí—. Me muero de hambre.

—Esa boca, señor Nguyen —lo regaña Julie Walsh.

—Joder… Lo siento.

—¡La boca!

—Sí, vale, señorita Walsh.

—Es doctora Walsh.

—Vale, como sea —murmura.

Alguien se ríe por la nariz.

—¿Es que al colegio no se le ha ocurrido reservarnos unos *baojian*? —protesta Vanessa mientras se levanta de su asiento. Casi me azota en la cara con la trenza francesa.

—No todos los restaurantes tienen salones privados, ¿sabes? —apunta otra persona, creo que Peter Oh.

—¿Qué? —Vanessa se gira con una expresión de impacto genuino. Incluso se sonroja—. ¡No hablarás en serio!

—No seas tan esnob.

—No soy…

Henry, que está a mi lado, suspira. Es un sonido suave, apenas audible por encima de las quejas de Vanessa y Jake, que maldice, pero, y no estoy de broma, todo el mundo se calla de golpe. Entonces pregunta:

—El restaurante se llama Dijunhao, ¿no?

—Sí —contesto, mientras miro con los ojos entornados las letras doradas escritas sobre las puertas del restaurante—. ¿Por qué?

Pero Henry no contesta; ya está hablando por teléfono. Lo oigo saludar en un chino impecable, preguntar educadamente si ya han comido, mencionar el nombre de su padre, dos nombres más que no conozco, confirmar la ubicación del restaurante y despedirse.

Unos minutos después, es el mismísimo encargado quien sale a darnos la bienvenida con una sonrisa tan ancha que debe de dolerle la cara.

—¡Pues claro que hay sitio para ustedes! Son nuestros invitados más honorables —contesta cuando Wei Laoshi le pregunta por el cambio repentino. Le dirige a la camarera una mirada furibunda y esta se va a toda prisa, como si le fuera la vida en ello, y vuelve con los menús y con cinco camareras más que se ofrecen a ayudarlos con las mochilas.

Nos acomodan en las mejores mesas, las que tienen soportes elegantes para los palillos, los manteles rojos y las impresionantes vistas de los lagos que hay al otro lado y nos ofrecen té de jazmín a cuenta de la casa («cogido a mano de las montañas», nos asegura el encargado) y cortezas de gambas. Incluso los profesores miran a Henry boquiabiertos, como si emitiera luz.

—Me pregunto cómo será —murmuro cuando Henry se acerca para sentarse a mi lado y al de Chanel.

—¿Cómo? —pregunta.

—Nada, nada. —Doy un largo trago de té y dejo que el líquido caliente me abrase la lengua—. No he dicho nada.

Chanel, que no se muestra tan impresionada como los demás (supongo que porque está acostumbrada a recibir el mismo trato), asoma entre nosotros dos y pregunta:

—¿Qué tal el viaje, Henry? ¿Has dormido bien?

—Sí, gracias —contesta con amabilidad y le dedica una media sonrisa impostada. Estoy tan acostumbrada a ver el lado de Henry que se ríe a carcajadas, que me chincha, me desafía y escucha a Taylor Swift en bucle que a menudo me olvido de lo distante que es con los demás, incluso con la gente que conoce.

—Justo lo que pensaba —contesta Chanel con un brillo en la mirada—. Como Alice no ha vuelto a nuestro compartimento…

Estoy a punto de atragantarme con el té.

—Pero no…, yo no… —tartamudeo en voz tan alta que la conversación en la mesa de al lado se interrumpe y los camareros dejan de repartir platos para mirarme. Me sonrojo y continúo en susurros—: Solo estábamos hablando de negocios. En serio.

Chanel se limita a guiñarme un ojo mientras Henry mira con extrema concentración el panecillo de sésamo que tiene en el plato. Se le han puesto las puntas de las orejas coloradas.

Poco después, llegan más camareros con bandejas de platos locales populares: pescado frito con una densa salsa de tomate, tan tierno que se separa solo de las raspas, unos delicados pasteles de dátil rojo cortados en forma de diamantes, *wontons* redondos que flotan en cuencos de caldo dorado...

Se me hace la boca agua, pero, al otro lado de la mesa, Julie Walsh arruga la nariz al ver el pescado y pregunta muy despacio:

—¿Qué..., qué es eso?

Se hace un silencio. Nadie parece querer responder, pero, al ver que la situación se alarga demasiado, Chanel pone los ojos en blanco y contesta:

—Es pez ardilla.

Julie se lleva una mano al pecho.

—¡Ardilla!

—No es ardilla —interrumpo sin poder evitarlo—. Simplemente se llama así.

—Ah. Bueno, bien —contesta Julie, aunque no lo toca. En lugar de eso, para mi asombro, saca un paquete de frutos secos de su bolso y vierte el contenido en su plato.

Noto que ardo de irritación y comprendo que, el otro día, Henry tenía razón: la ira me envalentona.

—Disculpe, doctora Walsh —digo alzando un poco la voz y haciendo hincapié en la palabra «doctora»—. ¿No estamos en el viaje de Experimenta China?

Julie me mira y parpadea con una almendra a medio camino entre el plato y sus labios pintados.

—Sí...

—Pues probar la gastronomía local es parte de la experiencia, ¿no? Sobre todo cuando se supone que los profesores tienen que dar ejemplo. —Continúo sin darle tiempo a responder—. Y ¿no decía usted el otro día, en clase de Ética, que el mundo solo alcanzaría la armonía si la gente estaba dispuesta a practicar la empatía y explorar nuevas culturas?

La almendra se cae silenciosamente de su mano y rueda por el mantel. Julie no la recoge; está demasiado ocupada mirándome como si yo fuese un bicho al que está deseando aplastar. Creo que es la primera vez que un profesor me mira con un sentimiento distinto al afecto o la preocupación. Pero, claro, no recuerdo haberle hablado así nunca a ningún docente.

En ese momento, el señor Murphy se pone de pie en la mesa siguiente y aplaude dos veces para llamar la atención de todos, acabando con la escalada de tensión, lo que es muy conveniente para Julie, ya que se salva de tener que contestar.

—Escuchad, chicos —nos pide con su voz de presentador de asamblea—, como tenemos la tarde muy llena y no llegaremos al hotel Dragón Otoñal hasta la noche, hemos decidido facilitar un poco el proceso y daros ahora vuestros números de habitación y las tarjetas, ¿de acuerdo? —Nos mira como si estuviésemos sentados delante de un escenario—. ¿Puedo confiar en que no las perdáis durante las próximas ocho horas? —Como única respuesta, algunos estudiantes se limitan a asentir con poco entusiasmo, pero eso parece bastarle—. Fantástico. —Saca una carpeta de papel parecida a la que contenía las respuestas del examen de Historia. Mi sentimiento de culpa levanta el hocico, pero me apresuro a bajárselo de nuevo—. Os llamaré uno a uno y si vosotros o vuestro compañero de habitación puede acercarse ordenadamente… Veamos… Scott An.

Es evidente que hay una cierta discrepancia entre lo que el señor Murphy entiende por «ordenadamente» y lo que interpretamos nosotros, porque poco después todo el mundo está de pie y dándose empujones para llegar hasta él.

—¡Ordenadamente! —exclama por encima del ruido de las sillas y las voces que hablan a la vez—. ¡He dicho ordenadamente!

Aprovecho el caos y me acerco lo suficiente para echar un vistazo al papel que el profesor tiene en la mano y leer las decenas de nombres impresos pulcramente en filas. Pero no es mi nombre lo que busco.

PETER OH Y JACK NGUYEN: HABITACIÓN 902

Me grabo el número en la memoria. Si todo va bien, esa es la habitación en la que terminaré la noche.

Cuando hemos vuelto a nuestros asientos y nuestros platos están limpios y relucientes, Wei Laoshi toma el mando y nos conduce de nuevo hacia el autobús. Creo que su papel de guía turístico empieza a gustarle, porque se ha puesto un sombrerito rojo, hace ondear una banderita con el logo del colegio por encima de su cabeza y pregunta con sincero entusiasmo:

—Bueno, ¿quién tiene ganas de hacer turismo?

★ ★ ★

Los barrios viejos de Suzhou son preciosos.

Son como un secreto mágico escondido del mundo exterior. Una neblina suave y lechosa se extiende sobre los canales, los callejones retorcidos y abarrotados y las casas blancas descoloridas, mezclando las líneas entre la tierra y el cielo. En las orillas hay mujeres escurriendo la colada, hombres con la piel curtida recogiendo redes llenas de peces de los canales verde oscuro y chicas de edad universitaria que posan ante los sauces para hacerse fotos con bonitas sombrillas de papel sobre los hombros.

—¡Oh! ¡Es como la versión china de Venecia! —exclama Julie Walsh al bajar del autobús, pisoteando el suelo centenario con sus zapatos de tacón.

Sin embargo, yo no creo que se parezca a Venecia. No se parece a nada que haya en este mundo.

Empezamos a pasear por la orilla de un canal, guiados por Wei Laoshi. De vez en cuando, se detiene para señalar algo, una estatua de un oficial de aspecto solemne, una posada inclinada o un barco que surca las aguas del canal, y nos va dando datos al azar. Nos cuenta que el emperador Qianlong una vez se quedó en Suzhou durante diez días y no pudo soportar la idea de marcharse, e incluso recita algunos versos de sus poemas.

Estoy segura de que la poesía de Qianlong es maravillosa, pero entiendo poco: algo sobre un pájaro, una montaña y sobre la sangre..., no, la nieve..., no...

—Un momento, Wei Laoshi —se aventura Chanel—. Me olvido todo el rato... ¿Cuál era Qianlong y cuál Qin Shihuang? O sea, ¿cuál era el tipo que enterraba a los intelectuales vivos?

Wei Laoshi se detiene de golpe, se vuelve y mira a Chanel de una forma que dice claramente: «Eres una inculta».

—¿Qué? —repone Chanel a la defensiva—. Fui al colegio en Australia. No es que allí te enseñen mucho sobre historia de China.

Wei Laoshi se limita a suspirar y mira al cielo, como si se estuviera disculpando con el espíritu del mismísimo emperador Qianlong.

El trayecto en autobús ha sido el doble de largo de lo que predecían los profesores porque era hora punta y había mucho tráfico, así que no tardamos en tener hambre otra vez. Como resultado, el tour de Wei Laoshi es más corto de lo planeado y, con otra mirada de sufrimiento, abandona su clase sobre la historia de las sombrillas de papel y nos lleva al mercado nocturno en un ataque de espontaneidad.

El mercado está rebosante de vida; aquí todo parece más nítido, más brillante.

Los niños se persiguen los unos a los otros por las empinadas escaleras y corretean por los bordes del canal, jugando con el peligro y la adrenalina, mientras sus padres les gritan que tengan cuidado. Una mujer levanta la tapa de un wok gigantesco del que brota el vapor blanco que emana de las carnes y los bollos que fríe dentro. Todo está lleno de puestos interminables iluminados por las luces de neón; la comida está dispuesta en cestas de bambú o en hondas bandejas llenas de salsa. Veo cordero a la brasa y brochetas de huevos de codorniz, pasteles de arroz glutinoso verdes rellenos de pasta de judías rojas y pasteles de luna glaseados con caracteres rojos estampados. Debajo de la comida están los precios con descuento y códigos QR, para quien quiera pagar con WeChat Pay.

—Peter, ¿qué haces?

La voz de Wei Laoshi se oye sobre los gritos de los vendedores y el chapoteo de los remos en el agua.

Me doy la vuelta.

Una mendiga de al menos setenta años se ha colgado de Peter Oh. Con las manos arrugadas, lo agarra de la capucha de su sudadera nueva. Habría dado por hecho que Peter se la quitaría de encima (Baba siempre me advierte de que muchos mendigos son en realidad estafadores que guardan iPhones debajo de sus harapos), pero, para mi sorpresa, le tiende un billete de cien yuanes. Contemplo su expresión: en sus ojos no hay ni rastro de burla ni de malicia, solo sinceridad e incluso una sombra de timidez.

La vieja mujer pone los ojos como platos, como si ella tampoco pudiera creer lo que está viendo. Hace que me duela el corazón. Sin embargo, Wei Laoshi se interpone entre ellos antes de que pueda agarrar el billete y coge a Peter de la manga para llevárselo a rastras, ignorando sus protestas.

—No seas tan ingenuo —lo regaña. Le quita el billete rosa y se lo mete en el bolsillo.

—No es ingenuidad —protesta Vanessa mientras se acerca a Peter. No sé cómo, pero esta chica se las arregla para aparecer en todas partes. O quizá es que desde lo del escándalo de las obras de arte me fijo más en ella—. Solo estaba siendo amable. ¿A que sí, Peter?

No me quedo a escuchar el resto de la conversación. No quiero escucharla, no quiero empezar a pensar que Peter es un chico tan majo que confía en los desconocidos y le da dinero a quien lo necesita. Es mi objetivo para esta noche y nada más.

No puedo ablandarme.

—¿Estás bien? —me pregunta Henry mientras se detiene cerca de un puentecito. Entonces me doy cuenta de que, durante todo el tiempo que yo observaba a Peter y a Wei Laoshi, él me estaba observando a mí.

—Claro. —Intento sonreír—. Supongo que... solo quiero quitármelo de encima ya, ¿sabes?

No necesito decirle nada más. Asiente.

Wei Laoshi nos llama para que nos detengamos y nos dice que tenemos libertad de pasear por donde queramos y comprar la comida que nos apetezca, pero que debemos volver en dos horas, así que, por favor, que seamos puntuales y que no nos dejemos secuestrar. Todo el mundo se ríe con el comentario, pero a mí se me hace un nudo en la garganta y tardo tres veces en conseguir tragar saliva otra vez.

Luego la multitud se dispersa. Henry y yo nos quedamos cerca del puente y encontramos un banco donde sentarnos. Durante un rato, nos limitamos a contemplar los canales y los callejones abarrotados en silencio. Después, él se acerca a mí (apenas un par de centímetros o quizá menos, pero, de algún modo, marca una enorme diferencia) y el silencio cambia, se llena de electricidad, crepita y exige ser interrumpido. Baja las pestañas, su mirada se desplaza hacia mis labios y...

Me entra un ataque de pánico y le suelto lo primero que se me ocurre:

—Tu padre.

Se aparta con el ceño fruncido.

—¿Cómo?

—Tu padre —repito despacio. Ahora es demasiado tarde para echarme atrás—. Esto... No has terminado de contarme la historia. En el tren. Sobre qué pasó con él.

Me dan ganas de darme una patada en la boca. ¿Qué clase de persona estropea un momento potencialmente romántico recordándole al otro sus traumas infantiles?

Pero Henry parece más asombrado que ofendido.

—¿De verdad quieres saberlo?

—Sí —contesto, y, aunque no es la conversación que esperaba mantener con él esta noche, lo digo en serio.

Tarda un poco en responder. Su mirada se dirige hacia una barca de remos que se desliza por debajo del puente. En los asientos hay una familia de cuatro miembros acurrucada; el niño más pequeño chilla cada vez que saltan sobre una pequeña ola. Henry suspira y dice:

—Te he contado cómo eran las cosas cuando tenía unos cinco años, pero poco después de cumplir los diez, durante otra larga sesión de estudio, yo... —Ladea la cabeza, como si intentase recordar el vocabulario de una lengua extranjera—. ¿Cuál es la palabra? Para describir lo que pasa cuando tus emociones ganan a los pensamientos racionales y cualquier clase de protocolo.

—¿Explotaste? —sugiero. Me cuesta imaginarme a Henry así—. ¿Saltaste? ¿Perdiste la cabeza?

Esboza una sonrisa tímida y avergonzada que me acelera el corazón.

—Sí, algo así. Mi padre se quedó a cuadros, por supuesto, pero al final me pidió disculpas. Me prometió que nunca volvería a recurrir a…, a medidas tan extremas. —Vuelve a mirar a la familia de la barca. Sus sonrisas resplandecen bajo la luz de la luna—. Y nunca lo hizo.

—Vaya. —Niego con la cabeza—. ¿Así, sin más?

—Supongo que lo bien que me iba en el colegio contribuyó, y también que ya le había demostrado mi interés en dirigir su empresa. Pero además imagino que, simplemente, no se había dado cuenta de que había otras formas de educar igual de efectivas. Su padre fue aún más estricto con él en lo relativo a los estudios, así que, cuando entró en Harvard, fundó SYS y se convirtió en un hombre de éxito…

—Llegó a la conclusión de que los buenos resultados justificaban el proceso —termino por él, recordando nuestra anterior conversación.

—Exacto.

Henry se frota los ojos y, en un momento de extrañeza, pienso que está llorando. Sin embargo, cuando deja caer las manos en su regazo, las luces de los farolillos de las tiendas que nos rodean remarcan sus rasgos y contemplo la verdad, tan simple que casi me echo a reír: está cansado.

Ha mentido cuando Chanel le ha preguntado si había dormido bien. Ninguno de los dos hemos dormido durante el viaje; nos hemos quedado despiertos ultimando los detalles del plan, y luego los planes alternativos, y después uno de nosotros (no recuerdo quién) se distrajo y terminamos… charlando. Sobre el colegio, sobre la corta época que pasó en Inglaterra, sobre los juegos que su hermana se inventaba cuando eran pequeños, los platos shanghaineses que su madre le preparaba cuando estaba enfermo… Charlamos sobre todo y sobre nada a la vez, y de mis labios se escapaban risas y pensamientos coherentes a medias antes de que pudiera detenerlos. No creo que ninguno de los dos esperase que la noche fuese así.

—Puedes dormir ahora si quieres —le digo.

—¿Qué? —Me mira confundido, con el ceño fruncido y la barbilla hacia fuera, un gesto familiar que una vez confundí con arrogancia, pero que ahora sé que no es más que un truco para disimular.

—Lo digo en serio, deberías descansar. Es evidente que estás agotado y a saber cuándo podremos dormir en el hotel. —«Si es que podemos dormir», añado para mis adentros mientras noto otra punzada de culpa.

Henry me estudia un segundo con los ojos entornados.

—Estás siendo demasiado maja. Es sospechoso.

—Estoy siendo pragmática. Necesito que esta noche estés despierto y alerta.

Aun así, él vacila.

—¿Estás segura de que esto no forma parte de una treta muy compleja para sacarme fotos poco favorecedoras mientras duermo y luego hacerme chantaje con ellas?

—Si quisiera hacer eso, podría colarme en tu habitación cuando soy invisible y sacarte todas las fotos que me diera la gana.

—Muy reconfortante.

Sin embargo, cierra los ojos, aunque tiene la cabeza en una postura tan incómoda que al final le ofrezco mi hombro a modo de cojín. Al cabo de apenas unos minutos, su respiración se acompasa y los músculos de su cuerpo se relajan.

Sonrío y levanto la vista. Veo franjas húmedas rosa oscuro y azul brillante que surcan el cielo, como una pintura de acuarelas, mientras los farolillos flotantes se alzan poco a poco en el horizonte como fantasmas. Una suave brisa me acaricia la piel y me regala el aroma de los crisantemos y de las pastas recién horneadas de los puestos de comida.

Y luego está Henry.

Henry, con su cabeza apoyada en mi hombro, con los suaves rizos de su pelo, que me hacen cosquillas en las mejillas, y esos rasgos tan suaves e indefensos, abandonado al sueño. Todo lo que compone este momento es tan encantador y tan frágil que casi me da miedo disfrutar de él. Me da miedo que se rompa el hechizo.

«De no ser por el secuestro —pienso—, el día de hoy habría sido perfecto».

Quince

Llegamos al hotel a las 22.30.

A las 22.48 ya he deshecho el equipaje y le he dicho a Chanel que voy al cuarto de Henry. Ella me ha guiñado un ojo y me ha hecho un comentario poco sutil sobre usar protección. Dejo que piense lo que quiera; además, así, si pasa lo peor, al menos tendré una coartada decente.

A las 23.00 ya he visitado tanto la novena como la vigésima planta usando las escaleras, para comprobar si hay alguna cámara de seguridad oculta y para medir con precisión cuánto se tarda en ir de una a otra.

A las 23.15 he llegado a la habitación de Henry, aún del todo visible, y he entrado cuando no había nadie por allí.

A las 23.21 ya me he dejado llevar por el pánico.

—¿Ya soy invisible? —pregunto mientras me paseo de un lado a otro delante de Henry, aunque sé que no es muy probable. Todavía no he sufrido la reveladora oleada de frío, es más, tengo incluso calor; me arde la piel, el cuarto me parece diminuto y asfixiante, pese a lo grande que es.

—Decididamente no —contesta Henry, cruzándose de piernas en el sofá que hay junto a la cama. Es un gesto tan despreocupado que me entran ganas de gritar. ¿Cómo se las arregla para mantener tanto la calma en un momento como este?

—¿Y ahora?

—No.

—¿Y ahora?

—No.

—¿Y...?

—¿Piensas seguir así el resto de la noche? —me interrumpe enarcando una ceja.

—Bueno, ¿qué otra cosa vamos a hacer? —salto—. ¿Ver una peli en la cama?

Enarca las cejas aún más.

Y, de repente, la cara también me arde.

—Me refería en un sentido literal, por supuesto —añado a toda prisa.

—Por supuesto.

Nos quedamos en silencio unos instantes, salvo por mi forma frenética de caminar sobre la moqueta y el zumbido sutil pero persistente de la neverita. Y entonces...

—Vale, bien, ya es suficiente. —Me llevo una mano a la sien, que me palpita. Es la tercera vez que el estrés me provoca dolor de cabeza desde que nos hemos ido del mercado nocturno—. Si se te ocurre alguna forma de distraerme de esta sensación de que todo va a ir mal, adelante. Entretenme.

Henry parece tomárselo como un desafío. Se sienta imposiblemente recto, me mira con un gesto pensativo en los ojos oscuros y dice:

—En realidad, hace ya tiempo que quiero preguntarte algo...

—No, no fui yo quien saboteó tu proyecto de Ciencias en el noveno año —contesto de forma automática—. Aunque, si te soy sincera, me lo estuve pensando. Pero solo porque no hacías más que presumir de que te había aconsejado el mismísimo Jack Ma.

—No…, no te iba a preguntar eso, pero bueno es saberlo —contesta y carraspea—. Lo que de verdad me gustaría entender es por qué me odias tanto.

Lo miro y parpadeo, sorprendida.

—Que conste que ya no te odio —empiezo a decir mientras intento dar con una respuesta decente.

Veo una sombra de sonrisa, tan fugaz que casi me la pierdo. Sin embargo, no se conforma con lo que he dicho.

—Pero antes sí.

Asiento una sola vez y suspiro.

—¿Te acuerdas de aquella competición en la que participamos en el octavo año, la Copa Académica? ¿La que se celebró delante de todo el colegio?

—Más o menos.

—Pues yo me acuerdo como si hubiera sido ayer. —Recuerdo la presión de las cálidas luces del auditorio contra mis párpados, el peso de las miradas de todos y el zumbido en mis oídos mientras contestaba a mi última pregunta con balbuceos. Y también la mirada triunfal de Henry cuando él respondió la suya, la viva imagen de alguien nacido para ganar, destinado a ello—. Cuando perdí contra ti en la última ronda… Después de que subieras a recoger tu trofeo y los profesores te colmaran de alabanzas y a mí me hicieran bajar del escenario… Me fui corriendo a mi cuarto y…, y lloré. Ese día ni siquiera comí nada, estaba tan enfadada conmigo misma… —Trago saliva con fuerza. Ese recuerdo todavía me avergüenza—. Y sé que suena ridículo, porque lo es… Seamos sinceros, era el octavo año y ni siquiera era una competición obligatoria. Pero había un premio en metálico de quinientos yuanes y yo me había pasado meses preparándome. Y, antes de subir al escenario, te oí decir que te habías apuntado en el último minuto porque se te había antojado y que de todos modos tenías cosas más importantes que hacer que estudiar para eso, y... no sé. Todo te resultaba siempre tan fácil... —Respiro hondo con dificultad—. Estar cerca de ti me hacía sentir fatal. Hacía que me odiase a mí misma y, con el paso del tiempo..., supongo que el odio creció tanto que no tenía adónde destinarlo excepto...

—Excepto a mí —termina Henry con voz tensa—. ¿No?

—Pero ya no me siento así —repongo. Tengo la necesidad abrumadora e inexplicable de dejárselo muy claro—. Te lo prometo. Te lo juro por lo más sagrado.

En su rostro asoma una emoción que no sé nombrar. Alarga una mano y me rodea la muñeca con los dedos cálidos. Dejo de caminar. Dejo de hacer todo lo que estaba haciendo.

—Entonces, dime —dice en voz muy baja—. Ahora ¿qué sientes por mí exactamente?

—Yo... —Me siento tan confundida que se me traba la lengua, que se me acelera el pulso. «Esto de entretenerme se le da muy bien», pienso distraída—. ¿Qué importancia tiene?

—¿De verdad no lo sabes?

Me lo quedo mirando. Está ocurriendo algo, lo noto, pero, igual que su expresión, me resulta imposible descifrarlo.

—¿Saber..., saber qué?

Me suelta la muñeca y se pasa una mano por el pelo.

—Madre mía —dice con una risita y niega con la cabeza—. Para ser una de las personas más inteligentes que he conocido nunca, a veces no te enteras de nada.

Y quizá sea por la forma en que me está mirando, tierna y torturada al mismo tiempo, o por ese cumplido a medias tan extraño, o tal vez sea por cada movimiento sutil y casi imperceptible que me he perdido por el camino, en los que ahora reparo por fin gracias a una claridad inducida por la adrenalina, pero, de pronto…

—Ah —digo sin aliento.

Ah. Vaya.

Me siento en la moqueta al comprenderlo, mareada.

Tras unos minutos de un silencio puro y absoluto, reparo en que Henry me está mirando de forma penetrante, con los dientes apretados, esperando mi respuesta. Creo que nunca lo había visto tan nervioso.

—Bien —consigo decir por fin—. Está bien. También para mí.

No espero que entienda nada de ese galimatías de palabras tan ridículo, pero lo hace. Se acerca tanto a mí que nuestras rodillas están a punto de tocarse y, sin pensar, le pregunto:

—¿Ahora es cuando me besas?

Se acerca aún más, y, aunque las luces del hotel sean tenues, distingo una risa silenciosa en sus ojos.

—No era mi intención. —Hace una pausa, provocándome—. ¿Por qué? ¿Quieres que te bese?

—¿Qué? No, claro que no —tartamudeo mientras me aparto. Y entonces, como soy físicamente incapaz de mantener la boca cerrada, farfullo—. Es que…, ya sabes, en las películas, cuando llegas a escenas como estas, con estas luces…

Alguien llama a la puerta y los dos nos quedamos paralizados.

El cambio en el ambiente casi me provoca un latigazo de dolor, como si interrumpiesen una conmovedora película de animales de granja para toda la familia con un alegre anuncio del McDonald's.

Llaman otra vez, más fuerte incluso que la primera.

La parte de mi cerebro más irracional, la que está aterrorizada, está convencida de que la policía ya nos ha encontrado, de que nos van a arrestar ahora mismo, de que todo ha terminado, de que he arruinado mi vida...

Pero entonces oigo las risitas de una chica. Alguien más susurra algo que no atisbo a comprender, y las risitas se convierten en carcajadas agudas sofocadas.

Henry y yo intercambiamos una mirada en silencio. Su gesto serio me indica que los dos hemos llegado a la misma conclusión: las luces de la habitación están encendidas, así que no tiene sentido fingir que no está.

—¿Quién es? —pregunta.

—¡Adivina! —contesta una voz que claramente pertenece a Rainie.

Henry se dirige a la puerta con pasos lentos y cuidadosos y las manos extendidas, como te acercarías a un animal salvaje.

—¿Rainie? ¿Qué haces aquí?

—He venido a verte, por supuesto.

Al mismo tiempo, otra persona grita:

—¡Nos han dicho que tienes la mejor suite, tío! ¡Déjanos entrar, queremos verla!

A este paso van a despertar al hotel entero.

Por si no fuera suficiente, otros dos (por Dios, ¿cuánta gente está esperando al otro lado de la puerta?) empiezan a corear:

—¡Déjanos entrar! ¡Déjanos entrar! ¡Déjanos entrar!

Henry me mira en plan «no hay nada que hacer» y yo asiento, a pesar del nudo que tengo en el estómago.

—Ya voy, pero no gritéis —contesta él mientras abre. Rainie Lam, Bobby Yu, Vanessa Liu y Mina Huang entran a trompicones en la habitación sin dejar de reír, acompañados del fuerte e inconfundible aroma del alcohol.

—Fantástico —mascula Henry entre dientes.

Pero, por ebrios que estén, nuestros cuatro invitados indeseados se paran en seco al darse cuenta de que yo también estoy aquí. A Vanessa casi se le cae la botella medio vacía de Jack Daniel's que lleva en la mano y Bobby abre tanto la boca que me siento tentada de preguntarle si le duele la mandíbula.

Rainie ahoga un grito.

—¿Alice?

—Hola —saludo.

* * *

Una vez que se han recuperado del impacto inicial y han dado voz a sus sospechas de que estamos saliendo juntos a escondidas, se comportan como si estuvieran en su casa, tirándose en el sofá de color ciruela y la cama de tamaño *king-size*. No parecen tener ninguna intención de volver a sus cuartos en toda la noche.

Tengo ganas de vomitar.

Quiero chillar y sacarlos a empujones por la puerta.

Sin embargo, me limito a sonreír y sonreír mientras Vanessa rebusca en la neverita hasta encontrar una lata de Pringles y Rainie saca un altavoz y empieza a reproducir los éxitos de su madre, bailando y cantando a voz en grito como si estuviéramos en un karaoke. Mientras tanto, Bobby Yu hace flexiones sobre la moqueta.

Yo me quedo con la sonrisa pintada en a cara. Lo único que muevo son los ojos, para ver mi reflejo en la ventana, para mirar qué hora es. La alarma de neón que Henry tiene junto a la cama muestra las 23.59.

Y sigo sin ser invisible.

Al final, Rainie se cansa de cantar, baja la música y empieza a criticar a Julie Walsh. Todos se apuntan a la conversación con entusiasmo, hasta Mina, que casi nunca habla. Rainie imita a Julie tan bien que Vanessa se cae al suelo llorando de risa. Luego empiezan a hablar sobre quién creen que se liará con quién durante el viaje, sobre lo capullo que es Jake Nguyen («no me puedo creer que me gustara de verdad», se lamenta Rainie, y Bobby se queja de que las chicas tienen mal gusto mientras Mina le da unas palmaditas en la espalda para consolarlo), y después sobre cómo sería Henry borracho.

—Me hace mucha gracia si me lo imagino —comenta Rainie mientras se ríe. Señala a Henry, que ha estado todo este tiempo de pie y rígido en una esquina del cuarto—. Porque eres tan…, tan… ¿Cuál es la palabra?

—¿Distante? —sugiere Vanessa.

—¿Tranquilo? —propone Mina.

—¿Guapo? —dice Bobby, y todos nos volvemos para mirarlo. Él frunce el ceño—. ¿Qué? El tío está objetivamente bueno. No me juzguéis por atreverme a decirlo.

Pero Rainie se decide por la palabra «perfecto».

—Dios, ¡eres tan perfecto! —exclama. Tiene hipo. Luego, para mi sorpresa, me mira a mí—. Y tú también, Alice. Los dos. El rey Henry y la máquina de estudiar. Nuestros alumnos modelo.

Me obligo a reír junto a ellos, pero nada me parece natural. El cumplido me escuece como ácido.

«Si tú supieras lo que van a hacer esta noche los dos estudiantes modelo de Airington», pienso. Pero, por debajo del pánico, por debajo de la culpa, hay otra emoción que se aferra a mi pecho: el resentimiento. Porque, de no ser por el precio de la matrícula del colegio, el Fantasma de Pekín y el horrible trabajo que nos espera, esta noche sería… lo que siempre he querido. Podría participar de sus charlas banales y sus cotilleos, reírme con Rainie y quizá aunar el coraje para sentarme cerca de Henry, para retomar lo nuestro donde lo hemos dejado y entrelazar mis dedos con los suyos. Podría ser una simple adolescente, alegre y despreocupada en un hotel elegante en una ciudad preciosa y nueva para mí, con mis viejos compañeros de clase y potenciales nuevos amigos: Rainie, que le dio demasiado a un chico que le quitó mucho; Mina, cuyos padres se acaban de reconciliar después de un divorcio complicado y están intentando arreglar su relación; Bobby, cuya hermana mayor se escapó de casa hace tres años, pero si lo miras ahora jamás lo dirías.

Podría ser feliz con estas personas, podría liberarme de mis preocupaciones, no tener que mirar el maldito reloj cada dos segundos y esperar a que me asalte una extraña ola de frío.

Casi me mareo al pensar en la radical diferencia entre esas dos realidades, la que es y la que podría haber sido. Pero esa es la clase de diferencia que crea la riqueza.

Cuando vuelvo a prestar atención a la conversación, descubro que ahora están hablando del Fantasma de Pekín.

—Me pregunto quién estará detrás —dice Vanessa—. Venga, Alice, no hagas como si no hubieras oído hablar de la app —añade irritada al malinterpretar mi perplejidad.

—Sí, claro que he oído hablar del Fantasma de Pekín —respondo eligiendo mis palabras con cuidado. El corazón me late con tanta fuerza que no me sorprendería que pudieran oírlo—. Pero no sé quién está detrás.

—Claro que no —repone Vanessa con los ojos en blanco. Me siento aliviada—. Nadie lo sabe, aunque circulan muchas teorías por ahí.

Bobby asiente y luego hace una mueca, como si se hubiera hecho daño al mover la cabeza.

—Hay gente que piensa que quien gestiona la app es un espía del gobierno que quiere ganar dinero fácil. Si lo piensas bien, tiene sentido: tienen la tecnología y los contactos adecuados.

—Bobby, los espías del gobierno no necesitan crear una app ilegal en un colegio para ganar dinero —le contradice Rainie con el tono de una adulta que le habla a un niño muy inocente—. Para eso están los sobornos.

—Entonces ¿quién crees que es? —la desafía Bobby.

—No lo sé —contesta Rainie. Le quita la botella de whisky a Vanessa y se la termina de un trago. Luego se seca la boca con la manga de la camiseta—. Pero, sea quien sea…, es un héroe. Un héroe.

Otro cumplido, y nada menos que de Rainie Lam, pero cae como un peso sobre mi conciencia. No me atrevo a mirarla a los ojos.

—Lo voy a hacer —afirma Vanessa de repente y se pone de pie con un equilibrio sorprendente. Aunque ha bebido más que los demás, tiene aspecto de ser la más sobria, lo que, teniendo en cuenta que Bobby tiene el menú del servicio de habitaciones en la cabeza como si fuera un gorro, no es decir mucho.

—¿Hacer el qué? —pregunta Mina.

—Confesar —contesta Vanessa. Quizá está más borracha de lo que creo, porque no tengo ni idea de qué quiere decir.

Pero Rainie sí lo sabe.

—Dejad que se vaya —nos pide mientras Vanessa se dirige tambaleándose hacia la puerta e intenta girar el pomo—. Hace siglos que le gusta ese chico.

Bobby se vuelve de golpe para mirarla con los ojos como platos y el menú se le cae de la cabeza.

—¿Quién?

No sé cuál es la respuesta. No la oigo. Un escalofrío ha empezado a extenderse por mi espalda, así que me pongo de pie de golpe, murmuro que voy a ver si Vanessa está bien y echo a correr antes de demostrar en primera persona que la teoría conspiratoria de Bobby sobre el gobierno no es cierta.

Dieciséis

Llamo a la puerta de Peter e intento calmar mi respiración.

No me he arriesgado a coger el ascensor. Siempre hay cámaras de seguridad y si hubiera alguien más dentro sería imposible explicar por qué se ha encendido un botón solo, así que he optado por subir corriendo por las escaleras. Tengo la espalda de la camiseta empapada de sudor, pero no sé si es por el esfuerzo físico o por la preocupación, que amenaza con taladrarme un agujero en el estómago.

Después de lo que me parece una vida entera, oigo el sonido metálico del cerrojo y la puerta se abre.

Jake Nguyen entorna los ojos para protegerlos de las luces del pasillo. Tiene el pelo alborotado y lleva uno de esos albornoces blancos de hotel sobre los hombros, como la capa de un villano. El cuarto está a oscuras y las cortinas corridas. Al lado de la cama vacía que hay junto a la ventana, distingo la figura dormida de Peter Oh.

—¿Qué narices pasa? —gruñe Jake mientras me mira sin verme. Se rasca la cabeza—. ¿Hay alguien ahí?

Espera dos segundos enteros antes de hacer ademán de cerrar la puerta, pero me cuelo justo a tiempo. Sin embargo, mientras voy a tientas por la habitación, me tropiezo con algo duro: el pie de Jake. Él se pone tenso; la luz tenue del baño ilumina su ceño fruncido.

Se me para el corazón.

—¿Quién era? —gruñe Peter. Tiene la voz gruesa de dormir y se oye amortiguada contra la almohada.

Jake echa un vistazo al punto en el que me he tropezado y luego niega con la cabeza.

—Nadie. Habrá sido la señora de la limpieza o algún tío que se ha equivocado.

Me quedo quieta como una estatua hasta que vuelve a su cama arrastrando las zapatillas, bosteza y se deja caer sobre las sábanas.

Cuando empieza a roncar, me acerco con sigilo a la cama de Peter. Está ovillado de lado como un niño pequeño, con un brazo bajo la cabeza y la esquina de la manta sobre la barriga. Parece en paz. No sospecha nada.

No merece lo que está a punto de ocurrirle.

«Lo siento mucho, Peter», pienso mientras le dejo la nota que he escrito en la almohada a escasos centímetros de la nariz. La he impreso en papel satinado, como el de una tarjeta de negocios, y lo único que he escrito es:

**Peter.
Por favor, ven a verme a la habitación
2005 en cuanto leas esta nota.
Tengo algo importante que decirte
y quiero hacerlo en persona.**

Andrew quería asegurarse de que el mensaje no se pudiera rastrear hasta él, así que no hay rastros digitales, ni tiene sus huellas dactilares ni lo ha escrito de su puño y letra. El otro problema ha sido decidir el contenido del mensaje. He barajado escribir una nota falsa de uno de los profesores, algo con un tono más romántico o mencionar a alguien importante para Peter, pero al final me he decidido por una opción más ambigua que, espero, despierte su interés lo suficiente para seguir las instrucciones.

Ahora solo falta que la lea.

Respiro hondo, flexiono los dedos temblorosos y caigo en la cuenta de que esta es mi última oportunidad de echarme atrás, de rectificar todo lo que he hecho, pero ya estoy aquí, he colocado la nota y nunca he dejado nada a medias, no si puedo controlarlo.

Así que lo zarandeo con suavidad por los hombros y espero a que se despierte.

* * *

Abre los ojos poco a poco.

Parpadea en la oscuridad; parece desorientado, la confusión cae sobre su rostro como las sombras de las cortinas. Observo cómo se frota la mejilla con aire soñoliento, se vuelve solo un poco y se queda muy quieto al ver la nota. La coge con cuidado, se sienta desorientado y la lee.

Hace una pausa y enciende la luz de la mesilla de noche.

Por instinto, me agacho para esconderme, aunque, por supuesto, ahora no puede verme.

—¿Jake? —lo llama con voz ronca—. ¿Ha entrado alguien en la habitación?

Pero este sigue roncando. No se ha movido ni un centímetro.

Peter vuelve a mirar la nota y le da la vuelta una y otra vez, como si quisiera asegurarse de que es real. El corazón me late con tanta fuerza que estoy convencida de que me va a delatar, pero no lo oye. Estudia la nota unos segundos más y luego se levanta y se pone una chaqueta vaquera. Su mirada está ahora más alerta, su cuerpo, tenso.

El aire está insoportablemente quieto.

No me atrevo a respirar hasta que Peter no se mete el teléfono y la nota en el bolsillo y sale del cuarto.

Yo lo sigo de cerca.

Una vez en el pasillo iluminado, va directo hacia el ascensor. Sabía que lo haría, pero no por ello deja de ser un inconveniente. En cuanto aprieta el botón para subir, lo aprieto yo para apagarlo. Para que todo vaya según lo previsto, ha de usar las escaleras. Después de la inspección que he hecho antes por la zona, es el único sitio donde estoy segura de que no hay cámaras de seguridad.

Peter frunce el ceño y lo vuelve a intentar.

Pero, de nuevo, aprieto el botón justo después con cuidado de no rozarle la mano.

Arruga el gesto todavía más. Se va al ascensor que hay al otro lado del pasillo, donde repito mi estrategia tantas veces como lo intenta él, hasta que al final se rinde y maldice entre dientes.

—Pues por las escaleras —masculla.

En teoría, Henry tenía que patrullar por la zona para asegurarse de que nadie, ni alumnos ni profesores, viera a Peter, pero es evidente que sigue atrapado en su habitación con Rainie y los demás. «No pasa nada», me tranquilizo mientras lo sigo. Solo tengo que evitar a Vanessa, esté donde esté, y cruzar los dedos para que a nadie le apetezca dar un paseo nocturno por los pasillos.

Aunque las superficies del hotel son de un mármol impoluto, con decoraciones florales y pasillos enmoquetados bien iluminados, las escaleras son oscuras, escarpadas y algo desiguales, y están cubiertas por una fina capa de polvo. Las esquinas oscuras apestan a basura y desinfectante.

Peter sube los escalones con una facilidad sorprendente y envidiable; he de darme prisa para no quedar atrás, y no tardo en tener flato y miles de dolores en las piernas y los pulmones. En momentos como este, casi desearía dedicar tanto tiempo a clase de Educación Física como a las demás.

Pero, claro, no sé cuántas flexiones y tortuosos ejercicios de calentamiento de baloncesto me habrían hecho falta para prepararme para una operación secreta con secuestro incluido en uno de los hoteles más altos de Suzhou.

Cuando llegamos a la vigésima planta, una cantidad obscena de sudor me cubre la espalda y me pega la camiseta a la piel. No sé si es debido al esfuerzo físico o a que tengo los nervios de punta.

Estamos muy cerca. La puerta está justo delante de nosotros, en el primer pasillo: ya la veo. Y Peter no tiene ni la menor idea de lo que está a punto de…

No.

Me abofeteo mentalmente. Esto no es más que una jugarreta, es como una broma, solo que un poco más seria… Con ejecutivos y empresas de por medio.

Además, tampoco es que los hombres de Andrew She lo vayan a encerrar para siempre, o vayan a atacarlo o a asesinarlo. Incluso me ha prometido que lo alimentarán y lo cuidarán bien hasta que anuncien el ascenso, lo que debería ser en menos de una semana.

Todo irá bien. A Peter no le pasará nada. Estoy haciendo lo correcto.

¿Verdad?

Peter se para delante de la habitación. Los números 2005, de color dorado, resplandecen bajo la luz, como una especie de señal. Una invitación. Al otro lado de la puerta esperan los hombres de Andrew She.

Y a mí me espera un millón de yuanes. Un futuro en Airington. Un futuro mejor, simple y llanamente.

Y lo único que debo hacer es asegurarme de que Peter entre.

Él carraspea suavemente y se recoloca el cuello de la chaqueta. Me pregunto si presentirá que algo no va bien, si estará pensando en dar media vuelta y echar a correr hasta estar a salvo en su habitación.

No comprendo hasta qué punto deseo que lo haga hasta que no se pone recto y llama a la puerta.

Y entonces todo sucede muy rápido.

Demasiado rápido, tanto que me resulta anticlimático.

La puerta se abre y creo que atisbo una mano enguantada que sale y tira de él hacia dentro. Me las arreglo para quitarle el móvil del bolsillo justo antes de que vuelvan a cerrarla, atrapando a Peter tras ella.

Se oyen unos ruidos, unos golpes y la voz de Peter, más confundida que asustada.

—Pero ¿qué…?

Y luego se hace un silencio. Así, sin más.

No ha sido violento. No ha sido nada.

Si no tuviera el móvil de Peter agarrado tan fuerte que se me han puesto los nudillos blancos, pensaría que nunca ha estado aquí.

Me quedo con la mirada clavada en el suelo un largo rato, como si estuviese en un sueño, en una pesadilla, hasta que una vocecilla en mi interior me dice que me marche.

«Sal de aquí. Ya has hecho tu trabajo».

Aparto la vista y me voy, pero las piernas me fallan en cuanto doblo la esquina. Me desplomo como si me hubiesen extraído los huesos del cuerpo, intento coger un aire que no parece existir y espero a que las náuseas me abandonen porque ya estoy a salvo, porque he hecho lo que tenía que hacer, porque he tenido éxito…

Pero las náuseas no hacen más que aumentar. Me trepan por la garganta, la boca se me llena de saliva, del amargo sabor del arrepentimiento.

Dios, debo de ser la peor criminal del mundo.

Debería estar celebrándolo. Debería estar pensando en la cifra que pronto engordará mi cuenta bancaria. ¡Un millón de yuanes! Es lo bastante para que nunca más tenga que estresarme por si me envían a Maine o a un instituto local. Ni siquiera tendré que preocuparme por la universidad.

Pero no soy capaz de pensar en nada que no sea lo que pueda estar sucediendo detrás de esa puerta. Peter ha dejado una frase a medias. ¿Significa eso que lo han amordazado? ¿Que le han pegado? Si lo hubieran hecho, lo habría oído…

El móvil de Peter suena de repente.

Casi se me sale el corazón por la boca. Miro la pantalla con manos temblorosas, convencida de que me voy a encontrar alguna especie de alerta criminal, de advertencia por impostor o un mensaje de la policía.

Pero no es nada de eso. Es aún peor.

Es un mensaje de Kakao de su madre.

¿¿Te lo estás pasando bien en Suzhou??
Ya debes de estar dormido (y, si no, ¡vete ahora mismo a la cama! ¡Todavía estás creciendo!), pero que sepas que tu padre y yo te echamos mucho de menos. Quería llamarte hace un rato, pero ya sabes lo ocupado que está con el trabajo. Todo merecerá la pena si gana la campaña.
¡Por cierto! Hoy hemos cocinado pescado y estaba riquísimo. Te mando una foto.

Hay una foto un poco borrosa de un plato de pescado a la brasa a medio comer y un par de palillos al lado, junto a la silueta encorvada de un hombre en el fondo, supongo que el padre de Peter.

Noto una presión en el pecho que crece y crece hasta que no puedo respirar. Me escuecen los ojos.

Pero empiezan a llegar más mensajes.

Es una receta nueva. Tu padre dice que está muy bueno. En cuanto vuelvas lo volveré a hacer (y también esos fideos de alubia negra que tanto te gustan).

Cuídate, hijo mío. Come bien, ten cuidado y ¡ponte ropa calentita! He mirado el tiempo y parece que mañana allí hará frío. ¡No te olvides de que la salud es más importante que la moda!

Tu padre me está riñendo por pesada, así que ya me callo.

Te queremos mucho. ¡Llámanos cuando puedas!

Apago la pantalla. Tengo un nudo en el estómago.

Debería tirar el teléfono de Peter ahora mismo. Aplastarlo, destruir todas las pruebas, asegurarme de que nadie pueda contactar con él ni saber dónde está, tal y como me pidieron. Es la última fase del plan. Una vez que me haya deshecho de su móvil, podré volver a mi cuarto y olvidarme de este trabajo para siempre. Pero…

Dios mío… Sus padres se preocuparán tanto… Y con toda la razón.

Lo peor es que los conozco. Se ofrecieron voluntarios para ayudar el día del Festival de la Comunidad Global, hace un año.

Su padre estuvo presumiendo de hijo maravilloso y trabajador ante todo el que se acercara a un radio de un metro y con una sonrisa permanente tan luminosa que debía de dolerle hasta la cara, y su madre, menuda y con la lengua afilada, lo riñó por llevar una chaqueta demasiado fresca y me recordó a Mama.

Y si alguien llamase a Mama en mitad de la noche para decirle que he desaparecido en una ciudad tan lejos de casa...

No.

Basta.

Es demasiado tarde. He de activarme. He de moverme. He de poner tanta distancia entre este sitio y yo, entre este recuerdo y yo, como pueda.

Tras no sé cuánto rato, por fin me las arreglo para incorporarme. Mis pies obedecen y se dirigen hacia las escaleras, hacia el sitio por donde he venido. Doy un paso y luego otro. No sé por qué, pero me resulta más agotador que subir una montaña.

No puedo dejar de pensar en Peter, encerrado en esa habitación.

En su madre, que espera darle la bienvenida con su plato favorito. Que no será capaz de conciliar el sueño cuando se entere de que su hijo ha desaparecido.

«Hagas lo que hagas, no des media vuelta —me ordeno mientras arrastro los pies por la moqueta—. No des media vuelta. Que ni se te ocurra...».

Doy media vuelta.

No soy muy consciente de lo que estoy haciendo, pero corro hacia la habitación 2005 y llamo la puerta.

—¡Servicio de habitaciones para dos! —Mi voz es un chillido terrible y entrecortado. Pienso demasiado tarde en lo poco preparada que estoy. Casi no me queda batería en el móvil, Henry no tiene ni idea de lo que estoy a punto de hacer y la única arma que llevo conmigo es un cuchillito que he cogido de mi cuarto. Pero ahora es demasiado tarde para echarme atrás—. ¡Bocadillo de pollo y lechuga con patatas trufadas! —Es el código que Andrew y yo acordamos por si necesitaba hablar directamente con sus hombres. Rezo porque funcione.

Al principio, al otro lado solo se oye un silencio atronador. Luego, unos pasos lentos y cautelosos que se acercan. Tras unos segundos de movimientos y murmullos apenas audibles, la puerta se abre.

Levanto la vista.

Tres hombres se erigen ante mí. Van vestidos idénticos, con traje, corbatas de rayas planchadas a la perfección, mascarillas negras hechas a medida que les tapan casi toda la cara y guantes de quirófano. No se parecen en nada a los secuestradores que me había imaginado. De hecho, si no supiera quiénes son, pensaría que acabo de interrumpir una reunión de negocios.

El más alto de los tres mira al vacío.

—¿Hola? —Estira el cuello y abre más la puerta—. ¿Hay alguien ahí?

Me cuelo en el interior del cuarto.

Lo primero que veo es que está el televisor encendido pero en silencio. Otro de los hombres tiene los ojos pegados al partido de baloncesto que se ve en la pantalla enorme y plana. Supongo que secuestrar a un chico es aburrido al cabo de un rato.

Lo siguiente que veo es a Peter y se me cae el alma a los pies.

Lo han arrinconado en una esquina del cuarto. Está amordazado y le han puesto una venda en los ojos, y está atado firmemente por las muñecas, los pies y la cintura. Andrew She me hizo creer que estaría descansando en un bonito resort hasta que terminase la campaña, pero esto…, esto es demasiado.

De ningún modo puedo dejarlo así.

Corro hacia él mientras el hombre alto masculla:

—Qué raro… ¿A quién había contratado el hijo de She Zong?

El hombre que está junto al televisor se encoge de hombros.

—A no sé quién de una app del mercado negro. Parece que se ha ganado buena fama en su colegio por hacer lo que la gente le pide.

—Pero ¿nadie sabe quién es? ¿Ni cómo ha conseguido dejarnos al crío en la puerta? —El alto señala a Peter y me quedo muy quieta para no delatarme.

—Pues no.

Cuando los tres se vuelven de nuevo hacia la televisión, avanzo a rastras, temblando de pies a cabeza. Busco las cuerdas detrás de la silla y noto que Peter se pone rígido.

«Por favor, haz como si nada —pienso desesperada—. Estoy intentando ayudarte».

Ojalá entre mis poderes estuviera también la telepatía.

Peter se vuelve hacia mí y tiro de uno de los nudos, ignorando la quemazón de las cuerdas al clavárseme en la piel.

«Por favor, por favor…».

Las cuerdas caen al suelo suavemente, como una serpiente muerta. Sin embargo, cuando apenas he tenido tiempo de respirar de alivio, suceden tres cosas al mismo tiempo.

La primera es que Peter se arranca la venda de los ojos, baja de la silla y mira a su alrededor con los ojos como platos antes de mirarme a mí. A mí. Se queda boquiabierto y entonces dice solo moviendo los labios:

—¿Alice?

La segunda es que los hombres de Andrew She se vuelven hacia nosotros con expresiones de asombro en distintos grados. El alto es el primero en reaccionar: salta por encima de la cama y nos grita que no nos movamos.

La tercera es que le lanzo lo que tengo más a mano… Que, desafortunadamente, resulta ser un cojín.

Un puto cojín.

El cojín rebota en el hombro del secuestrador de dos metros de altura, que gruñe y se abalanza contra nosotros sin nada que lo detenga. Le pego un empujón a Peter e intento correr hacia la puerta tras él, pero soy demasiado lenta. Una mano áspera me coge de la muñeca y tira de mí con tanta fuerza que si me hubiera dislocado el hombro no me sorprendería.

Ahogo un grito con los ojos llenos de lágrimas.

—¿Y tú de dónde has salido, niña? —pregunta el hombre. Me agarra con más fuerza, haciéndome polvo los huesos. El dolor es insoportable, pero, de todos modos, me resisto y pateo salvajemente mientras miro a todas partes.

Por el rabillo del ojo, veo que Peter pasa agachado junto a los otros dos hombres, quita el pestillo de la puerta a una velocidad impactante y la abre. Sin embargo, lo atrapan por detrás. Se golpea la cabeza contra la pared y se oye un crujido terrible.

El mundo parece darse la vuelta, y mi estómago junto a él.

—¡No! —chillo.

El hombre alto sigue mi mirada y aprovecho esa distracción de una fracción de segundo para clavarle los dientes en la mano.

Él profiere un chillido agudo y me suelta. Yo me aparto de un brinco. Los dos otros siguen concentrados en Peter, que está encorvado contra la pared, mientras yo, presa del pánico, intento decidir cómo narices llegar hasta ellos. De repente lo recuerdo:

El cuchillo.

Me meto la mano en el bolsillo y toco la empuñadura fría.

—¡Atrás! ¡Atrás u os rajo! —advierto a los hombres mientras voy hacia ellos blandiendo el cuchillito como si fuese una espada. Rezo porque no se den cuenta de lo mucho que me tiemblan las manos, de que me siento como una niña pequeña jugando a las mazmorras.

Los dos hombres vacilan, más por la sorpresa que por el miedo, pero, sea por lo que sea, funciona.

Aprovecho la oportunidad para coger a Peter y zarandearlo. Está tan pálido que da miedo y tiene sangre en la cabeza, pero mantiene los ojos abiertos. Gruñe, pero empieza a incorporarse, y creo que nunca me había sentido tan aliviada en la vida.

—A... Alice —tartamudea—. Pero ¿tú no...? ¿Qué...?

Pero ¿cómo se le ocurre que este es el mejor momento para mantener esta conversación?

—Luego hablamos —lo interrumpo, lo cojo de la manga y tiro con todas mis fuerzas. Dios, cómo pesa—. Arriba. ¡Vamos!

Sin embargo, antes de que se ponga de pie, atisbo un movimiento por el rabillo del ojo. No reacciono lo bastante rápido. Con un gruñido, el primer secuestrador se abalanza sobre mí y me tira al suelo de cabeza.

El dolor es como una explosión en todo mi cuerpo.

Intento moverme, trato de luchar, pero una rodilla se me clava en la espalda. El peso del secuestrador me tiene inmovilizada. Luego me quita el cuchillo.

«No, no, no...».

Esto no puede estar pasando.

Un pitido me inunda los oídos; es tan fuerte que casi no oigo lo que el hombre grita a los otros dos. Que cojan a Peter, o algo así. Habla de un coche, de llevárselo...

Los hombres obedecen de inmediato: entre los dos, atrapan a Peter y lo levantan por los brazos. Él ni siquiera se resiste; parece haber entrado en estado de shock: tiene los ojos como platos y la boca abierta, y así sigue mientras se lo llevan a rastras.

Esto no puede estar pasando. Esto no puede...

Pero está pasando.

No puedo más que observar horrorizada con la cara pegada a la moqueta del hotel, que me raspa la mejilla.

Y, justo cuando creo que la situación no podría empeorar, el primer secuestrador empieza a atarme las manos con la misma cuerda que debe de haber usado con Peter. Mierda. Pero ¿cuántos metros de cuerda tiene esta gente? Tira de los extremos con torpeza (debe de saber que no le queda mucho tiempo) y está distraído, pero es fuerte. Noto cómo me enrolla la cuerda una y otra vez, tan tirante que me corta la circulación.

No me siento los brazos.

Luego la presión desaparece de mi espalda y el secuestrador se marcha. Se va con los otros dos enmascarados y con Peter, que está sangrando, mientras yo me quedo aquí tirada con las manos atadas. Me duele todo y no puedo creer que haya terminado en esta situación.

Cuento los pasos del secuestrador, que se alejan cada vez más de mí.

Uno. Dos. Tres.

La puerta se abre y luego se cierra y me quedo sola en la más completa oscuridad.

* * *

No hay tiempo de dejarse llevar por el pánico.

En cuanto los secuestradores se van, empiezo a rodar y retorcerme por el suelo hasta que doy contra algo duro. La esquina de una mesa, probablemente.

Me vale.

Me doy la vuelta con torpeza, a ciegas, de forma que mis manos atadas quedan contra el borde afilado, sea lo que sea. Entonces empiezo a moverlas de arriba a abajo como si usara un serrucho mientras rezo para que las cuerdas se rompan.

—Vamos —murmuro entre dientes. El sonido de mi voz, que muestra mucha más firmeza de la que siento, me ayuda a calmarme un poco—. Vamos, ¡vamos!

Creo que está funcionando. O eso espero. De momento, noto que las cuerdas no se me clavan en la piel tanto como antes. Quizá si aplico un poco más de presión aquí y retuerzo las muñecas así...

¡Sí!

Tras la novena intentona, consigo soltar las cuerdas gracias a una combinación entre el descubrimiento del ángulo correcto, la cantidad nauseabunda de sudor que me cubre las manos y la suerte de que el secuestrador no haya tenido tiempo de hacer nudos dobles.

Tiro las cuerdas a un lado y me dirijo dando tumbos hacia la puerta sin hacer caso de la debilidad de mis rodillas, el cosquilleo de la punta de mis dedos o el hecho de que casi no puedo respirar.

Lo único que me importa ahora es salvar a Peter.

Quito el cerrojo y salgo a toda prisa, entornando los ojos ante la luz repentina. Intento deducir adónde habrán ido los secuestradores. Me parece poco probable que se hayan quedado en una zona donde alguien pueda reconocer al chico, y dijeron no sé qué sobre llevárselo, sobre un coche...

¡El aparcamiento!

Pero no será un aparcamiento cualquiera. Será un lugar recóndito, al que se accede por las escaleras en lugar de por el ascensor y sin cámaras de seguridad que registren actividades sospechosas.

Corro escaleras abajo, saltando los escalones de dos en dos. Mi mente va a toda velocidad. He pasado tanto tiempo memorizando el plano del hotel que lo veo con tanta claridad como si lo tuviera delante de mí: visualizo todas las etiquetas que puse para marcar la situación de las cámaras y las salidas, las líneas que se cruzan en los pasillos y las escaleras… Y el diagrama del aparcamiento abandonado que está en la segunda planta subterránea.

Es allí donde llevan a Peter. Tiene que serlo.

Solo debo encontrarlos antes de que se marchen.

Acelero; estampo los pies contra el cemento mientras el corazón me late tan rápido que temo que me explote. Ojalá fuese una atleta. Ojalá me hubiese desatado más rápido o hubiese escapado con Peter cuando tuve la oportunidad. Ojalá nunca hubiera accedido a secuestrarlo.

Los números pasan ante mis ojos como una exhalación a medida que bajo planta tras planta.

Planta decimoquinta.

Planta duodécima.

Décima.

Séptima.

—¡Alice!

Me paro en seco y me doy la vuelta, convencida de que estoy alucinando.

Pero no: ahí está Henry, a solo unos escalones de mí, con los rasgos iluminados por la señal de neón roja que indica la salida. Tiene la mirada oscura, llena de preocupación.

—Te he estado buscando por todas partes —dice mientras se acerca a paso ligero—. He conseguido librarme de Rainie y… —Hace una pausa y me observa—. ¿Qué ha pasado? ¿Te han hecho daño?

Niego con la cabeza; estoy demasiado exhausta para hablar. Me siento como si tuviera los pulmones y las piernas de plomo y tengo un flato horrible y doloroso. Necesito de todas mis fuerzas para no doblarme hacia adelante.

—Se…, se han llevado a Peter —consigo decir con voz débil y ronca—. Tenemos que… salvarlo…

Espero a que llegue el aluvión de preguntas, la incredulidad, pero Henry no parece sorprendido ante este giro tan dramático de los acontecimientos. Se limita a arremangarse y decir:

—De acuerdo. Vamos.

No concibo cómo una vez quise tirarlo de un escenario de un empujón.

De algún modo, con él a mi lado, me cuesta menos bajar corriendo lo que queda de las escaleras. Y con menos me refiero a que ya no me siento como si estuviese al borde de una muerte lenta y dolorosa. En cualquier caso, cuando llegamos a la entrada del aparcamiento, unos puntitos blancos y danzarines me nublan la visión.

Aquí hace más frío y el aire se nota más denso y húmedo por la peste a gasolina. Con cuidado de no toser, nos escondemos detrás de una puerta entreabierta con la espalda pegada a la pared y prestamos atención. Intento no pensar en que quizá hayamos llegado demasiado tarde.

Y entonces lo oigo: el rechinar iracundo de los zapatos, unas suelas de goma contra el cemento. Unas voces masculinas que reverberan en las paredes, amplificadas por lo vasto del espacio. El golpe de un maletero al cerrarse.

Henry y yo intercambiamos una mirada fugaz. Hemos hecho los suficientes trabajos para el Fantasma de Pekín como para saber qué debemos hacer a continuación.

Contemplo cómo ajusta su posición: se pone recto, de forma que parece incluso más alto de lo habitual, se recoloca el cuello de la camisa y se peina el pelo con una mano. En un instante, ya no es solo Henry, sino Henry Li, el hijo del multimillonario hecho a sí mismo, alguien que lleva su educación privilegiada y sus poderosos contactos como una medalla. Una persona intocable.

No obstante, eso no evita que tenga el estómago en un puño ni que me llene de preocupación cuando se acerca a ellos.

—Hola —saluda en perfecto mandarín. Su voz suena incluso más grave, más adulta, lo que está bien. Si los secuestradores no se lo toman en serio, la hemos cagado.

Los hombres reaccionan con un abrupto silencio.

Estoy tan tensa que me pica la piel.

Contengo el aliento y empiezo a contar. Cuando llego a catorce, uno de ellos gruñe:

—¿Y tú quién eres?

Están más cerca de lo que esperaba, a no más de seis metros de la puerta.

—Eso debería preguntarlo yo —responde Henry con tranquilidad—. ¿Por qué llevan máscaras?

—No es asunto tuyo.

—En realidad sí es asunto mío —contesta Henry. Lo imagino ladeando la cabeza y con las cejas enarcadas en una expresión condescendiente—. Mi padre es el propietario de este hotel, y estoy seguro de que le encantaría saber por qué hay tres desconocidos enmascarados paseándose a hurtadillas por nuestro aparcamiento clausurado en mitad de la noche. Si no me lo quieren decir a mí, puedo pedirle a él o al encargado del hotel que vengan a…

—Vale —lo interrumpe uno de ellos—. Si tanto quiere saberlo, íbamos a una discoteca, eso es todo. No queríamos que nos pillaran nuestras mujeres.

A pesar de todo, casi pongo los ojos en blanco. Qué excusa más idiota.

—¿Podemos irnos ya? —pregunta otro.

—No, no pueden —contesta Henry—. Como tienen el coche aquí, tendrán que pagar por el aparcamiento.

—Pero…

—El pago no es negociable. Por supuesto, pueden usar WeChat Pay si lo prefieren, escanear este código QR en mi teléfono o conseguir un descuento si entran en su cuenta del hotel y luego se registran a través de uno de nuestros cinco afiliados…

Mientras Henry parlotea sobre las normas del hotel, los bancos colaboradores y las membresías posibles, me asomo. La escena que me encuentro me recuerda a una película de acción de bajo presupuesto: el aparcamiento está vacío, salvo por una furgoneta cubierta de polvo en una esquina y un elegante vehículo negro rodeado por los tres hombres. Los tres están de cara a Henry y me dan la espalda. Este, que se ha colocado justo delante del vehículo, ha apoyado las dos manos en el capó, de forma que tendrían que atropellarlo para marcharse.

«Es una buena estrategia —razono para mis adentros mientras lucho contra el impulso de apartar a Henry de ahí para protegerlo—. No se les ocurrirá… No se atreverán a matar al hijo del dueño del hotel. Les causaría demasiados problemas.

Solo he de rescatar a Peter antes de que los secuestradores pierdan la paciencia y la capacidad de pensar de forma racional. Con cuidado de no hacer ningún ruido, me agacho y me acerco con sigilo al maletero del coche. El corazón está a punto de salírseme por la boca. Miro la matrícula y me la grabo en el cerebro: «N150Q4».

Henry sigue hablando.

—Lo cierto es que el Banco de China ofrece ahora una promoción en la app por tiempo limitado…

—Un momento —interrumpe el hombre del centro. El cambio en su tono de voz, del fastidio a otra cosa, algo parecido a la sospecha, me seca la boca. Levanto la vista.

Henry no se mueve, aunque lo mira con recelo.

—¿Qué?

—Creo que te reconozco —contesta el hombre, y el tiempo se para. Se me nubla la vista. Las luces del aparcamiento parpa-

dean y el techo amenaza con derrumbarse sobre mí—. Salías…
Salías en el artículo de esa revista. Y en la entrevista en el *China Insider*… Eres el hijo del fundador de SYS, ¿no?

El pánico inunda los rasgos de Henry una fracción de segundo.

Es solo un segundo, pero es suficiente.

—¿Quién te manda? —ruge el secuestrador poniéndose ante los faros del coche. Su sombra se alarga amenazadoramente sobre el cemento. Se acerca a Henry e insiste—: ¿Quién?

Henry alza el puño y ataca al hombre antes de que me dé tiempo a reaccionar. Lo golpea con fuerza: juraría que oigo el crujir de los huesos. El hombre grita y retrocede tambaleándose y tapándose la nariz con las manos, y yo me quedo en blanco.

Henry le ha pegado un puñetazo a un hombre.

Henry le ha pegado un puñetazo a un hombre.

¡Henry Li le acaba de pegar un puñetazo a un hombre!

Todo lo que está ocurriendo esta noche parece irreal.

Henry parece casi tan sorprendido como yo: se queda mirando al hombre encorvado y luego se mira el puño cerrado, como si lo hubiese poseído una fuerza desconocida, lo que tendría más sentido que lo que acaba de ocurrir. Dudo que Henry hubiera usado el puño alguna vez ni a modo de saludo.

En ese momento, los otros dos hombres van a por él y Henry derriba a uno de ellos con un golpe sordo, y todo se convierte en un caos. Desde mi escondrijo no puedo ver lo que pasa; solo oigo los gruñidos de dolor y los golpes de los brazos y las piernas al colisionar, de los cuerpos al caer al suelo, y la voz de Henry cuando grita:

—¡Cógelas!

Algo pequeño y plateado vuela por los aires trazando un arco perfecto. No me lo pienso dos veces: doy un brinco y cojo el objeto metálico. Son las llaves del coche.

Por supuesto.

Con el pulso aceleradísimo, quito el seguro del coche y abro la puerta.

Peter está acurrucado en el asiento trasero al lado de un paquete abierto de botellas de agua. Al verlo, siento una oleada de alivio y de horror. ¡Está vivo! Está vivo y consciente y me mira como si fuese un fantasma mientras le suelto los brazos y lo ayudo a bajar. Le tiemblan las piernas con violencia, pero logra ponerse de pie.

Delante de nosotros, los ruidos de la pelea se intensifican. Temo por Henry.

—Entra —le ordeno a Peter—. Espéranos en la puerta.

Obedece sin protestar. Mientras se va corriendo, cojo una de las botellas de agua y la sostengo como una porra, permitiéndome notar su peso en la mano. «No pesa lo bastante como para cargarme a alguien», decido, y es lo único que necesito saber antes de avanzar.

Los hombres no reparan en mí; están demasiado ocupados formando una especie de bocadillo humano: Henry tiene a dos de ellos inmovilizados debajo de él, pero el más alto lo ha agarrado. Es el mismo que me ha atado antes.

Ahora mismo estoy más rabiosa que aterrorizada, así que dejo que la ira guíe mi puntería...

Y le atizo al hombre con la botella de agua, estampándosela en la nuca con un satisfactorio crujido.

Mientras este se cae hacia un lado, me agacho y cojo a Henry de la mano. Tiene los nudillos rojo oscuro y un corte en el pulgar del que mana la sangre. Se me encoge el corazón, pero sé que ahora no es momento de disculparme, de darle las gracias ni de manifestar las otras millones de cosas que siento en este instante.

—¡Corre! —grita mientras se pone de pie de un salto.

Y eso hacemos. Corremos a toda velocidad hacia la estrecha salida, donde nos espera Peter, cerramos la puerta tras nosotros y subimos por las escaleras convertidos en una maraña de pies y corazones que laten con fuerza. Henry es el primero en llegar a su planta, así que luego solo quedamos Peter y yo. Sigo adelante sin soltarlo de la muñeca para que no se caiga. Debemos seguir. No sé si los hombres de Andrew habrán logrado entrar de nuevo o habrán alertado a alguien, ni si saldremos de este lío sanos y salvos. Lo único que puedo hacer es obligar a mis piernas a correr más deprisa, aún más deprisa, aunque me duelan las rodillas y tenga la boca seca, aunque mis pulmones sufran, faltos de aire. Doblo la esquina, tiro de Peter hacia el pasillo de la novena planta…

Y me doy de bruces contra el señor Murphy.

Diecisiete

Por primera vez en los cuarenta años de historia de Airington, el viaje de Experimenta China termina antes de tiempo.

Y todo por mi culpa.

Bueno, técnicamente, Vanessa Liu también es responsable de ese cambio tan brusco en la agenda escolar. De todos los chicos que hay en nuestro curso, resulta que el que le gustaba no era otro que Peter, así que, cuando fue a su cuarto a confesar (solo para encontrarse a Jake medio dormido y la cama de Peter vacía), se temió lo peor y se lo notificó al señor Murphy.

En realidad, no podría haber sido más inoportuno. Si Vanessa no hubiera estado tan borracha, nunca habría irrumpido en la habitación de Peter después de que yo lo secuestrara, ni el señor Murphy se habría presentado en albornoz para ir a buscarlo en el preciso momento en el que él y yo volábamos escaleras arriba.

Después de eso, la situación se descontroló bastante rápido.

El señor Murphy echó un vistazo a mi expresión, luego a la cara de perplejidad de Peter y al hilillo de sangre que le brotaba de la cabeza y lo mandó al hospital por si había sufrido un traumatismo craneal. Luego informó a sus padres, que chillaron tanto por teléfono que oí la conversación entera aunque estuviera a dos metros de distancia. Cuando terminaron de amenazar con denunciar al colegio y al hotel por negligencia, mandaron un jet privado para llevar a su hijo a casa, se supone que para que lo trataran en un hospital mejor.

Al resto de los estudiantes de nuestro curso nos ordenaron que hiciéramos la maleta y dejáramos las habitaciones antes del amanecer para coger el primer tren a Pekín. No nos dieron más explicación.

Sin embargo, estoy segura de que ahora todo el mundo tiene su propia teoría sobre lo ocurrido, sobre qué desencadenó los gritos frenéticos del señor Murphy a las cuatro de la madrugada, las sirenas de las ambulancias en mitad de la noche y la expresión terrible que luce Wei Laoshi desde entonces.

Y, por supuesto, la razón por la que me han separado de mi compañera, me han prohibido hablar con nadie y me han obligado a viajar en el compartimento de los profesores. Ni siquiera he podido ver si Henry está bien. Hasta ahora, ninguno de los profesores lo ha nombrado, lo que significa que al menos nadie sospecha de él, pero no puedo dejar de pensar en la pelea de anoche, en el corte que tenía en el puño. Podría estar herido.

No puedo dejar de pensar en él.

—Alice, me gustaría darte la oportunidad de que te expliques —dice el señor Murphy. Está sentado enfrente de mí, encorvado torpemente para no chocar con la litera de arriba.

Yo también estoy encorvada, pero lo que me dobla la espalda a mí es el miedo y no la falta de espacio.

—¿Explicar qué? —murmuro con la mirada gacha para ganar tiempo.

—Hablé con Peter antes de que lo llevaran al hospital y me dijo que estabas con él en aquella habitación de hotel.

Aprieto los dientes. Aquí hace demasiado calor, siento que las paredes me constriñen, que las luces del techo bajo me ciegan como la linterna de un policía. Una gota de sudor se me desliza por la espalda.

—También me dijo —continúa el señor Murphy con cierta vacilación— que casi le dio la impresión de que… apareciste de la nada. Que no está seguro de cómo entraste en la habitación. —Hace una pausa—. ¿Te suena de algo?

Abro la boca para protestar, pero se me escapa un ruidito estrangulado, como un gorgoteo. Trago saliva y lo intento otra vez.

—Se había dado un golpe en la cabeza, señor Murphy —consigo decir—. No podía… Quiero decir, ¿sabe usted de alguien que haya aparecido de la nada? ¿Excepto en películas o en cómics? Es…, es ridículo.

El profesor niega con la cabeza.

—Aunque la idea es un poco disparatada en sí misma, y es evidente que desafía las leyes básicas de la física, me temo que las otras partes de la historia sí tienen sentido. —Adopta una expresión severa y se me para el corazón—. Por ejemplo, cuando le pregunté por ti a Vanessa Liu, recuerda que estabas en la habitación de Henry Li alrededor de medianoche. Pero Mina Huang me ha dicho que te fuiste poco después que Vanessa, a una hora que coincide con una misteriosa llamada a la puerta de Jake Nguyen, y que no volviste en ningún momento. Un ejemplo más —continúa, enumerando cada argumento con los dedos—: He contactado con el hotel para que me enseñen las grabaciones de seguridad, y han visto algo bastante… peculiar. No hay ninguna grabación en la que se te vea entrar en la habitación 2005, pero, de algún modo, sí hay una en la que se te ve salir de ella con Peter.

Si no estuviese tan preocupada porque me expulsen o me metan en la cárcel, las habilidades como detective del señor Murphy me impresionarían.

Suspira.

—Mira, Alice, no creo en los poderes sobrenaturales y tampoco quiero creer que seas de la clase de personas que cometerían un crimen como este. Y también debemos tener en cuenta que, sin importar lo que sucediera antes, al final ayudaste a Peter a escapar… —Hay un «pero» en ese tono de voz; lo presiento, así que me preparo para lo que viene a continuación—. Pero las pruebas que tenemos hasta el momento no me dan buena espina. Aunque no tuviésemos en cuenta las anomalías, es un hecho que Peter fue retenido contra su voluntad, herido y, a juzgar por las marcas en sus muñecas, atado, y tú estuviste ausente durante ese tiempo. Si sus padres deciden investigar el asunto y poner una denuncia…

Estaba preparada para esto, pero, aun así, se me hace un nudo en la garganta y me pitan los oídos.

—Por supuesto —añade el señor Murphy—, sería otro asunto si alguien te hubiese obligado a…

—No —lo interrumpo demasiado rápido.

Frunce el ceño.

—¿Estás segura, Alice?

—Yo… Estoy segura.

Y lo estoy. He sopesado los pros y los contras de contarle a los profesores o a la policía que Andrew está implicado y, pese a lo alterada que estoy, tengo claro que el precio sería demasiado alto. No puedo ofrecerles pruebas de ninguna correspondencia sin exponer al Fantasma de Pekín y todo lo que hay detrás: la implicación de Henry, los secretos de mis compañeros de clase, la cuenta bancaria privada, el examen robado…

Lo único que lograría confesando sería aumentar las posibilidades de que me castigue la ley, por no hablar de todas las preguntas que me harían sobre un poder que ni yo misma sé explicar.

Al ver que opto por guardar silencio, el señor Murphy me mira decepcionado. Parece hundirse más en su asiento.

—Muy bien —concluye mientras se frota los ojos con la mano—. Supongo que lo discutiremos con más detalle cuando hable con tus padres...

—Un momento. ¿Mis padres?

Me mira como si fuese lo más evidente.

—Sí, los he llamado en cuanto he terminado de hablar con el padre de Peter. Les he pedido que nos esperen en mi despacho.

De repente, me quedo sin aire. Si había conseguido mantener la compostura hasta ahora, mi máscara se agrieta como una cáscara de huevo y la ansiedad brota de forma caótica e incontrolable.

—Ha..., ha llamado... —También se me rompe la voz; me cuesta acabar la frase—. Ha llamado...

—Tenía que hacerlo, Alice —contesta el señor Murphy y suspira de nuevo—. Es importante que lo sepan. Al fin y al cabo, no eres más que una niña.

Sus palabras me resultan familiares, pero tardo un momento en recordar la última vez que las oí: fue el señor Chen quien las pronunció, después de felicitarme por el examen de Inglés y decirme con tanta sinceridad que merecía soñar, que merecía labrarme mi propio futuro.

Ahora ese recuerdo parece tener un millón de años.

★ ★ ★

Excepto por el primer día y por la entrevista para la beca, mis padres nunca habían puesto un pie en el campus. Siempre dicen que es porque en transporte público está demasiado lejos, lo que es cierto (casi todos los estudiantes tienen chóferes privados, así que el colegio nunca se ha molestado en invertir en una opción más accesible), pero sospecho que en realidad es porque tienen miedo de que me avergüence de ellos, porque no quieren llamar la atención por lo distintos que son de los típicos padres de Airington, que son empresarios, ejecutivos en empresas tecnológicas o estrellas famosas.

Sea cual sea la razón, no me los imagino orientándose a través de las cinco plantas del edificio de Humanidades hasta llegar al minúsculo despacho que hay al final del pasillo. Nunca habían entrado ahí.

Así que, cuando salgo del autobús, dejo atrás a los demás estudiantes, que están bajando sus mochilas al patio y esperando a que los recojan sus chóferes, y entro al despacho del señor Murphy, no me sorprende encontrarlo vacío.

Pero eso no evita que me deje llevar por el pánico.

—Deben…, deben de haberse perdido —balbuceo. Noto una presión en el pecho al imaginar a mis padres perdidos por el campus, buscándome—. Tengo que ir a por ellos, no hablan muy bien inglés…

Dios, es como volver a estar en Estados Unidos.

—Son dos adultos, Alice —repone el señor Murphy confundido, como si estuviera exagerando sin razón. Él no lo entiende—. Estoy seguro de que no necesitan un guía para encontrar…

Alguien llama a la puerta y me doy la vuelta de golpe.

Se me seca la boca.

Un estudiante del último curso que reconozco pero con el que no he hablado nunca está apoyado en el marco de la puerta al lado de mis padres, que lucen expresiones compungidas y contrariadas. Siento una punzada de dolor al ver que Baba lleva el mono azul del trabajo y Mama la misma falda de flores que la última vez que la vi, en el restaurante.

Parecen mayores de lo que recordaba. Más frágiles.

—Me he encontrado a estos señores cerca de la escuela primaria. Dicen que están buscando a una tal Sun Yan y el despacho del señor Murphy —nos explica el chico mientras me dirige una mirada entre la pena y la curiosidad.

—Fantástico. Gracias por traerlos, Chen. —El señor Murphy sonríe.

—De nada.

El chico me mira una última vez antes de cerrar la puerta.

Baba se acerca a mí en cuanto nos quedamos solos. Todavía albergaba un rayito de esperanza porque no reaccionasen tan mal como temía, al menos no antes de escuchar mi versión de la historia, pero la ira en sus ojos es más que evidente.

—¿En qué estabas pensando? —grita Baba. Escupe gotas de saliva y se le marca una vena oscura en la sien. Está tan enfadado que tiembla. Nunca lo había visto tan furioso, ni siquiera aquella vez que se me cayó un vaso de agua encima del ordenador para el que había ahorrado durante años. En este espacio tan cerrado su voz me resulta ensordecedora, y sé por el silencio que ha caído sobre el patio que todo el mundo debe de estar escuchándolo. Que todos mis compañeros de clase y mis profesores pueden oír cada palabra. Chanel, el señor Chen, Rainie, Vanessa...

Henry.

Por primera vez, me descubro rezando por volverme invisible de forma permanente, por desaparecer en este preciso instante, hundirme en un profundo vacío bajo la espantosa moqueta del despacho y no volver a resurgir jamás.

—¿Qué quieres? ¿Rebelarte? —continúa Baba, gritando cada vez más—. ¿Cómo has...? Al principio, Mama y yo no nos lo podíamos creer. Cuando nos llamaron del colegio para decirnos no que habías ganado un premio, sino que eres una criminal...

El señor Murphy tiene la mirada clavada en un punto en la pared; está terriblemente incómodo. Cuando Baba deja de gritar un instante para respirar, aúno todo el coraje que me queda y susurro:

—Baba, por favor…, por favor, ¿podemos hablar sobre esto en otro sitio? Nos oye todo el mundo…

Pero no era lo más adecuado. Baba adopta una expresión implacable y espantosa.

—¿Es que solo vives para los demás? —grita—. ¿Por qué te importa tanto lo que piensen? —No sé cómo contestar sin enfurecerlo más, así que guardo silencio y rezo porque termine pronto—. ¡Sun Yan! ¡Te estoy hablando!

Se agacha para quitarse un zapato y retrocedo, convencida de que me lo va a lanzar, pero Mama se apresura a intervenir.

—Laogong, creo que no es el mejor momento —murmura en mandarín mirando al señor Murphy.

—Está bien. —Baba me coge de la muñeca con fuerza, no tanto como para dejarme marca, pero sí para que me haga daño—. Vámonos.

Me mantengo firme y me suelto con dificultad.

—¿Adónde me lleváis? —pregunto. Noto un zumbido en los oídos, una presión dolorosa que me sube por el pecho y la garganta como bilis—. Tengo clase…

Baba suelta una carcajada.

—¿Clase? —Golpea la mesa con la palma de la mano y todo el mundo da un brinco, el señor Murphy incluido. De repente, se pasa al inglés y sus palabras, ya enmarañadas, se pisan las unas a las otras todavía más debido a la rabia—. ¿Sabes para qué educación? ¿Por qué colegio cobra trescientos treinta mil yuanes?

El señor Murphy se aclara la garganta.

—En realidad ahora son trescientos sesenta mil yuanes, un precio muy razonable si tenemos en cuenta las nuevas instalaciones de última generación y...

Baba lo ignora.

—Te ayudo a crecer, hacer contactos, ver el mundo, un día devolver a la sociedad. No a adorar el dinero. ¿Qué dice siempre Mama? No eres buena persona, no eres nada. ¡Nada!

Un silencio denso cae sobre nosotros cuando se calla, tan cortante como un hacha. Tiemblo descontroladamente, los dientes me castañetean de forma audible y creo que me voy a morir, o a vomitar, o las dos cosas. Luego, Baba niega con la cabeza, cierra los ojos y exhala un profundo suspiro. Cuando vuelve a mirarme, parece haber envejecido diez años de golpe. En mandarín, añade:

—Pasara lo que pasase, Mama y yo siempre nos habríamos sentido orgullosos de tener una hija como tú. Pero ahora... —Se interrumpe.

Ardo de vergüenza.

—Lo..., lo siento —consigo decir, y una vez logro pronunciarlas, no puedo evitar repetir esas palabras una y otra vez—. Lo siento mucho, muchísimo, Baba, de verdad... Yo tampoco quería que pasara esto...

Pero la expresión de mi padre no se suaviza.

—Nos vamos.

El señor Murphy elige este momento para hablar.

—En realidad, teniendo en cuenta las circunstancias actuales..., creo que lo mejor para Alice es tomarse un pequeño descanso de la escuela. —Ve que lo miro horrorizada y se apresura a añadir—. No quiero decir que esté expulsada, por supuesto. Los padres de Peter y la junta tardarán un poco en tomar una decisión. Pero hasta entonces... En fin. —Mira a la ventana, como si él también supiera que todo el duodécimo año está escuchando nuestra conversación, y suspira—. Creo que un poco de distancia sería beneficiosa. Nos daría a todos tiempo para reflexionar y enmendar lo ocurrido si es necesario. ¿Qué te parece, Alice?

Los tres adultos se vuelven hacia mí, pero entonces me doy cuenta de que lo que yo piense no importa. Ya han tomado una decisión.

Trago saliva.

—¿Puedo ir al dormitorio a recoger mis cosas, al menos?

El señor Murphy está visiblemente aliviado. Supongo que si me hubiera resistido le habría causado serios problemas, o quizá no quiere que Baba empiece a gritar otra vez.

Es Mama quien contesta.

—Sí —dice en voz baja. Me habla de una forma tan distante que cualquiera diría que se está dirigiendo a una desconocida, y justo cuando pensaba que no podía sentirme peor—. Ve rápido. —Junta las manos y la cicatriz blanca asoma por debajo de las puntas de sus dedos—. Tenemos que coger el metro.

* * *

El corto trayecto entre el despacho del señor Murphy y mi dormitorio es una tortura.

Cuando salgo, todo el mundo se va, pero noto sus miradas clavadas en la nuca, noto los atisbos de sospecha y preocupación, veo cómo me juzgan. Lo llevan escrito en la cara. Se me encoge el estómago. Siempre he odiado llamar la atención por razones negativas.

Me pregunto cuántas personas habrán deducido que lo que pasó anoche tuvo algo que ver con el Fantasma de Pekín, y cuántas habrán llegado a la conclusión de que quien estaba detrás era yo.

Es como ir camino del matadero.

Me escuecen los ojos. Subo las escaleras del edificio Confucio con ellos llenos de lágrimas, pero me niego a llorar. Me niego a mostrar debilidad. Mantengo la cabeza alta y los hombros hacia atrás y miro hacia delante, como si no estuviese a punto de derrumbarme delante de todos mis compañeros.

Se levanta una brisa amarga que me silba en los oídos, pero oigo que me llaman por encima del ruido:

—¡Alice!

Lo ignoro y acelero. Ahora mismo no quiero hablar con nadie, tengan buenas intenciones o no. No tengo ni idea de qué podría decir.

Cuando llego a mi cuarto, meto todas mis cosas en una triste mochila. En realidad no tengo tanto que recoger: un montón de certificados, varios trofeos, algunos productos de baño y un uniforme del colegio que tal vez nunca pueda volver a ponerme…

—Dios mío, ¡Alice!

Doy un brinco y levanto la vista. Es Chanel, que mira el armario abierto y la mochila con los ojos como platos. Sin mediar palabra, cruza la habitación y me da un abrazo de oso. Al principio me pongo rígida, desconcertada ante el repentino gesto de afecto, pero luego apoyo la cabeza sobre su hombro huesudo con cierta vacilación y dejo que su pelo me haga cosquillas en la mejilla. Por un instante, el terror, la incertidumbre y la culpa de los días pasados se adueñan de mí.

«No puedes llorar», me recuerdo mientras las lágrimas calientes amenazan con salir.

—Tía, estaba preocupadísima —susurra. Da un paso atrás y me mira a los ojos—. ¿Qué ha pasado? Pensaba que anoche estabas con Henry, pero después oí la sirena de la ambulancia y el señor Murphy empezó a gritar que hiciéramos las maletas a las cuatro de la mañana y parecía asustadísimo, y los profesores no nos dejaban hablar contigo en el tren... ¿Y ahora esto? —Señala la mochila, abierta, que muestra su escaso contenido—. ¿Qué narices está pasando?

—Me marcho —contesto con voz inexpresiva.

Me mira fijamente.

—¿Que te marchas? ¿Adónde? ¿Cuánto tiempo?

Lo único de lo que soy capaz es de negar con la cabeza. Me da miedo derrumbarme si pronuncio una palabra más. Sin embargo, Chanel no deja el tema.

—¿Es el colegio el que te obliga a marcharte? —pregunta. Está enfadada y tiene las mejillas sonrosadas—. Porque no sé qué has hecho, pero no puede ser tan malo. Además, eres una de las mejores estudiantes. No..., no pueden. No lo voy a permitir. —Se aparta de mí mientras coge su teléfono.

Con un enorme esfuerzo, consigo encontrar de nuevo mi voz.

—¿Qué haces? —pregunto.

—Se lo voy a contar a mi padre —contesta con una mueca a medio camino entre la amargura y la arrogancia—. Desde que me enteré de..., ya sabes de qué, ha sido supermajo conmigo. —Las comisuras de sus labios se curvan hacia abajo, pero continúa—: Seguro que, si se lo pregunto, puede tirar de algunos hilos y hacer que el colegio reconsidere...

—No. —La cojo de los hombros y la obligo a dejar el teléfono—. No, Chanel, no lo hagas, por favor. Te lo agradezco mucho, de verdad, pero no es por el colegio. Bueno, no solo por el colegio. Es que... ahora mismo no puedo estar aquí. —Se me rompe la voz al pronunciar la última palabra y Chanel me mira preocupada.

Las dos nos quedamos en silencio un rato: yo intento respirar con los dientes apretados y tragarme mis emociones; ella está totalmente quieta con la mirada clavada en el suelo.

Luego suspira.

—Vaya mierda.

Su resumen me hace soltar una pequeña carcajada histérica, pero asiento.

—¿Puedo ayudarte a hacer la maleta, por lo menos? —pregunta mirando de nuevo la mochila—. ¿O a conseguir un Didi? Ahora que lo pienso, mi chófer no tardará en llegar. Puede llevaros a ti y a tus padres a casa.

Su amabilidad es abrumadora, como un golpe de calor en invierno. Le estrecho la mano suavemente; durante un minuto, no me sale la voz.

—No, no, está bien así. De todos modos, casi he terminado —consigo decir al cabo de un minuto—. Y mi casa está a casi dos horas en coche de aquí. Está demasiado lejos para que nos lleve tu chófer.

Abrazo su cuerpo menudo antes de que le dé tiempo a protestar, con la esperanza de poder transmitirle así todo lo que no sé cómo expresar, toda la culpa, toda la gratitud.

Luego me vuelvo y salgo de mi cuarto, apartando el terrible pensamiento de que tal vez sea la última vez que piso estos pasillos.

* * *

Durante el trayecto en metro, Mama y Baba no pronuncian ni una sola palabra. Supongo que eso es mejor que los gritos en público, aunque tampoco mucho.

Cuando por fin llegamos a su casa (nuestra casa, me recuerdo), la veo aún más pequeña de lo que recordaba. La cabeza de Baba llega al techo, las paredes tienen manchas amarillas y en el salón casi no hay sitio para que estemos los tres sin chocarnos con la mesa o los armarios.

Mama coge mi mochila y mi maleta en silencio y, durante un espantoso segundo, temo que me las ponga en la puerta y me eche de casa, que me obligue a vivir en la calle. Que reniegue de mí.

Pero las mete en la habitación que comparte con Baba, el único dormitorio de la casa.

—Tú duermes ahí —me indica sin mirarme.

—¿Y dónde dormiréis vosotros?

—En el sofá.

—Pero…

—No se discute —contesta con firmeza, con un tono tan definitivo que solo me atrevo a tragarme las protestas y obedecer.

—Gracias, Mama —susurro, pero ya me ha dado la espalda. Si me ha oído, me ignora.

Trago saliva, a pesar del nudo que tengo en la garganta. Lo único que quiero es que me abrace, que me tranquilice como cuando era pequeña, pero sé que es imposible, al menos por ahora. Así que deshago las maletas, cambio las sábanas, me ducho. Efectúo todos los movimientos necesarios como una máquina, disciplinada y sin sentimientos.

Solo cuando estoy sola en su dormitorio, con la puerta cerrada, me tapo la cabeza con las delgadas mantas y me permito llorar.

Dieciocho

A la mañana siguiente, me despierto con un dolor de cabeza penetrante y con las marcas de la almohada en la mejilla. Durante unos segundos fugaces y dichosos, me olvido de que estoy en casa. Me olvido de por qué tengo la garganta tan seca, como si llevase días sin beber agua, y de por qué casi no puedo abrir los ojos.

Luego oigo el repiqueteo de las ollas, el «clic, clic, clic» de los fogones de la cocina (¡la cocina!) al encenderse y todo vuelve a mi mente de golpe. Siento náuseas.

Mierda.

Me quedo sin aire cuando me asaltan los dolorosos recuerdos, uno tras otro, cuando me veo obligada a revivir cada segundo de la reunión de ayer: la mirada de profunda decepción de Baba, el gesto de Mama durante el trayecto a casa, con los labios apretados, como si intentase contener las lágrimas…

No recuerdo cuándo fue la última vez que la lie de un modo tan catastrófico. Ni siquiera me habían castigado nunca: de niña, cuando hacía algo malo, como rayar las paredes o romper un plato sin querer, era tan dura conmigo misma que Mama y Baba terminaban reconfortándome en lugar de castigarme.

Pero esta vez es distinto. Es innegable que lo que he hecho está mal a todos los niveles. Un plato roto siempre se puede arreglar o reemplazar, pero cuando haces daño a la gente... no hay forma de volver atrás.

Y eso sin tener en cuenta las consecuencias legales. Si la familia de Peter decide denunciar, lo que, seamos francos, probablemente harán, porque se trata de su único hijo, yo no tengo ningún poder y están acostumbrados a salirse con la suya... Si el colegio decide expulsarme, incluir «actividad criminal» en mi expediente de forma permanente... O, peor aún, si este asunto acaba en los tribunales... Ni siquiera sé cuánto cuesta un abogado, pero sé que son caros, mil veces más caros de lo que podemos permitirnos, y, si hay algo de verdad en las series de juicios que he visto en la televisión, un caso legal como este podría alargarse durante años. Pero ¿cuáles serían las alternativas? ¿La cárcel? ¿Meterían a mis padres en la cárcel porque yo soy menor de edad o me mandarían a algún centro de detención juvenil, donde los chicos esconden navajas debajo de la almohada y atacan a los que son físicamente débiles, como yo?

Un gemido desgarrado y terrible retumba en la habitación, como el de un animal moribundo atrapado en un cepo, y tardo unos instantes en darme cuenta de que lo estoy haciendo yo. Estoy ovillada en la cama en posición fetal y el pánico amenaza con aplastarme los huesos.

No sé cuánto tiempo paso así, intentando recordar cómo respirar sin éxito y odiándome a mí misma, odiando todo lo que...

Y entonces oigo la voz de Mama a través de la puerta del dormitorio:

—Sun Yan, a comer.

Se me para el corazón un segundo. Me aferro a su tono de voz, intento diseccionar cada palabra. Mama solo me llama por mi nombre chino completo cuando está enfadada, pero al menos aún está dispuesta a alimentarme. A hablarme.

Tal vez todavía no haya renegado de mí.

Me froto los ojos soñolientos, respiro hondo y salgo al salón de puntillas. Me siento como una criminal en mi propia casa. Casi esperaba encontrarme a un abogado, a la policía, o quizá a alguno de los ayudantes de los padres de Peter sentado en nuestro sofá gastado, preparado para llevarme con él en cualquier momento, pero solo estamos Mama y yo.

Cuando me acerco a la mesa, no levanta la vista. Se limita a acercarme el desayuno. Es el mismo que solía prepararme cuando iba a la escuela primaria: un cuenco de leche de soja caliente (no ese líquido sedoso y superdulce que puedes comprar en el supermercado, sino la casera, la que tienes que pasar por un colador), un huevo duro pelado, dos platitos de salsa con chile Laoganma, verduras encurtidas y medio *mantou* blanco. Aunque no tengo mucho apetito, noto una punzada de hambre. Entonces caigo en la cuenta de que llevo veinticuatro horas sin comer nada.

Arranco un pedacito de *mantou* y me lo meto en la boca. El pan todavía está tierno, caliente y un poco dulce. Ojalá no me costara tanto tragar.

—¿Baba no desayuna? —pregunto en voz baja, con cautela. Hago una mueca al hablar; me duele la garganta.

Mama tarda un buen rato en contestar. Reina un silencio absoluto, salvo por el suave crujido de las cáscaras de huevo y el tintineo de la cuchara contra su cuenco. Luego, por fin, aunque todavía sin mirarme, responde:

—Ya ha ido al trabajo.

Se me cae el alma a los pies.

—Lo siento muchísimo, Mama —susurro con la mirada fija en una mancha del mantel—. Es que... ojalá... —Se me cierra la garganta y me callo mientras lucho contra el repentino apremio del llanto. En el fondo, sé que no hay nada que pueda decir para cambiar la situación. Aunque esté enferma de arrepentimiento, aunque me disculpe un millar de veces, de mil formas distintas, es demasiado tarde. El pasado es permanente.

—No nos quedan huevos de pato.

Levanto la cabeza, convencida de que he oído mal. No esperaba que Mama respondiera a mi disculpa, pero…

—¿Qué?

—Voy al mercado antes del trabajo. —Mama se termina el cuenco de leche de soja, se limpia la boca con el dorso de la mano y se pone de pie. Luego, por primera vez en meses, me mira a la cara. Su mirada es más tierna de lo que me habría atrevido a imaginar, más cansada que furiosa—. ¿Vienes o no?

★ ★ ★

Hacía años que no venía a la tienda de ultramarinos del barrio con Mama. Airington está demasiado lejos de casa como para volver de vez en cuando, pero también me negaba durante las vacaciones de verano, cuando Mama me preguntaba si quería acompañarla a las compras (si es que a encontrar el repollo más grande por el menor precio se le puede llamar eso). Prefería quedarme para adelantar el trabajo del año siguiente o terminar mis deberes para las vacaciones.

No obstante, no ha cambiado mucho desde que tenía doce o trece años. Hay los mismos estantes repletos de fruta madura: peras *nashi* redondas envueltas en redes de espuma, cuartos de sandía y pitahayas enteras; las mismas bandejas abarrotadas de dulces de los que se reparten en las bodas: caramelos pegajosos de cacahuete envueltos en papel de plástico rojo, vasitos de gelatina translúcida, nubes de malvavisco con relleno de fresa; las mismas vitrinas en la panadería asiática, con bollos de salchicha, tartas glaseadas de huevo y panecillos *taro* lilas rellenos de nata montada.

Incluso la gente parece la misma: la niña que mira con anhelo la hilera de pasteles de frutas, las viejas *nainais* que escudriñan las diferentes marcas de salsa de soja con los ojos entornados.

Voy de pasillo en pasillo detrás de Mama, la sigo mientras abofetea una sandía para ver si está dulce, mientras pesa una bolsa de pipas de girasol con la precisión de una experta, y me embarga una extraña sensación.

Paz.

Porque no solo hacía años que no venía a esta tienda: hacía años que no hacía nada que no fuese para el colegio, o, en los últimos tiempos, para el Fantasma de Pekín. Llevaba años ocupada, siempre de un lado para otro, siempre intentando avanzar, hacerlo mejor… Apenas podía respirar.

La repentina libertad me deja aturdida. Me hace sentir de nuevo…, en fin, humana.

Durante todo este tiempo, pensé que el mote «la máquina de estudiar» era una especie de cumplido, que hacía referencia a mi productividad, a mis niveles de disciplina sobrehumanos, a que estaba programada para el éxito. Ahora me pregunto si describía a alguien que se dedicaba a hacer antes que a sentir. A algo apenas vivo.

Las palabras del señor Chen vuelven a mi mente:

«Dime, Alice, ¿qué quieres tú?».

Entonces la respuesta me pareció obvia: quiero lo que quieren los demás, aquello a lo que se le otorga más valor. Pero ahora, aquí, en mitad de este supermercado abarrotado que casi parece la escena de un sueño de mi infancia, lo primero que me viene a la mente es el programa de inglés que me recomendó. No ese programa en concreto, sino la idea de pasarme dos meses enteros o incluso más escribiendo, en que eso fuera lo que mejor se me da...

—¿Lista para irnos? —pregunta Mama, sacándome de mis pensamientos. Tiene la cesta medio llena de frutas y verduras. Me fijo en sus manos de piel pálida y cuarteada. En invierno siempre se le seca mucho la piel y la cicatriz se le ve más.

Estoy a punto de contestar que sí, pero entonces veo por el rabillo del ojo la pequeña parafarmacia que hay junto a la sección de las especias.

—Espera un momento —le digo mientras doblo la esquina—. Quiero mirar una cosa.

* * *

Durante la semana siguiente, hago todo lo posible por distraerme. Me pongo al día en todas las series de época de los últimos años, esas que tienen más de setenta episodios y personajes con unas relaciones tan complicadas que necesitarías un diagrama para entenderlas. Leo libros que no son *Macbeth* ni otros clásicos ni textos obligatorios para clase, sino novelas divertidas de fantasía llenas de magia y mitología. Ayudo a Mama a cocinar cuando está trabajando y a Baba a doblar la ropa, aunque siga sin hablarme. Escribo largas listas de cosas que hacer, de objetivos y de planes para los próximos cinco años y luego los tiro a la basura, consciente de que no tienen ningún sentido ahora que mi futuro pende de un hilo.

Y sobre todo intento no pensar en Peter, en Andrew She o en que el colegio llamará cualquier día de estos para anunciar cuál será mi castigo.

E intento no pensar en Henry Li.

Pero una tarde, cuando Baba todavía está en el trabajo y yo estoy viendo el último episodio de *Palacio Yanxi* sola en mi habitación, alguien llama a la puerta principal.

—Alice —me llama Mama desde el salón. Me doy cuenta de inmediato de que algo no va bien. Está usando su falsa voz educada, la que normalmente se reserva para las charlas con los vecinos en el parque o las reuniones familiares.

Me incorporo de golpe, con el pulso acelerado, y contesto.

—¿Qué pasa?

—Ha venido alguien a verte.

* * *

Henry Li está en nuestro salón.

La escena es tan surrealista que estoy medio convencida de que es una alucinación. Henry, con su postura perfecta, su camisa planchada y sus zapatos relucientes, la viva imagen de la riqueza y el privilegio, está al lado de nuestro sofá desvencijado y nuestras paredes manchadas de amarillo con agujeros rellenos de pedacitos de periódico viejo.

Parece demasiado grande para este salón. Demasiado brillante. Es como uno de esos juegos en los que tienes que detectar cuál de los objetos está fuera de lugar, solo que en este caso la respuesta es dolorosamente obvia.

Entonces me mira y caigo en la cuenta de la pinta que debo de tener. Llevo el pijama de cuadros de Mama, que me queda grande y tiene un agujero en la manga, tengo los ojos hinchados de tanto llorar y hace cuatro días que no me lavo el pelo.

Una sensación caliente y pegajosa me colma el estómago. La humillación se convierte en ira y a la inversa, y de repente siento la necesidad de escapar de mi propia piel.

—Hola, Alice —saluda con una voz tan dulce que me resulta abrumadora.

—¡Adiós! —le suelto.

Y salgo corriendo.

Nuestro piso es tan pequeño que solo tardo unos segundos en volver a mi cuarto. Cierro con un portazo tan fuerte que las paredes tiemblan. No sentía esta clase de pánico, esta adrenalina enloquecedora que me provoca náuseas y me acelera el corazón, desde la última misión del Fantasma de Pekín. Desde que todo se desmoronó.

La cabeza me da vueltas. Me tiro en la cama y me tapo entera con las mantas, como si así pudiera fingir que esta escena de pesadilla no ha ocurrido nunca. No tengo ni idea de por qué ha venido Henry, pero necesito que se vaya. Ahora mismo.

«Quizá pueda decirle que sufro una alergia extraña pero muy grave para los demás seres humanos —pienso desesperada—. Una alergia que puede causarme asfixia y potencialmente la muerte si alguien se acerca a menos de dos metros de mí. O igual puedo decirle que tengo un perro al que le aterrorizan los desconocidos. O...».

—¿Alice? —Llama a la puerta una vez. Dos. Oigo el ruido de la tela y lo imagino metiéndose las manos en los bolsillos y ladeando la cabeza. La imagen es tan vívida, me resulta tan familiar, que me duele el pecho—. ¿Puedo pasar?

Abro la boca para soltarle una de mis débiles excusas, pero no soy capaz de hablar. Pese a todo lo que ha ocurrido, sigo mintiendo fatal. Tal vez sea mejor así.

—Hum... Espera un segundo —contesto. Salgo de la cama y, con rápidos movimientos, recojo la ropa sucia, los paquetes de patatas vacíos y los pañuelos de papel usados de las sábanas, y lo meto todo en una cesta. Me estremezco al pensar en que Henry vea este desastre. Cuando estoy segura de que no queda ningún sujetador o calcetín sucio por el suelo, abro la puerta.

—Gracias —dice Henry. Su expresión y su tono de voz son tan formales que casi me dan ganas de reír.

Luego entra y examina con cuidado el pequeño dormitorio, como si le costase encontrar algo bonito que decir. Él y sus modales. Al final, señala una estatua de plástico de un tigre que hay junto a la cama, un regalo que Xiaoyi le hizo a Mama por el Festival de la Luna, el único objeto que no es simplemente funcional.

—Qué bonita —dice.

—Gracias. Es de mi madre.

Pienso en ofrecerle que se siente, pero apenas hay suficiente espacio para que se quede de pie.

—Lo siento, es muy pequeño —masculло, y entonces recuerdo lo que le pasa en los espacios estrechos—. Un momento. ¿No tienes miedo de…?

—Estoy bien —me interrumpe, pero lo cierto es que no lo parece. Ahora que lo miro de cerca, distingo esas líneas de tensión en sus hombros y su mandíbula.

Por Dios. Como si necesitara más razones para saber que esto es una mala idea.

—Deberías irte —le digo—. No porque quiera echarte ni nada de eso, pero si no estás cómodo…

—Quiero estar aquí —contesta, como si eso zanjase la discusión. Luego añade en voz baja—: Hace siglos que no nos vemos. Yo… —Carraspea—. Echo de menos discutir contigo en el colegio.

Se me para el corazón.

—Yo también. —Me permito dos segundos más para regodearme en sus palabras, en su mirada cuando las ha pronunciado, antes de ir al grano—. Y hablando del colegio… ¿Cómo van las cosas?

—Bueno… A Peter todavía no le han dado el alta.

Los pensamientos sobre la mirada oscura de Henry y sus labios entreabiertos se desvanecen con la llegada de las náuseas. No puedo evitar imaginarme el rostro pálido y casi sin vida de Peter, tumbado, inmóvil, conectado a una vía y un aparato que le monitoriza el corazón, mientras sus padres sollozan a su lado.

—Dios mío, ¿está…?

—No —se apresura a responder—. No, no está tan mal. Tiene un pequeño traumatismo, pero podrá seguir con su vida como de costumbre. Son sus padres los que quieren que se quede en el hospital. Están paranoicos con que se vuelva a hacer daño. Es comprensible, claro.

—Claro —repito mientras me abrazo a un cojín. El pulso todavía no se me ha normalizado.

—¿Sabes qué? Si te soy sincero —dice de repente—, en parte esperaba que volvieras a por él.

—¿De verdad?

No sé muy bien cómo contestar. No sé si quiero seguir hablando de esto.

Pero Henry prosigue:

—Porque, en el fondo… —Lo fulmino con la mirada—. Muy muy en el fondo —se corrige—, no eres tan mala como pretendes.

—Pues mira adónde me ha llevado eso —contesto con amargura, aunque no lo pienso de verdad. He tenido tiempo para arrepentirme de muchas cosas, pero volver a buscar a Peter no es una de ellas.

—¿Ves? —me señala con las cejas enarcadas—. Me refiero precisamente a eso. Nunca comprendí del todo por qué insististe en crear una app como esa, en obligarte a ser alguien que no eres.

—No es tan sencillo.

—Pero yo...

—¡Tú no lo entiendes! —Quiero estar enfadada, apartarlo de mí, pero mi voz suena tan frágil y tan rota como una cáscara de huevo—. Ni tú ni..., ni los demás chicos de Airington. Lo único que tenéis es luz. Luz, gloria, poder y el mundo entero a vuestros pies, a la espera de que cojáis cualquier cosa que queráis. —Exhalo de forma temblorosa y entierro la barbilla en el cojín, aferrándome a él con más fuerza—. ¿De verdad es mucho pedir? ¿Que alguien como yo quiera un poquito de esa luz?

Se queda en silencio un largo rato. Observo los ligeros movimientos en su garganta, la tensión que se le acumula en los hombros. Me mira a los ojos y dice con suavidad:

—No. Por supuesto que no.

—Entonces ¿por qué...? —Me tiembla la voz, así que respiro y lo vuelvo a intentar—. ¿Por qué estoy siempre tan cansada? —Abre la boca para contestar, pero vuelve a cerrarla. Y, a pesar de todo, suelto una carcajada—. Es la primera vez que te quedas sin palabras.

—Sí, bueno... —Aparta la vista—. He de admitir que no sé qué contestar.

—Mira, no tienes por qué decir nada...

—Pero quiero hacerlo. —Modifica un poco su postura, echa un vistazo al tigre de plástico y luego me mira a mí. Luce una expresión de dolor—. Ni siquiera sabía que tu familia vivía así. Lo sospechaba, pero...

—Ya —murmuro. Aplasto la misma sensación terrible de antes: el deseo de echar a correr, de esconderme, de convertirme en otra persona, en cualquiera que no sea yo.

Y ese deseo crece todavía más cuando Henry, con el gesto de quien acaba de entender algo increíblemente obvio y no se puede creer que haya tardado tanto en hacerlo, me pregunta:

—¿Por eso se te ocurrió lo del Fantasma de Pekín? ¿Querías…? ¿Querías pagar las facturas?

Supongo que no tiene sentido seguir negándolo.

—No las facturas. —Clavo las uñas en el cojín. A este paso, lo voy a agujerear—. Solo… la matrícula del colegio y esas cosas.

—Si lo hubiera sabido… Alice, ¿eres consciente de que mi parte de los beneficios me da igual? Para mí lo importante nunca fue el dinero.

—Bueno, pues menos mal, porque ahora no creo que lo consigas —repongo medio en broma.

—Es que no es justo —dice al cabo de unos segundos con un matiz de ira en la voz que me sorprende—. Eres la persona más inteligente de todo nuestro curso, sin discusión. No, de todo el colegio. No tendrías que recurrir a monetizar tus poderes sobrenaturales para poder seguir en Airington como los demás. En serio, es… —Se pasa una mano por el pelo, alterado—. Es ridículo, eso es lo que es. Te mereces estudiar allí más que yo.

Lo miro de hito en hito.

—Henry…, ¿acabas de admitir que soy más lista que tú?

Me mira con una expresión entre la exasperación y el afecto.

—No me obligues a decirlo otra vez. —Se me escapa una sonrisa. La tensión entre los dos parece relajarse un poco—. Hablo en serio… Siento no haberme dado cuenta antes —añade. Habla despacio, como si estuviese sopesando cada palabra—. No deberías estar metida en este lío, y tampoco deberías ser la única que carga con la culpa, eso seguro.

—No debería, pero lo soy —le recuerdo—. Así funciona el sistema. No hay más. No tengo los contactos adecuados, ni el dinero para contratar a un buen abogado ni unos padres que hayan donado millones al colegio…

—Pero me tienes a mí —me asegura con fuego en la mirada—. Yo también soy responsable por el Fantasma de Pekín y haré todo lo que pueda por ayudarte. De hecho, es en parte por eso por lo que he venido hoy.

—¿Qué quieres decir?

Se saca el teléfono del bolsillo y lo levanta para que lo vea. El logo del Fantasma de Pekín parpadea en la pantalla.

—Creo que lo más seguro para todos los implicados es que cerremos la app antes de que los padres de Peter o la policía decidan seguir investigando.

Yo también lo había pensado, pero... me sigue pareciendo demasiado precipitado.

—Cerrarla... ¿Ahora mismo?

—¿Prefieres que celebremos una fiesta de despedida? ¿Que nos tomemos unas horas para escribir un panegírico conmovedor? —contesta secamente, lo que es más propio de él—. ¿O esperamos al décimo día del calendario lunar, en el que el Sol y la Luna se alinean?

—Vale —gruño, y me muevo para ver mejor la pantalla de su móvil—. ¿Qué tenemos que hacer?

—Por suerte para ti, ya lo he preparado todo. —Sale de la app y me muestra una página negra llena de líneas de código diminutas y multicolores que no soy capaz de comprender—. Lo único que falta para que la app desaparezca es tu permiso. Quedará borrada para siempre, de forma perenne y...

—Vale, vale, ya lo pillo —lo interrumpo. Ya sé que bromeaba con lo de la fiesta de despedida, y que durante los últimos meses esa app me ha causado sobre todo dolor, pero me sigue dando pena. Hemos pasado por mucho juntos y, al fin y al cabo, el Fantasma de Pekín me ha hecho cien mil yuanes más rica, siempre que la policía no se implique y me obligue a devolver el dinero, claro—. Es que... Nada, empieza.

Acerca un dedo a la pantalla y me mira.

—¿Estás segura?

Pongo los ojos en blanco, pero asiento.

—Tres…

Me abrazo al cojín y me lamo los labios secos.

—Dos…

«Es lo mejor», me recuerdo. Cuantas menos pruebas, menor será el castigo.

—Espera —dice Henry con el ceño fruncido.

Ha aparecido una notificación sobre la página: «Red no disponible».

—Qué anticlimático —murmuro. Le quito el teléfono y lo muevo por la habitación—. Perdona. Te lo tendría que haber dicho… A veces aquí hay muy mala cobertura.

—Podemos intentarlo con uno de mis otros teléfonos —propone.

—No lo sé, normalmente no… —De repente se me enciende la bombilla. Suelto el teléfono y me vuelvo para mirarlo. El corazón me late desbocado ante las nuevas posibilidades. Si funciona…—. En realidad…, mejor que no cerremos la app.

—¿Perdona?

Sonrío.

—Tengo una idea mejor.

* * *

Cuatro horas después, Henry y yo estamos ante un artículo de cinco páginas que acabamos de escribir, un borrador de un correo electrónico y la app del Fantasma de Pekín.

Aunque el logo del fantasma y el nombre siguen siendo los mismos, el resto de la app ha cambiado por completo. La página principal ya no promete ni confidencialidad ni anonimato, ni sugiere cuál es el método de pago recomendado, sino que anima a los estudiantes de Airington a «avanzar en sus estudios». Los mensajes privados también han desaparecido. Los hemos reemplazado por preguntas inofensivas de distintas cuentas (gracias a los muchos teléfonos de Chanel y Henry) sobre los resultados de los exámenes, el último trabajo de Química o las distintas interpretaciones de *Macbeth*.

Bueno, no todos los mensajes. Las largas instrucciones de Andrew She para el secuestro de Peter siguen ahí, en negrita, junto a la oferta original de un millón de yuanes por el trabajo.

—De acuerdo, repasemos nuestra historia una vez más —le pido a Henry, que está a mi lado, sentado en la cama con las piernas cruzadas—. ¿Cómo terminé aceptando la oferta de Andrew en el Fantasma de Pekín?

Henry asiente y se pone tan recto como si estuviésemos delante un examen. Luego me da la respuesta a una velocidad impresionante:

—Al principio del curso escolar, decidí crear una app de estudio para practicar en el diseño de la experiencia de usuario. La idea principal detrás era que, a través de la app, los estudiantes de Airington pudieran ayudarse los unos a los otros a responder cuestiones relacionadas con la escuela y ganar un poco de dinero como incentivo. Todas las cuentas son anónimas, pero hay un sistema que concede puntos extra a aquellos que más han ayudado y, por lo tanto, tienen más credibilidad. Y como la tuya era, con diferencia, la cuenta mejor puntuada y tenías la reputación de ser capaz de resolver cualquier problema que te presentaran, sin importar el tema o la dificultad...

—Andrew dedujo que necesitaba el dinero de verdad, lo que me convirtió en la persona más susceptible de aceptar su oferta y llevar a cabo la misión —termino, aplaudiendo—. Suena plausible, ¿verdad? Específico, pero no demasiado específico.

—Sí. Y si eso no convence del todo a la escuela, tu artículo sí lo hará.

«Eso espero», pienso. Escribir el artículo ha sido catártico, por extraño que parezca. He vertido en él todo lo que llevaba dentro, todo lo que he experimentado durante los últimos cinco años, cada gran injusticia, cada pequeña decepción, mis miedos irrefrenables y mis esperanzas soterradas, todo el tiempo que he pasado tanto dentro como fuera del círculo elitista de Airington. Todo eso está en esas palabras. Ahora quiero que sirvan para algo.

—Bueno. —Henry tiene el dedo sobre el botón de «enviar»—. ¿Vamos?

Me muerdo el interior de la mejilla e intento comportarme como si mandar un correo electrónico a la junta del colegio no me provocara náuseas.

—Vamos.

El correo electrónico abandona mi bandeja de entrada antes de que me dé tiempo a arrepentirme del plan.

Ya no hay vuelta atrás.

En el silencio que sigue, oigo unos pasos mezclados con las voces de Baba y Xiaoyi. Hablan de quitarse los zapatos. Supongo que acaban de llegar.

Henry también los oye. Se peina el pelo con ambas manos, como si no estuviese ya perfecto, se ajusta el cuello de la camisa y se pone de pie. Luego me pilla mirándolo.

—¿Qué?

—¿Adónde…, adónde crees que vas? —tartamudeo.

—A presentarme a tu padre, por supuesto —contesta mientras se dirige hacia la puerta—. Sería de mala educación…

Lo cojo de la camisa y tiro de él hacia mí.

—No. No, no, no, no. No puedes.

—¿Por qué no?

—Porque ya casi no me habla —digo entre dientes sin soltarlo—. Si me ve salir del dormitorio contigo, pensará…, pensará…

—¿Qué? —pregunta con una ceja enarcada, poniéndome a prueba. Provocándome—. ¿Qué pensará?

Que Dios me ayude.

—¡Ya te lo puedes imaginar! —le espeto. Me arde la cara—. El caso es que es muy mala idea.

Pero, en lugar de desanimarse, se limita a dedicarme una de esas sonrisas engreídas y terriblemente atractivas que antes me sacaban tanto de quicio. Todavía lo hacen, pero porque me obligan a mirarle los labios demasiado tiempo.

—No te preocupes. Los padres me aman, seguro que le causo una buena impresión.

Mientras sopeso los potenciales riesgos de esconder a Henry debajo de la cama frente a la posibilidad de presentárselo a mi familia, me llega la voz de Xiaoyi a través de la puerta.

—¿… Yan Yan dentro?

—Está con alguien —contesta Mama.

En fin, supongo que acaban de tomar la decisión por mí.

Le lanzo a Henry una mirada de advertencia, le suelto la camisa y entro en el salón.

Xiaoyi, Mama y Baba están sentados en el sofá frente a un plato de manzana troceada y unos palillos.

—¡Yan Yan! —me saluda Xiaoyi alegremente. Se levanta y se pone las zapatillas—. ¡Me han dicho que ahora eres una criminal!

Baba y Mama hacen sendos ruiditos de desaprobación.

—Por favor, no la animes —murmura Mama en chino.

Pero Xiaoyi ya está centrada en Henry, que está a mi lado. No exagero cuando digo que, literalmente, se le iluminan los ojos y casi le llega la mandíbula al suelo. Como si fuera la primera vez que me ve con un chico alto, guapo y bien vestido de mi edad.

Vale, de acuerdo. Es la primera vez.

De todos modos, tampoco era necesario que se mostrase tan sorprendida.

—¡Oh! —exclama, mirando a Henry de arriba abajo al menos cinco veces—. ¡Oh! ¿Y este quién es?

—Es un placer conocerla —saluda Henry antes de que me dé tiempo a decir nada. Para dirigirse a Baba y Xiaoyi, cambia al mandarín enseguida. Luce una sonrisa luminosa y entusiasta e inclina la cabeza en un ángulo respetuoso—. Soy Henry Li. Voy al mismo colegio que Alice. Solo quería saber cómo estaba.

Xiaoyi se derrite.

Baba no parece tan entusiasmado con su presencia. Frunce el ceño y pregunta:

—¿Has venido desde el colegio solo para ver a nuestra Alice?

Henry asiente.

—Sí, *shushu*.

Es el término adecuado, una muestra de buena educación, pero Baba frunce aún más el ceño. Se pone de pie y se acerca de forma que Henry y él quedan cara a cara y, muy despacio, le pregunta:

—¿Eres… el novio de mi hija?

Dios mío. Creo que tendría que haberlo escondido debajo de la cama.

—No, no, claro que no —contesto a toda prisa al mismo tiempo que Henry responde:

—Sí.

Me vuelvo para mirarlo tan rápido que me cruje el cuello. Se me va a salir el corazón por la boca. ¡No es posible! Henry sonríe al ver mi mirada de incredulidad. No sé si tengo más ganas de estrangularlo o de abrazarlo.

Estoy muy confundida.

—Pero no oficialmente —añade Henry—. Como todavía vamos al instituto, es obvio que primero debemos concentrarnos en los estudios. Pero no me importa esperar, y espero que en el futuro...

—Ahora mismo, el futuro de Alice es muy incierto —lo interrumpe Baba con una expresión severa—. No es para tomárselo a broma.

Henry no se arredra. Ni siquiera parpadea.

—Lo sé, y hablo totalmente en serio. Pase lo que pase, ella es lo bastante inteligente para superarlo. Y yo la apoyaré.

Se hace un silencio. Baba no le quita los ojos de encima.

El corazón me late de forma atropellada.

—Hum... —dice Baba al final, una respuesta mucho mejor que la que esperaba. Viniendo de él, es casi una invitación a formar parte de la familia.

Exhalo un suspiro silencioso y Henry me guiña un ojo.

—¡Un momento! —Xiaoyi se da una palmada en el muslo como si acabase de tener una epifanía. Menos Henry, todos damos un brinco—. ¿Ese Henry Li? ¿El chico del que hablas desde el octavo año? ¿Tu... —hace el gesto de las comillas con la mano— «mayor rival académico»? ¿Con el que siempre tienes que compartir el premio?

Me sonrojo.

—Esto...

Henry se inclina con gran interés.

—Ah... ¿Así que habla mucho de mí?

—¡Muchísimo! —confirma Xiaoyi. Contemplo la posibilidad de fugarme de la ciudad.

—¿Y qué más les ha contado? —pregunta Henry con un brillo en los ojos—. ¿Ha dicho algo sobre…?

—¿Sabéis qué? —Me pongo entre ellos, pincho un trozo de manzana con un palillo y se lo meto a Henry en la boca—. Igual es mejor que primero comamos. Y… No sé. Que no hablemos durante las próximas tres horas. O nunca.

Xiaoyi me mira divertida.

—Yan Yan, tienes la cara muy roja.

—Yo…, muchas gracias por hacérnoslo notar.

Henry emite un ruidito que se parece sospechosamente a una carcajada contenida. Frunzo el ceño y le meto otro trozo de manzana en la boca. Intento por todos los medios no reaccionar cuando sus labios me rozan los dedos, no reparar en lo cálida que tiene la piel.

Se hace un silencio hasta que, unos segundos después, Xiaoyi le pregunta:

—Cuéntame. ¿Cuál es tu *shengchen bazi*?

Shengchen bazi: los cuatro pilares del destino. Es decir, la hora exacta del nacimiento de una persona, que se usa para calcular su destino… y su idoneidad para el matrimonio. A juzgar por la cara que pone, Henry sabe exactamente a qué se refiere.

Mientras busco el modo de disuadir a Xiaoyi de planificar futuras bodas, me vibra el teléfono. Lo cojo y actualizo la bandeja de entrada: «Un nuevo mensaje». Lo abro y…

Me da un vuelco el corazón.

Aunque es lo que planeaba, recibir un mensaje vago y pasivo-agresivo de la junta de Airington en la que aceptan que nos reunamos lo antes posible es perturbador.

—¿Qué ha pasado?

Me sobresalto al oír la voz de Mama. Levanto la vista y veo que todos me están mirando, Henry con una expresión sombría y cómplice; Baba y Mama con preocupación; y Xiaoyi con cu-

312

riosidad. Me pregunto qué destino predeciría para mí si le diera ahora mi *shengchen bazi*, adónde me llevarán los acontecimientos de hoy.

—Es el colegio —anuncio, contenta de no tener que mentir. Luego me vuelvo hacia Henry—. Tenemos que irnos ahora mismo.

Diecinueve

—Andrew, qué bien que hayas recibido mi mensaje.

Andrew She casi se cae de la silla cuando me ve entrar en la sala de reuniones del colegio. Está sentado en una enorme mesa ovalada para al menos ocho personas, pero ahora mismo solo estamos nosotros dos. Es justo lo que yo quería. Es un lugar perfecto para mantener una conversación privada: estamos lejos de las aulas, la puerta está cerrada, no hay ni una sola ventana y el calefactor del techo está tan alto que el ruido enmascara lo que promete ser un coloquio muy interesante.

—Alice —dice con voz ronca. Se lame los labios—. ¿Qué..., qué haces aquí? Pensaba que te habías ido del colegio.

No contesto. Cojo la silla que tiene enfrente, me cruzo de brazos y espero a que comprenda lo que le he dicho al entrar. A observar cómo se estremece.

«Uno, dos, tres...».

—Un momento. —Frunce tanto el ceño que casi se le juntan las cejas, formando una línea oscura sobre su frente—. ¿El mensaje me lo has mandado tú? Pero pensaba que Henry...

—Bueno, es evidente que si hubieras sabido que era yo no habrías venido. —Mis palabras se quedan suspendidas en el

315

aire. Estoy tan sorprendida como emocionada por lo amenazadora que sueno. Ni siquiera estoy fingiendo, en realidad, la ira me sale de forma natural. Lo único que necesito es pensar en que Andrew solicitó el secuestro y luego ha seguido en el colegio como si nada, como si fuese inocente, mientras yo me he pasado todo este tiempo sollozando sola en mi habitación—. ¿A que también has recibido un correo electrónico del colegio?

Pone los ojos como platos, pero luego los entorna.

—Sí… El colegio me ha informado sobre tus acusaciones. —Niega con la cabeza—. No… No me puedo creer que hayas mentido sobre la app.

—No ha sido exactamente una mentira —razono. Me inclino hacia delante y apoyo los codos en la mesa. Puede que de camino al colegio haya buscado en Google «posturas para demostrar poder» en el coche con Henry y puede que él se haya reído de mí. Sin embargo, parece que funcionan—. Es verdad que me contrataste para secuestrar a Peter.

—Pero…, pero fuiste tú quien lo secuestró.

—Solo seguía tus órdenes. Yo soy cómplice, pero el culpable eres tú.

—Sí, claro. Eso ya lo decidirá el abogado de mi familia.

—No, no lo decidirá él.

Andrew parpadea y me mira confundido un segundo. Es evidente que esperaba callarme al jugar la carta del abogado pijo. A veces, los ricos son muy predecibles.

—Tengo derecho a denunciarte por tus falsas acusaciones —insiste, aunque se le ve más inseguro que antes—. Podríamos llevar a cabo una investigación en profundidad.

—Podríais —coincido, adoptando otra de las «diez posturas de poder más efectivas de la historia»—. Pero yo no lo haría.

—¿Qué…?

Saco las llaves del BMW que llevaba en el bolsillo y se las enseño, dejando que las luces artificiales se reflejen en el metal brillante. Andrew empalidece. El calefactor del techo sigue rugiendo.

—A tus hombres se les cayeron la otra noche —le informo complacida.

Abre y cierra la boca como un pez fuera del agua.

—¿De dónde…? —Se interrumpe. Tamborilea con los dedos sobre la mesa y aparta la vista—. Da igual. No importa. No puedes demostrar que el coche…

—¿Ah, no? ¿Y si relacionara estas llaves con la matrícula N150Q4? —lo interrumpo. Saboreo la expresión de su rostro cuando la reconoce. Uf, esto es aún mejor que responder bien una pregunta del Kahoot delante de toda la clase—. Entre eso, el mensaje que me mandaste en el Fantasma de Pekín y el abogado que me va a conseguir Henry, las pruebas contra ti se están acumulando…

—Espera, espera… ¿Te va a conseguir un abogado? ¿Henry Li? ¿A ti? —Creo que acaba de comprender la naturaleza de mi relación con Henry y que se odia por no haberse dado cuenta antes.

Me encojo de hombros.

—Bueno, la empresa de Henry tiene doce abogados. Todos se han graduado en Harvard, Tsinghua o la Universidad de Pekín. No creo que le importe prestarme uno si las cosas se ponen feas.

Se le marca una vena oscura en la frente. Está sudando abundantemente, no sé si por el calor o por los nervios. Tal vez por ambos. En cualquier caso, aprovecho la oportunidad para seguir hablando:

—Mira, Andrew, no tengo mucho tiempo, así que te lo voy a dejar bien claro. Si llevas este asunto a los tribunales o me denuncias, es decir, si te atreves a intentar quedar absuelto de este crimen, perderás seguro. También estoy convencida de que malgastarás tiempo, dinero, recursos…

—Igual que tú.

—Lo sé —contesto con voz firme—. Pero yo no tengo un puesto importante en una empresa del que preocuparme. Si esto estalla y se corre la voz de que tu padre y tú contratasteis a alguien para secuestrar a un niño solo para que él se asegurase un ascenso… Bueno, no quedaríais muy bien, ¿verdad?

—No. —Niega con la cabeza. Tiene la frente llena de sudor; le gotea por la mejilla—. No, no. Eso no… —Se calla y se queda quieto, como si se le acabase de ocurrir algo. Luego me mira—. Pero tuviste otros clientes en el Fantasma de Pekín, ¿no?

—¿Y qué?

—Pueden demostrar que mientes. El Fantasma de Pekín no era una app para estudiar, era una app criminal. Con ellos de mi parte…

—¿Tienes idea de los sucios secretitos que sé de la gente de nuestro curso? —Enarco las cejas. «¿De verdad pensabas que no se me había ocurrido esta posibilidad?», añado mentalmente—. Aunque no les hiciera chantaje, ¿en serio esperas que estén dispuestos a revelarle al colegio o a la policía el tipo de cosas para las que me contrataron?

Arruga la nariz. Sus labios se convierten en una fina línea. Tengo razón y lo sabe. Se le ve tan derrotado, tan indefenso, con ese cuerpo enorme encorvado sobre la mesa, que por un instante casi siento pena por él.

Casi.

—Vale, vale. Ya me lo has dejado claro —masculla—. ¿Qué quieres que haga?

Intento disimular lo extraña que se me antoja esta nueva dinámica. Siempre soy yo la que hace lo que quieren los demás, la que está lo bastante desesperada para acceder a casi cualquier cosa.

—Sígueme el rollo y ya está —le ordeno. De repente, tengo la boca seca, supongo que por la expectación. Ojalá me hubiese acordado de traer una botella de agua. Henry tenía un montón en el coche de su empresa—. Dentro de poco se reunirá con nosotros un representante de la junta escolar.

Frunce el ceño.

—¿Pronto? ¿Cuándo?

Cojo el teléfono y le mando un mensaje a Henry:

Hecho.

Responde inmediatamente con un pulgar hacia arriba.

—Pues… ahora mismo.

Justo entonces, las puertas de la sala de reuniones se abren y Henry y Chanel entran como si fuesen los personajes de una película. En serio. No me sorprendería que se acercasen a mí a cámara lenta y empezase a sonar una música dramática de fondo. Como a esta hora ya no hay clase, los dos llevan puesta su ropa de calle en lugar del uniforme. Me distraigo con lo atractivo que está Henry, que va vestido con un traje negro a medida con el que no estaría fuera de lugar en Wall Street. Chanel ha elegido una elegante americana con hombreras y botones dorados. A su lado, mi sudadera con descuento del supermercado debe de tener una pinta aún más barata y triste de lo habitual… Y de eso se trata. Hoy, cuando le he escrito a Chanel para preguntarle si podía venir a ayudarme en la reunión, le he pedido que se vistiera lo mejor posible, y a Henry también.

Si quiero que mi plan funcione, he de tragarme el orgullo y explotar las pintas de estudiante desesperada que recurre al crimen para sobrevivir.

Justo detrás de Henry y Chanel entra una mujer que solo puede ser la señora Yao, la representante de la junta del colegio. Más que caminar, parece que se deslice por la sala de reuniones; se mueve como un tiburón en el agua. Todo en ella es elegante; irradia una precisión perturbadora, desde el collar de delicadas perlas y la media melena salpicada de gris hasta los ángulos duros y las arrugas de su rostro, en el que la sonrisa brilla por su ausencia.

Es más bajita que yo aunque lleve tacones, pero, de algún modo, se las arregla para erigirse ante los demás. Se sienta a la cabeza de la mesa y casi no reacciona cuando Henry la ayuda a apartar la silla como el caballero que es.

Se queda un largo rato en silencio. Se limita a mirarnos con ojos fríos y oscuros, primero a Andrew, luego a Chanel y a Henry, que están a mi lado y, finalmente…, a mí.

A pesar de que sigue saliendo aire caliente por los conductos de ventilación, me castañetean los dientes.

—Tu nombre es Sun Yan, ¿no es así? —pregunta, rompiendo al fin el silencio. Tiene un acento mitad británico, mitad malasio, con otro matiz que no logro identificar. Lo único que sé es que tiene el aspecto y la voz de los viejos ricos y que probablemente ya me odie—. Creo que hemos intercambiado algunos correos electrónicos.

—Sí —respondo, intentando sonar igual de formal—. Gracias por su pronta respuesta.

Me ignora.

—Y tú eres… —Se vuelve hacia Andrew, que se pone rígido de inmediato—. ¿Andrew She? ¿El estudiante que ofreció dinero a cambio de un secuestro a través de la aplicación de estudio llamada el «Fantasma de Pekín»?

Le lanzo a Andrew una rápida mirada de advertencia.

Arruga el gesto, pero asiente.

—Eh…, sí. Soy yo.

—Bien. —La señora Yao arruga la nariz—. Ojalá no tuviéramos que conocernos en estas circunstancias tan desafortunadas. La junta del colegio está profundamente decepcionada con vosotros dos. Gestionar uno de los mejores colegios de Pekín ya es bastante difícil sin tener que lidiar con un potencial litigio. Los padres de Peter están furiosos y, como imaginaréis, alguien tendrá que asumir la responsabilidad. Al fin y al cabo, Airington jamás podría consentir un comportamiento criminal semejante.

Dudo que sea una coincidencia que sus ojos se detengan sobre mí. El blanco fácil. La única persona que no paga la matrícula al completo, la que no tiene los medios de donar edificios enteros al colegio. A pesar de la confesión de Andrew, para la institución sigue siendo más conveniente que la culpable sea yo en lugar de él.

Aprieto los dientes. Si soy sincera, una parte de mí esperaba poder solucionar todo esto de forma educada y sin enfrentamientos, pero supongo que no va a poder ser. La señora Yao no es capaz de mirarme si no es por encima del hombro.

Ha llegado la hora de pasar a la ofensiva.

—Sí, alguien debería asumir la responsabilidad —concuerdo con falsa serenidad—. Lo que me recuerda... ¿Leyó el artículo que le envié?

—No veo qué relevancia tiene en este momento —responde con frialdad.

—¿No? —Hablarle así a una figura de autoridad significa desobedecer todos mis instintos, pero no me arredro—. Porque el artículo ofrece una perspectiva radicalmente distinta sobre los acontecimientos que condujeron al secuestro. Mi perspectiva. ¿De qué lado cree que se pondría la gente si viera la luz? ¿El de la chica de clase trabajadora que recurrió a ayudar a su compañero de clase rico para poder pagarse el colegio o el del compañero de clase que lo planeó todo para su beneficio personal y aun así pudo disfrutar de la confianza de las altas esferas? —La señora Yao aprieta los labios hasta que se le ponen casi blancos. Me odia, no me cabe duda—. Apuesto a que a la gente también le resultaría interesante, en primer lugar, que yo me encontrara en semejante posición. Quiero decir, el segundo objetivo principal de Airington es que sea accesible para todos, ¿no es así? Dar la bienvenida a estudiantes que provengan de todo tipo de familias. Y, aun así, cuentan con un campo de minigolf de veinte millones de yuanes y ofrecen una única beca al conjunto del alumnado. Y ni siquiera es una beca completa. ¿Se dan cuenta de cuánto dinero son ciento cincuenta mil yuanes? ¿De lo mucho que tarda en ganarlos alguien de clase media?

Cuanto más hablo, más me enfurezco y más firme suena mi voz. Pienso en todas las personas como yo, como Lucy Goh o Evie Wu, e incluso la joven que vi en el restaurante con el padre de Chanel. Los rechazados, los desafortunados, los que quieren más de lo que se les ha dado. Los que tienen que arrastrarse, trepar y luchar desde lo más bajo, los que se ven obligados a jugar en un sistema que está diseñado para que pierdan. Los primeros en ser castigados y culpados cuando las cosas van mal. Los últimos en ser vistos, los últimos en salvarse.

Y sé que eso no va a cambiar en cuestión de días, ni siquiera en años, pero tal vez se pueda empezar con algo así: conmigo sentada enfrente de la señora Yao, con Henry y Chanel de mi lado, ganando terreno a los poderosos poquito a poco.

—Crees que alguien debería asumir la responsabilidad —responde la señora Yao con frialdad cuando hago una pausa para respirar—, pero, según lo que acabo de escuchar, y lo que he leído, no crees que ese alguien debas ser tú. ¿Correcto?

Coloco las manos sobre la mesa.

—Mire, no estoy diciendo que sea completamente inocente, ni tampoco que la víctima de esta situación sea yo. Tomé algunas malas decisiones y lamento muchísimo que Peter esté herido. Jamás tendría que haber llegado tan lejos. Sin embargo —añado antes de que pueda manipular mis palabras otra vez—, sí que creo que este caso debería tratarse con justicia y que las consecuencias deberían ser proporcionales a nuestros actos y no al lugar que ocupamos en la sociedad.

—Por supuesto que se tratará con justicia —responde la señora Yao con un tono tan desdeñoso que bien podría haber reconocido abiertamente que me está mintiendo—. Pero, aunque no fuese así, ¿de verdad crees que un artículo no publicado bastará para influir en nuestra opinión? —Chanel resopla y la mujer se vuelve hacia ella—. ¿Qué le parece tan gracioso, señorita Cao?

No debería sorprenderme que la señora Yao haya identificado a Chanel de inmediato, pero, aun así, aprieto los puños de rabia.

—No, nada —contesta Chanel con tono despreocupado—. Pero, si yo fuera usted, no subestimaría el poder de «un artículo». Supongo que sabrá lo rápido que se viralizan las cosas hoy en día, sobre todo cuando se publican en una plataforma con veinte millones de seguidores activos.

Por fin, detecto una pequeña grieta en la máscara de piedra de nuestra interlocutora.

—Me temo que necesito que sea más concreta. ¿A qué plataforma se refiere?

En ese momento interviene Henry, apoyando deliberadamente el brazo en el respaldo de mi silla como recordatorio de que está de mi lado.

—Bien, como sabrá, señora Yao, mi padre es el director de la mayor *start-up* tecnológica de China. —Por una vez, no lo corrijo diciendo que es la segunda mayor del país—. Tenemos una cantidad masiva de seguidores en nuestras apps, además de varias cuentas en redes sociales, contactos en los medios… Recursos a los que podríamos acceder en un instante.

—Y, no es por presumir, pero los dos somos bastante populares en nuestros círculos sociales —añade Chanel con una dulce sonrisa—. Conozco a unos cuarenta chicos de mi colegio internacional en Australia que están pensando en volver a Pekín a estudiar. Tenía pensado recomendarles Airington, a ellos y a sus familias, pero ahora, viendo cómo están tratando a mi querida amiga Alice…, ya no estoy tan segura.

—Yo tampoco —repone Henry con solemnidad. He de contener una carcajada histérica al ver la expresión de la señora Yao. Sus labios casi han desaparecido—. Es posible que mi padre y yo nos veamos obligados a reconsiderar si Airington se merece esos edificios que hemos donado. De hecho, ni siquiera sé si quiero seguir estudiando en una institución que privilegia a unos estudiantes por encima de otros.

—Yo tampoco lo sé —interviene Andrew. Todos nos volvemos para mirarlo—. ¿Qué? —se defiende mientras se hunde en su silla—. Pensaba que este era el plan.

—Sí, y te lo acabas de cargar, Andrew. —Chanel pone los ojos en blanco—. Esto no va contigo.

Andrew frunce el ceño.

—Nunca me incluís en nada.

—Bueno, igual si dejaras de contratar a gente para secuestrar a tus compañeros de clase… —masculla Chanel.

—No habría tenido que contratar a nadie si formara parte de, no sé, un grupo o algo así —protesta Andrew—. Seguro que los miembros de BTS pueden llamarse los unos a los otros para estas cosas.

—Andrew —dice Henry con un suspiro de exasperación—. No has entendido en absoluto lo que quería decir Chanel.

—Ni la situación en general —añade esta: La señora Yao carraspea con fuerza—. Ay, sí. Lo siento mucho, señora Yao —rectifica Chanel con la cantidad justa de sarcasmo para que no haya consecuencias—. Como iba diciendo...

La mujer levanta una mano con una manicura perfecta. En su dedo del medio resplandece un anillo con una esmeralda ridículamente grande.

—Ya ha dicho suficiente, señorita Cao. Todos lo han hecho.

—¿Y? —la apremia Chanel sin inmutarse—. ¿Qué piensa?

Contengo el aliento. El corazón me late con tanta fuerza que me golpea las costillas.

Únicamente estoy segura al setenta y ocho por ciento, más o menos, de cómo reaccionará la señora Yao, lo que, estadísticamente hablando, no es la mejor opción posible. Pero si algo he aprendido del tiempo que he pasado trabajando con el Fantasma de Pekín es que a la gente de aquí lo que más le importa es su reputación. La reputación es una moneda de cambio, una fuente de poder. Del mismo modo que el dinero solo es importante porque la gente así lo considera, Airington solo está reconocido como un colegio exclusivo y de la élite porque los padres ricos quieren mandar aquí a sus hijos.

Eso cambiaría muy rápido si cumpliéramos nuestras amenazas.

—Pienso... —empieza a decir la señora Yao con un tono de voz tan venenoso como resignado—. Pienso que Sun Yan ha demostrado lo importante que es para el alumnado de Airington y lo mucho que tiene que decir sobre este tema. La junta revisará su implicación en el secuestro y la de Andrew como es debido. Ahora, si me disculpan... —Aparta la silla ruidosamente y se levanta. Luego hace una mueca y se alisa la blusa de seda inmaculada—. Parece que tengo que hacer algunas llamadas.

Y, sin decir otra palabra, se marcha taconeando con los zapatos.

Una vez que se ha ido, la temperatura parece subir varios grados. Me estiro en mi asiento y exhalo con fuerza, agotada. No me había dado cuenta de lo tensa que estaba hasta ahora.

Andrew nos mira esperanzado.

—Esto… Chicos, ¿os apetece hacer algo o…?

—Andrew, por enésima vez, tú no estás incluido —lo interrumpe Chanel con los brazos en jarras—. Y ¿no deberías aprovechar estos momentos para…, no sé, reflexionar sobre tus actos?

—Sí, sí, ya lo sé —contesta con una expresión sombría—. Secuestrar está mal. Ser un criminal es duro. No contrates nunca a gente inteligente para que haga tu trabajo sucio.

Henry se rasca la nariz.

—Vete ya, por favor.

Mientras Andrew se levanta de su silla, todavía cabizbajo y murmurando entre dientes, me vuelvo hacia Henry y Chanel.

—Muchas gracias a los dos —les digo, aunque odio al instante lo incómoda que suena mi voz—. La verdad es que… significa mucho para mí. Y, Chanel, siento haberte escrito en el último minuto. Y haber pasado de ti estas últimas semanas. Te juro que…

—Por Dios, Alice. —Chanel niega con la cabeza con afecto e incredulidad—. Lo único que hemos hecho ha sido presionar un poco. Toda esta idea se te ha ocurrido a ti, y tú has escrito el artículo y todo lo demás. Además —añade más seria—, el colegio te estaba tratando fatal. Si lo hubiera sabido antes…

—No podías. Yo no quería que lo supieras.

Suspira.

—Bueno, al menos ahora lo sabemos. Henry y yo estábamos muy preocupados por ti, ¿sabes? —Se calla unos segundos y le da un codazo a Henry, que aparta la vista—. Sobre todo él. Creo que nunca lo había visto tan distraído en clase. Contestó mal a una pregunta de Química tan básica que la sabía hasta yo.

Levanto las cejas mientras una sonrisa se me extiende por la cara.

—¿En serio?

Henry emite una especie de ruidito y se entretiene recolocándose los puños de la camisa. He de reconocer que el traje le queda muy bien. Y que acabe de amenazar a una de las personas más poderosas de Airington para defenderme a mí tampoco está nada mal. Cuando por fin me mira a los ojos, con esos rizos negros como el plumaje de un cuervo justo por encima de las cejas, y se muerde el labio inferior, noto que algo ocupa todo el espacio que hay entre mis costillas. Es un dolor encantador y tierno que se parece sospechosamente al anhelo. Y no solo eso, sino que... Por primera vez desde que terminó el viaje de Experimenta China, me permito reconocerme a mí misma lo mucho que lo he echado de menos. Dios, ¡cómo lo he echado de menos! De algún modo, todavía lo hago, aunque lo tenga delante de mí.

Debo de haber desconectado de la conversación, porque cuando vuelvo a prestar atención veo que Chanel está sonriendo como si supiera exactamente lo que estoy pensando y Henry me está preguntando si me quiero ir a casa, y estoy un poco mareada. Tengo demasiado calor, como si fuese un portátil que han dejado cargando demasiado tiempo. Noto cómo la electricidad fluye por mis venas.

¿Quiero irme a casa ya?

—No, todavía no —contesto con más brusquedad de la que pretendía. Henry se pone tenso y me mira desconcertado, pero Chanel me guiña un ojo—. Ven..., ven conmigo.

* * *

Sin decir otra palabra, cojo a Henry de la muñeca y lo llevo al exterior del edificio, cruzo el patio vacío y me refugio en un pequeño pabellón que queda escondido por los jardines del colegio. De las sombras brotan pálidos crisantemos que parecen nieve fresca, casi del mismo color que los cinco pilares de la pagoda.

Empujo a Henry contra uno de ellos, atrapándolo con mi cuerpo.

Esto no es propio de mí.

El corazón me late dos veces más rápido de lo normal y sé que no estoy pensando con claridad, que en mi flujo sanguíneo queda demasiada adrenalina y demasiada euforia después de la reunión, pero ahora mismo me da igual. Me da completamente igual y eso me aterroriza un poco.

También me resulta emocionante.

—Vale —digo, porque sé que Henry está esperando a que me explique—. Vale, esto es lo que pasa. No tenemos ninguna garantía sobre qué decisión va a tomar la junta, ¿no? Ni tampoco sabemos cuándo o dónde nos podremos ver, ni si me volverán a permitir la entrada al colegio, así que creo que… Bueno, hace ya tiempo que lo pienso, pero supongo que me lo estaba negando, o que estaba asustada o… —Hago una pausa mientras busco las palabras correctas. Si es que existen, teniendo en cuenta este calor tan extraño que siento en el pecho—. Hay muchas cosas que no podemos controlar, pero sí puedo controlar lo que hago ahora, contigo, y si no lo hago creo que después me arrepentiré. ¿Sabes a qué me refiero?

Estamos tan cerca que noto cómo se le tensan los músculos y oigo el sutil cambio en su respiración mientras espero a que me conteste. Tras lo que me parece una pausa insoportablemente larga, contesta:

—No..., no tengo ni idea de a qué te refieres.

Contengo un suspiro de frustración y lo miro, lo miro de verdad, contemplo en sus rasgos elegantes trazos de incertidumbre que se mezclan con la curiosidad, me pierdo en sus labios ligeramente entreabiertos y sus ojos negros como la noche.

Recuerdo vagamente que hace no mucho pensaba que jamás podríamos besarnos. Recuerdo algo sobre la testarudez y la disciplina. Recuerdo que hace un mes pensaba que lo odiaba tanto que ni siquiera soportaba estar en la misma habitación que él.

Y ahora lo que no puedo soportar son los escasos centímetros que nos separan.

—¿Sabes qué? Voy a hacerlo y ya está —decido en voz alta.

Henry se queda muy quieto y me mira como si estuviese hablando en otro idioma.

—¿Hacer el qué?

—Esto.

Tomo aire con fuerza y me concentro en sus labios. Entonces, antes de acobardarme, lo cojo del cuello de la camisa y lo beso.

O más bien estampo mi cara contra la suya, lo que es tan bonito y tan romántico como suena. Ni siquiera me da tiempo de comprender cómo me siento: Henry pega un grito y se aparta.

Lo suelto avergonzada y veo que se lleva un dedo a la comisura de la boca. Está perplejo y tiene rojos tanto los labios como las orejas.

—Alice. Me has mordido.

Pues vaya mierda.

—Lo…, lo siento —balbuceo mientras lucho contra el impulso de huir al otro extremo del universo. Dios mío. ¿Por qué he hecho eso? ¿En qué estaba pensando? ¿Por qué estoy en este mundo?—. Te juro que… yo no…

Me callo al ver que se dobla hacia delante sacudiendo los hombros. Durante un segundo horroroso en el que se me para el corazón, temo haberle causado graves daños en los tejidos.

Y entonces me doy cuenta de que se está partiendo de risa.

Mi preocupación se convierte en indignación.

—¡No tiene gracia! —protesto. Me arde la cara y, para mi vergüenza, mi voz suena muy aguda—. Esto…, esto tenía que ser un momento muy serio y conmovedor, y se suponía que ibas a caer rendido a mis pies y que ibas a descubrir lo buena que…

El final de la frase se queda suspendido en el aire, porque Henry se pone recto, todavía con la risa en los ojos, me coge de la cara con una mano y posa sus labios sobre los míos.

Y esta vez sí sé cómo me siento al besarlo, sí lo siento todo, desde el calor de su piel al roce de sus pestañas cuando cierra los ojos y…

Guau.

No tiene nada que ver con lo que describen en las películas, eso de que las estrellas se alinean y estallan fuegos artificiales en un cielo negro como la noche. Es más sosegado y más majestuoso a la vez, es tan simple como volver a casa y me marea y me envuelve como el viento que sopla a nuestro alrededor. Siento como si miles de momentos apartados y enterrados se hubieran acumulado para llegar hasta aquí, hasta nosotros dos, a solas, desatados y debilitados por el deseo… Y quizá haya sido así.

Se me escapa un ruido grave que me llena de vergüenza, pero Henry responde besándome con más pasión y todo el mundo se tambalea. Solo puedo pensar en sus labios, en lo devastadoramente suaves que son, en sus manos, que me cogen firmemente de la nuca y se enredan en mi pelo...

Me parece que existe la remota posibilidad de que esto se le dé mejor que a mí.

Pero, por una vez, se lo voy a permitir.

Veinte

Casi no me acuerdo del trayecto de Airington hasta mi casa. He aceptado que me llevara el chófer de Henry, en parte porque quería estar con él todo el tiempo posible y en parte porque no confiaba en mi capacidad de coger el metro sin perderme. Estaba atolondrada, como si le hubieran prendido fuego a mi cerebro. No lograba pensar con claridad. Ni siquiera podía respirar como es debido.

Y, lo que es aún peor, tampoco podía dejar de mirarle los labios, ni siquiera cuando me ha acompañado hasta la puerta y se ha despedido de mí saludándome con la mano. Supongo que es uno de los efectos secundarios de los besos de los que nadie me había avisado: después de besarte con alguien una vez, las posibilidades de besarlo de nuevo son infinitas.

Pero ahora, sentada otra vez en mi abarrotado salón, lo último en lo que pienso es en enrollarme con Henry Li.

Tanto Xiaoyi como Mama han salido mientras yo estaba en el colegio, la primera a que le den un masaje en los pies y la segunda a hacer un recado en el hospital. Estoy sola con Baba.

—Acaban de llamarme del colegio —me anuncia al entrar en el salón.

Lo observo con cautela desde el sofá, evaluando su expresión y su tono de voz. No exageraba cuando le dije a Henry que casi no me hablaba: solo se dirige a mí cuando es estrictamente necesario y siempre con un gesto cargado de decepción. Sin embargo, las arrugas permanentes que lucía en la frente los últimos días parecen haberse alisado un poco y se ha acercado a mí directamente. Es una buena señal.

—¿Te han llamado? —contesto fingiendo sorpresa.

—Sí. —Se sienta en el extremo opuesto del sofá, que chirría bajo su peso—. Me han contado lo de la app. ¿Cómo se llama...? ¿El demonio de China?

Se me acelera el pulso.

—¿El Fantasma de Pekín, quieres decir?

Asiente despacio y luego se pasa al mandarín.

—¿Por qué ni tú ni los profesores me dijisteis antes que formabas parte del grupo de estudio?

—Supongo... —Busco las palabras adecuadas para darle una respuesta lo más cercana posible a la verdad, pero que a la vez no lo revele todo—. Me daba miedo de que pareciera sospechoso. Gané mucho dinero con la app, solo dando clases. Más de cien mil yuanes. Me daba miedo que o tú o el colegio me obligarais a devolverlo.

Baba pone los ojos como platos.

—¿Cien mil yuanes?

—Sí. Es mucho, ya lo sé. Por eso estaba preocupada...

—¿Y ganaste todo eso ayudando a tus compañeros de clase a estudiar? ¿Nada más?

No me queda más remedio que reírme, aunque la pregunta no tiene ninguna gracia, solo ironía.

—Bueno, Mama y tú os gastáis casi todos vuestros ingresos en la matrícula de mi colegio —señalo—. ¿Tanto te sorprende que los otros chicos también quieran invertir en su educación?

—Hum… —contesta, pero me doy cuenta de que me cree.

—De todos modos —continúo en voz baja y con sinceridad—, siento mucho que las cosas terminasen así. Es solo que…, cuando Andrew me ofreció tanto dinero, lo único en lo que pude pensar es en que Mama y tú teníais problemas para pagar el colegio, que teníais dificultades por mi culpa. En ese momento, su oferta me pareció la solución más fácil. Si hacía ese trabajo, de algún modo, podría devolveros lo que me habéis dado. —Trago saliva y junto las manos para dejar de toquetearlo todo. Me cuesta pronunciar cada palabra—. Pero estaba siendo irracional y avariciosa y…, y muy tonta. Y, si no puedes perdonarme o tienes pensado estar decepcionado conmigo por toda la eternidad, lo entiendo, pero… Quería decirte que lo siento, Baba. Eso es todo.

Respira hondo y contengo el aliento, expectante, preparada para el próximo sermón. Pero no llega.

Me pone una mano en la cabeza con suavidad, como solía hacer cuando era pequeña y estaba asustada, me había hecho daño o no me podía dormir. Cuando levanto la vista sorprendida, veo que la ira ha desaparecido de su mirada.

—Alice…, Mama y yo no trabajamos tanto para que nos devuelvas nada. Trabajamos tanto para que puedas tener una vida mejor. Una vida más fácil. Y apuntarte a Airington… fue decisión nuestra. Gastarnos nuestros ingresos en la matrícula de tu colegio también fue decisión nuestra. De ningún modo deberías sentirte obligada a cargar con el peso de nuestras decisiones. ¿Está claro?

Para mi vergüenza, se me cierra la garganta y siento que el corazón se me desborda de esperanza. Qué testaruda es la esperanza.

Me las arreglo para asentir y Baba me sonríe. «Tal vez todo se arregle», pienso.

—Y hablando de Airington… —Baba aparta la mano y se la pone sobre las piernas—. Ya han informado a los padres de Peter Oh. Como tu responsabilidad en el incidente es menor de lo que pensaban al principio, han decidido no denunciar.

—¿Pero? —insisto, al notar el cambio en su voz.

—Los padres de Peter no te van a denunciar, pero han presionado al colegio para que te marches cuando termine el semestre. Y, a juzgar por lo que me han dicho por teléfono, creo que el colegio quiere lo mismo.

Oh…

Me muerdo el interior de la mejilla y espero que el pánico y la ira me embarguen con toda su fuerza. En mi mente, montones de preguntas estallan como fuegos artificiales. ¿Qué voy a hacer? ¿Quién soy sin Airington?

Y, aunque todo eso me preocupa, me embarga una calma inesperada, una especie de resignación. En el fondo, sospechaba que acabaría ocurriendo algo así: no había forma de salir indemne de un crimen de esta magnitud.

—Lo entiendo —contesto, sorprendida por la firmeza de mi propia voz. Parezco tranquila y segura de mí misma, como Chanel y Henry. Por extraño que me resulte, después de tocar fondo y enfrentarme a Andrew y a una representante de la junta, me siento preparada para cualquier cosa. O, al menos, para sobrevivir a cualquier cosa—. Ya se nos ocurrirá algo.

—¿Qué se os tiene que ocurrir?

Baba y yo nos volvemos al oír el repiqueteo de las llaves y el ruido de la puerta al cerrarse detrás de Mama. Lleva el viejo abrigo que se compró de rebajas en Estados Unidos y el pelo recogido en un moño que enfatiza la dureza de sus ojos y su barbilla.

—No…, no te preocupes. Ya te lo explicaré durante la cena —le contesto mientras entra en la cocina para su rutina de después del trabajo: lavarse la cara y las manos durante veinte segundos. Tras pensármelo unos instantes, yo también me pongo de pie.

Cuando sale, ya le he dejado la cajita de papel en el sofá. El paquete blanco es casi cegador junto a los cojines de color mostaza. Es una tontería. Para otras familias debe de ser un producto de necesidad, pero, como los regalos no son lo habitual en la nuestra, hacía tiempo que me preguntaba cuándo sería la mejor ocasión para dárselo. Tras la noticia que me acaba de dar Baba, me parece tan buen momento como cualquier otro.

—¿Qué es eso? —pregunta Mama.

—Lo compré para ti. Con mi propio dinero, por supuesto —añado enseguida.

Mama abre la cajita con mucho cuidado, como si tuviera miedo de romperla, y un tubo de una costosa crema para las manos cae en la palma de su mano. No dice nada; se limita a mirar el bonito tubo, los dibujos de las flores que suben delicadamente por uno de los lados y el nombre de la marca famosa que aparece en la parte superior.

—Sé... Sé que siempre tienes las manos secas de tanto trabajar —le explico, más porque el silencio me pone nerviosa que por nada más. ¿Pensará que es un desperdicio de dinero?—. Y el otro día, cuando estábamos en la tienda, pensé que ... Me parece que también ayuda con las cicatrices. —Me retuerzo las manos—. Pero, si no te gusta, la puedo devolver...

De repente, Mama me abraza con fuerza.

—*Sha haizi* —me susurra al oído. «Niña tonta».

Y, cuando me apoyo en ella e inhalo su aroma familiar, pienso que quizá antes tenía razón.

Tal vez todo se arregle.

* * *

337

Tras tres largas llamadas de teléfono e incontables rondas de correos electrónicos (todas ellas con el siniestro asunto: «Re: Incidente Alice»), me encuentro frente a las puertas de Airington con una mochila en la mano.

Tuvimos que negociar un poco, pero el colegio, los padres de Peter y yo hemos llegado a un acuerdo: debo abandonar Airington este diciembre, pero puedo pasar aquí los últimos días, terminar las asignaturas del semestre y despedirme de mis amigos y mis profesores.

—¿Nombre?

El guardia de seguridad me mira desde detrás de los barrotes. Tengo una fuerte sensación de *déjà vu*.

—Alice Sun —contesto con una sonrisa. Me resulta extraño lo mucho que echaré de menos este lugar ahora que sé que me marcho, incluso a este tipo que nunca se acuerda de mi nombre.

Y que ahora me mira con recelo.

—¿Por qué sonríes?

—Por nada, solo… —Señalo el cielo azul que se extiende sobre nosotros. No hay ni una sola nube a la vista—. Hace muy buen día, eso es todo.

Mira al cielo, luego a mí y luego al cielo otra vez, confundido. Parece joven, estará en la veintena. Me pregunto si se acabará de graduar de la universidad, cuánto tiempo llevará viviendo en Pekín y por qué habrá elegido trabajar aquí. Odio que ninguna de esas cuestiones se me haya ocurrido hasta ahora.

—Hum, sí, supongo que sí… —Carraspea—. ¿Curso?

—Doce.

Pero no he sido yo quien ha contestado.

—Hola, señor Chen —lo saludo con la esperanza de que no se dé cuenta de que me tiembla la voz de los nervios. Siempre ha sido el profesor por el que más respeto siento y al que más me aterra decepcionar.

A juzgar por su expresión y la forma en la que mira mi mochila, deduzco que ya se ha enterado del «Incidente Alice». Sin embargo, no parece exactamente enfadado.

—Bueno, no te quedes ahí como una desconocida —dice haciéndome un gesto para que me acerque—. Entra. Quiero hablar contigo de una cosa.

* * *

—Si te preguntase ahora cuál es el tema real de *Macbeth*, ¿qué me contestarías? —me pregunta mientras entramos a su despacho.

Aquí hay tranquilidad. Está limpio. Las estanterías están llenas pero ordenadas y las paredes casi no se ven, pues las cubren placas y certificados de Harvard, la Universidad de Pekín, TED... Me paso tanto tiempo mirándolos que casi me olvido de su pregunta.

—Hum... —Intento ordenar mis pensamientos. Esconde un doble sentido, estoy segura—. ¿Que... todo acto tienes consecuencias? ¿Que la ambición no lo justifica todo?

Asiente satisfecho y me hace un gesto para que me siente.

—Bien, bien. Solo quería apaciguar mi mala conciencia, pero mientras hayas aprendido la lección...

—Sí, lo he hecho —contesto a toda prisa—. De verdad.

Asiente de nuevo y dice:

—Me he enterado de que te marchas de Airington cuando termine el semestre. ¿Has decidido a qué colegio vas a ir?

—No, todavía no. Hay algunas... limitaciones que debo tener en cuenta.

El señor Chen no parece sorprendido. Supongo que cuando mis padres visitaron el colegio la mayoría de gente comprendió que no pertenezco precisamente a una familia rica.

—Bien está. —De repente, da una palmada, sobresaltándo-
me—. Puede que yo tenga la solución.

Lo miro fijamente.

—¿De verdad?

—Supongo que debería habértelo consultado antes, pero…
una amiga mía, la doctora Alexandra Xiao, acaba de abrir su
propio colegio internacional en el distrito de Chaoyang. Es mucho más pequeño que este, por supuesto, y no tiene residencia,
así que tendrías que encontrar alojamiento por tu cuenta. Los
alrededores tampoco son óptimos: hay una lonja al lado del
campus, aunque Alex me ha prometido que te acabas acostum-
brando al olor… —Se ríe y me da la sensación de que yo debería imitarlo, pero no soy capaz. No acierto más que a agarrarme
del borde de la silla y rezar porque esté diciendo lo que creo
que está diciendo—. En cualquier caso, todavía quedan algunas
plazas libres. Le comenté la situación de tu familia, le enseñé tu
expediente y algunos de tus trabajos más recientes y le dije
que eras una de mis mejores alumnas…

Pongo los ojos como platos.

—¿De verdad?

—Sí, porque es cierto —se limita a contestar—. Y, como
Alex sabe que yo nunca exagero, es posible que pueda ofrecerte
una beca. Tendrás que pasar un examen de acceso, por supuesto, pero estoy seguro de que te irá bien. —Hace una pausa y me
da unos segundos para asimilar la información—. Bueno, ¿qué
te parece?

Casi me muerdo la lengua para contestarle.

—Por…, por supuesto, es… ¿Cuándo son los exámenes?
¿Hay exámenes de prueba disponibles? ¿He de preparar referencias o…? —Me tranquilizo un poco y entonces se me ocurre
una pregunta más obvia—. ¿Por qué…? ¿Por qué me está ayudando?

El señor Chen mira por la ventana de su despacho. Los estudiantes echan la cabeza hacia atrás y se ríen. Llevan los libros debajo del brazo y caminan en grupos de una clase a otra, sin preocupaciones, felices, mientras la luz del sol salpica a su alrededor tras colarse entre los parasoles chinos. Poco a poco, el señor Chen contesta:

—Yo fui la primera persona de mi pueblo, en Henan, en ir a la universidad. Luego me mudé a Estados Unidos con mi madre. Mi padre no vino con nosotros: no hablaba ni una palabra de inglés. Sin embargo, intentó financiar mi educación lo mejor que pudo vendiendo boniatos cada mañana... —Niega con la cabeza—. Sé lo duro que es. Y, aunque es importante saber cuándo luchar para llegar a la cima..., siempre es bonito que haya otros que nos ayuden a levantarnos, ¿no te parece?

Intento darle las gracias, pero la gratitud se me queda atorada en el pecho, en la garganta, robándome la voz. Sin embargo, él parece comprender mis intenciones.

—Es extraño —añade, desviando la mirada hacia los certificados que cuelgan de la pared—. Hubo un tiempo en el que nadie se fijaba en mí, en el que era invisible para el mundo... —Esboza una débil sonrisa, como si hubiese contado un chiste que solo entendiera él. Como si le hubiera venido a la mente un recuerdo distante que solo tiene sentido para él.

Se me para el corazón. ¿Podría ser que...?

—¿Qué cambió? —Mi voz es apenas más alta que un susurro—. ¿Entrar en una buena universidad? ¿Ser reconocido?

Niega con la cabeza.

—No. No, al contrario, cuando entré en Harvard y empecé a ganar todos esos premios..., me sentí más invisible que nunca. La gente me hacía cumplidos, me felicitaban por doquier, pronunciaban mi nombre una y otra vez, pero en realidad nada de eso importaba. Solo me sentí mejor cuando me fui para enseñar inglés, para hacer algo que me importase de verdad. Algo que me hiciera sentir bien conmigo mismo. —Me mira y arruga los ojos—. Descartes se equivocaba cuando decía que para vivir bien debías vivir sin ser visto. Para vivir bien, debes aprender a verte antes a ti mismo. ¿Entiendes lo que quiero decir?

Sí. Lo entiendo.

* * *

Henry y yo quedamos en los estanques *koi* antes del amanecer.

Lo observo mientras se acerca a paso ligero y decidido. Todavía lleva el pelo húmedo de la ducha, con los mechones ondeando sobre su frente, y tiene las mejillas sonrosadas por el frío de la mañana. Está guapo. Es una imagen conocida, vulnerable de la mejor manera posible.

«Te echaré de menos», pienso.

—Tan puntual como siempre —digo a modo de saludo mientras me acerco a él.

Me regala una de sus valiosas sonrisas clásicas de Henry Li: suave, preciosa y tan sincera que te deja sin respiración.

—Bueno, no quería que te lo perdieras.

Durante un segundo, me parece que me ha leído la mente.

—¿Perderme qué?

Enarca una ceja.

—La ceremonia de entrega de premios de mitad de año.

—Ah. —Se me escapa una risa de sorpresa. En lo que ahora me parece otra vida, esta ceremonia habría sido lo mejor del día. Quizá uno de los mejores acontecimientos de mi vida—. Me había olvidado.

—Es comprensible —contesta con una ancha sonrisa—. Como todos los premios los voy a ganar yo...

Le doy un codazo y suelta una carcajada.

—No te lo creas tanto —le advierto—. Que vaya a ir a otro colegio no significa que no pueda sacar más nota que tú en los exámenes internacionales.

—Eso ya lo veremos —se limita a contestar en tono desafiante.

Reprimo una sonrisa. «Acepto el desafío», pienso.

Empezamos a pasear alrededor del estanque congelado, rompiendo el silencio cómodo con nuestros pasos y respirando el frío aire invernal. Entierro las manos en los cálidos bolsillos de mi americana, miro el patio vacío a nuestra izquierda y recuerdo la primera vez que me volví invisible. Es gracioso, pero hace ya bastante tiempo que no siento ese frío. No sé si volveré a sentirlo algún día.

—Bueno —le digo mientras nos acercamos a un banco de piedra y nos sentamos. Su hombro se roza suavemente con el mío—. ¿Has recibido mi propuesta de negocio?

—Sí. Con sus setenta y cinco páginas. —Le brillan los ojos—. Y el resumen. Y el resumen del resumen. Y el diagrama con anotaciones. Y la tabla de contenidos…

—Perdón por ser exhaustiva. —Resoplo—. Quiero que esta app salga bien, ¿sabes?

—Lo sé —contesta, esta vez sin chincharme. Vacila, pero luego entrelaza sus largos dedos con los míos y he de concentrarme mucho para no olvidarme de cómo respirar. No creo que vaya a acostumbrarme nunca a su proximidad, o a la forma en la que me está mirando ahora mismo, como si estuviera tan asombrado como yo de que podamos hacer esto: sentarnos, darnos la mano casi en la oscuridad y decir lo que pensamos—. Saldrá bien, confía en mí. Con nosotros dos trabajando entre bambalinas, tu estrategia promocional y el *template*…, será perfecta.

Esta vez soy incapaz de reprimir una sonrisa de oreja a oreja.

La idea se me ocurrió hace alrededor de una semana, cuando transformamos el Fantasma de Pekín en una falsa aplicación para estudiar. Mi plan es convertirla en una aplicación legítima, una plataforma que ayude a poner en contacto a chicos ricos y privilegiados de colegios internacionales privados con estudiantes con bajos ingresos como yo. Su objetivo es trabajar de forma bidireccional: las clases y la ayuda para los deberes empiezan con una tarifa mínima de cuatrocientos yuanes por sesión para aquellos que pertenecen a sectores más ricos, pero es totalmente gratis para los estudiantes de clase trabajadora. Y tiene el beneficio añadido de permitir que chicos de contextos desfavorecidos establezcan contacto con la élite de Pekín.

También he decidido mantener el sistema de puntos: los tres usuarios de clase obrera con mejores reseñas al final de cada año recibirán una beca para ir al colegio que elijan financiada por la empresa de Henry.

—Por cierto, también le he mandado la propuesta a Chanel —le informo.

No parece sorprendido.

—Claro. ¿Qué le ha parecido?

—Se apunta —contesto, aunque me quedo corta. Cuando le conté la idea hace tres noches a través de WeChat, se puso a chillar, a proponer posibles eslóganes y a llamar a sus amigas *fuerdai*—. Sus palabras exactas fueron: «¡Toma ya!». Y cree que deberíamos reunirnos una vez por semana para hablar de ello y que podemos empezar esta noche cenando *hotpot*. Invita ella.

Esboza una media sonrisa.

—Supongo que nos veremos bastante a menudo, incluso cuando te hayas ido.

—Incluso cuando me haya ido —repito. La gravedad de esas palabras, de la realidad, nos arrastra de nuevo al silencio. No sé qué más decir, así que me acerco a él y apoyo la cabeza en su hombro. Él me lo permite.

—¿Qué crees que harás? —me pregunta unos segundos después—. En el futuro.

—No lo sé. Me gustaría…

Me interrumpo y reflexiono. Todavía quiero muchas cosas y con mucha fuerza. Aún me duele el corazón cuando pienso en todo aquello que resplandece y que está fuera de mi alcance. Quiero ser más inteligente, y más rica, y más fuerte; simplemente… mejor.

Pero, si soy sincera, también quiero ser feliz. Invertir en algo importante y que me llene, aunque sea difícil, aunque no sea lo más práctico del mundo. Quiero pasar más tiempo con Mama, Baba y Xiaoyi, quedar por fin con Chanel e ir a una cita de verdad con Henry. Quiero reírme hasta que me duela la barriga, escribir hasta haber creado algo que me encante y aprender a disfrutar de mis pequeñas victorias privadas. Quiero aprender a aceptar que todo eso también merece la pena.

—Para empezar, creo que quiero centrarme más en el inglés —murmuro. Decirlo en voz alta me hace sentir bien, como si mi corazón hubiese estado esperando a que mi mente entendiera de una vez por todas lo que deseaba—. Quizá pueda aprovechar las vacaciones para apuntarme a un curso de periodismo. Ya he preparado una lista de opciones que ofrecen becas basadas en mérito y…

—Suena genial —contesta con sinceridad.

—¿Sí?

—Sí.

—Pues ya está —decido y levanto la vista para mirarlo—. Tú serás el director de la *start-up* tecnológica más importante de

China y yo seré una periodista de renombre y ganadora de premios o profesora de inglés. Y juntos...

—¿Seremos la pareja más poderosa del país?

—Iba a decir que conquistaremos el mundo —admito—. Pero vale. Podemos empezar poco a poco.

Se echa a reír y el sonido es como pura magia embotellada, como el canto de un pájaro.

Miro al cielo sin soltarle la mano. En la distancia, la oscuridad ha empezado a levantarse como un velo y las primeras luces del alba se deslizan sobre la silueta de Pekín, como una promesa de los días hermosos y terribles y llenos de sol que están por venir.

Agradecimientos

Tengo una pequeña confesión: cuando estaba escribiendo el borrador de este libro bajo las luces tenues de la residencia de la universidad, a menudo soñaba despierta con el momento de escribir los agradecimientos. Y si puedo hacer realidad ese sueño tan tonto es gracias a muchas muchas personas.

Gracias a mi agente, la superheroína Kathleen Rushall, por creer en esta novela y en mí. Supe desde el primer correo electrónico que sería un sueño tenerte de mi lado, y sigo en un estado de asombro constante ante tu maestría a la hora de gestionarlo todo. Nada de esto habría sido posible sin tu entusiasmo, tu sabiduría y tus consejos. Gracias también al equipo de la agencia literaria Andrea Brown por vuestro fantástico trabajo.

Gracias a Rebecca Kuss por ver el alma de mi historia y abrirle las puertas al mundo editorial y a Claire Stetzer por aceptarme y hacerme sentir como en casa. Infinitas gracias a las brillantes Bess Braswell, Brittany Mitchell, Laura Gianino, Justine Sha, Linette Kim y a todo Inkyard Press por vuestro apoyo y dedicación. Y muchas gracias a Gigi Lau y Carolina Rodríguez Fuenmayor por la portada de mis sueños: todavía no puedo creerme lo preciosa que es y la suerte que tengo.

Gracias a la extraordinaria Katrina Escudero por todo lo que ha hecho.

Y más gracias a mis maravillosos profesores: al señor Locke, que me animó a escribir cuando era una estudiante repelente del séptimo año; al señor Mellen, que me enseñó el arte del ensayo y despertó mi interés por las Humanidades; a la señora Nuttall, que me dijo que yo era una escritora y me ayudó a creérmelo; y a la señora Devlin, que me inspira cada día con su pasión y sus conocimientos y es literalmente una santa.

Todo mi agradecimiento a las autoras que admiro, como escritoras y como personas. A Chloe Gong, por ser una fuente de inspiración y serotonina (que sepas que siempre seré una de tus mayores fans). A Grace Li, por ser una de las primeras personas en leer este libro y ser tan increíblemente buena como talentosa. A Gloria Chao, por abrirme los brazos y ser tan generosa y por ayudarme a abrir camino con tus palabras. A Zoulfa Kathouh, por hacerme llorar con tu libro y por tus encantadores mensajes sobre el mío. Me alegro mucho de conocerte. A Vanessa Len, por apoyarme desde el principio y por haberme explicado con mucha paciencia cómo funcionan los impuestos. A Em Liu, por ver el alma de esta novela y entender todas las pequeñas referencias. A Miranda Sun, por animarme cuando firmé con mi agente y por tu encantadora compañía online. A Roselle Lim, por tomarte el tiempo de leer todo esto y escribir un texto para la cubierta tan bonito: no podría sentirme más honrada.

Gracias a Sarah Brewer por ser la primera persona que leyó uno de mis incipientes y vergonzosos intentos de novela y por haberme dicho cosas tan bonitas. Para mi yo adolescente, tus ánimos significaron más de lo que soy capaz de expresar.

Muchas gracias a todos los blogueros, libreros y primeros lectores. A todos los que, cuando se publicó el anuncio de mi libro, lo celebraron conmigo en Twitter, a los que hicieron encantadores comentarios en mis vergonzosos vídeos de TikTok y publicaciones de Instagram, a los que le dieron un «me gusta» al fragmento de Facebook Beta Readers y el grupo Critique Partners y a los que añadieron el libro en Goodreads cuando no tenía ni siquiera portada ni texto de cubierta. Sois la razón por la que hago esto, y por la que he conseguido hacerlo.

Gracias a Phoebe Bear y a Fiona Xia por ser unas amigas estupendas y por ser estupendas en general. Phoebe, ¿te acuerdas de cuando te mencioné una idea para un libro mientras estábamos de *brunch* y me dijiste que tú te lo leerías? No sabes cuánto te lo agradezco. Y, Fi, que siempre me has animado a pesar de no tener ni idea lo que es la literatura juvenil… Siempre te animaré en todo lo que hagas. Gracias también a los Khorovian, las personas más cercanas y talentosas que conozco.

Gracias a Taylor Swift por existir.

Gracias a mi hermana pequeña, Alyssa Liang, por ser mi primera y mi mayor fan. Gracias por chincharme, por ser paciente y por asegurarme una vez tras otra que el libro no es malo, y por tu entusiasmo, que a veces es incluso mayor que el mío. Aunque estaba preparada para ser hija única, todos los días doy las gracias por no serlo.

Y, para acabar, gracias a Mama y Baba, que están más orgullosos de mí de lo que merezco y que son mucho menos estrictos que los padres de esta novela. La única razón por la que me siento capaz de ir a cualquier sitio es porque sé que siempre tendré un hogar esperándome con ropa caliente, fruta troceada y todos mis platos favoritos.

Este libro se terminó de imprimir
en el mes de septiembre de 2023.